WENXUE LILUN
YU WENYIXUE YANJIU

文学理论与文艺学研究

白改娟　姚　彤 ◎著

中国书籍出版社
China Book Press

图书在版编目（CIP）数据

文学理论与文艺学研究 / 白改娟，姚彤著. -- 北京：中国书籍出版社，2024.8. -- ISBN 978-7-5068-9995-6

Ⅰ. I0

中国国家版本馆CIP数据核字第2024VT0426号

文学理论与文艺学研究

白改娟　姚　彤　著

图书策划	尹　浩　李若冰
责任编辑	吴化强
责任印制	孙马飞　马　芝
出版发行	中国书籍出版社
地　　址	北京市丰台区三路居路97号（邮编：100073）
电　　话	（010）52257143（总编室）（010）52257140（发行部）
电子邮箱	eo@chinabp.com.cn
经　　销	全国新华书店
印　　刷	廊坊市博林印务有限公司
开　　本	710毫米×1000毫米　1/16
字　　数	264千字
印　　张	17.25
版　　次	2025年1月第1版
印　　次	2025年1月第1次印刷
书　　号	ISBN 978-7-5068-9995-6
定　　价	73.00元

版权所有　翻印必究

前　言

文学不仅记录了人类情感的深度和思想的广度，更以其独特的方式反映了社会历史的演进轨迹。文学理论与文艺学作为学术探索的前沿领域，致力于揭示文学作品的深层结构、审美特质和文化意义，它不仅关注文本本身，更着眼于文本与读者、社会、历史的复杂互动。在当今这个信息、文化多元的时代，文学理论与文艺学正面临着前所未有的挑战与机遇。研究者们努力探索如何将经典理论与现代科技相融合，如何在全球化的大背景下，重新定义和评价文学的多元价值，这不仅是对文学本身的深化理解，也是对人类文化多样性的一次深刻反思和探索。

本书以文学基础为出发点，逐步深入探讨文学的多个维度，包括文学生成、文学创作、文学接受与批评、文学效果，以及比较文学和文艺美学等。在这一过程中，不仅详细剖析每个领域的核心概念和理论，还深入探讨实践方法，旨在为读者提供一个全面而深入的理解框架。本书的梳理不仅限于文学理论的基本性质和形态，更进一步探究文学创作与接受背后的心理机制，揭示文学效果的复杂性和多维性。此外，本书还拓展比较文学和文艺美学的视野，通过跨文化和跨学科的视角，展现文学研究的丰富性和多样性。

本书的写作不仅是对现有文学理论的一次系统梳理，也是对文艺学研究领域的一次深入探索，它的价值在于为文学研究者提供了一个清晰的理论框架和研究路径，同时也为文学爱好者提供了一种全新的视角来理解和欣赏文学。在此，笔者要感谢所有对本书有所贡献的学者和读者，同时展望未来，期待本书能够激发更多的思考和讨论，为文学理论与文艺学研究的进一步发展作出贡献。

目 录

第一章 文学理论与文学基础 ·· 1
 第一节 文学理论的性质与形态 ··· 1
 第二节 文学与文学活动认知 ·· 10
 第三节 文学的本质属性 ·· 18
 第四节 文学的价值与功能 ··· 39

第二章 文学生成的要素剖析 ·· 51
 第一节 文学生成之文学语言 ·· 51
 第二节 文学生成之文学才能 ·· 63
 第三节 文学生成之文学境界 ·· 88
 第四节 文学生成之文学思潮 ·· 93

第三章 文学创作过程与风格 ·· 98
 第一节 文学创作的过程分析 ·· 98
 第二节 文学创作的心理机制 ·· 111
 第三节 文学创作的主体素养 ·· 117
 第四节 文学创作的不同风格 ·· 123

第四章 文学接受与文学批评探究 ··· 133
 第一节 文学接受的主客体 ··· 133
 第二节 文学接受的发生、发展与高潮 ··································· 137
 第三节 文学批评的性质及标准 ··· 153
 第四节 文学批评的原则与方法 ··· 156

第五章　文学效果的深度解析 …………………………………… 165
第一节　文学效果的基本范畴 ………………………………… 165
第二节　文学效果的复杂性解读 ……………………………… 190
第三节　文学效果的社会机制 ………………………………… 203

第六章　比较文学研究视野与方法 …………………………… 210
第一节　比较文学的本质及特征 ……………………………… 210
第二节　比较文学的研究对象 ………………………………… 219
第三节　比较文学的研究范式 ………………………………… 225
第四节　比较文学的学科理论 ………………………………… 230

第七章　文艺学与美学的交融与探索 ………………………… 244
第一节　文艺学与美学的关系辨析 …………………………… 244
第二节　文艺美学学科的崛起与转向 ………………………… 247
第三节　文艺美学的规范化和开放性 ………………………… 254

参考文献 ……………………………………………………………… 266

第一章 文学理论与文学基础

文学理论与文学基础是构建文学大厦的两大支柱,理论为人们提供了解读作品的钥匙,基础则是创作的沃土。本章重点探讨文学理论的性质与形态、文学与文学活动认知、文学的本质属性、文学的价值与功能。

第一节 文学理论的性质与形态

一、文学理论的性质

(一)文学理论的学科归属

文学理论作为文艺学领域内的一个分支,其核心任务是对文学本身及其内在规律进行深入研究。文艺学这一术语,最初来源于俄文,后被译入中国,并逐渐被广泛采纳。尽管其原始名称"文学学"与汉语的构词习惯有所不符,但"文艺学"这一名称已深入人心。鉴于文学的复杂性、多维性和广延性,文艺学被构建为一个包含多个相互联系且具有不同科学形态的分支所组成的知识体系。

◎ 文学理论与文艺学研究

在文艺学的早期发展阶段,无论是在中国还是西方,文学研究常常以"诗学"或"诗论"的形式出现,专注于对诗歌这一文学体裁的探讨。然而,这种以部分代表整体的研究方法存在明显的局限性。直到 19 世纪,文学研究仍然处于一种相对笼统和未分化的状态,不同文学研究的界限并不明显。随着 20 世纪科学技术的快速发展和学科分工的日益细化,文学研究的视角和方法也开始趋向多样化和成熟。这一变化促进了文艺学内部多个分支的形成,文学理论因此作为其中的一个独立分支而存在。

目前,文艺学被普遍划分为文学理论、文学批评和文学史三个主要分支。这三个分支在研究范围、对象、任务和功能上各有侧重,这三者之间既有区别也有联系,文学理论主要关注文学原理、范畴和标准的研究,而文学批评和文学史则分别侧重于对具体文学作品的静态分析和历史发展的研究。同时,这三个分支(文学理论、文学批评和文学史)在文艺学中是相互渗透、相互影响的。文学理论的构建需要基于对文学作品的深入分析和文学发展历史的广泛研究,而文学史和文学批评则需以文学理论的基本原理和方法为指导。

文学理论在文艺学中占据着核心地位,它不仅关注文学的普遍规律,而且通过研究文学问题来指导和规范其他分支的研究。虽然文学理论在研究过程中会涉及具体的作品、作家和文学现象,但其主要目的在于通过这些具体实例来阐明文学的一般性规律。文学理论与文学批评之间存在密切的联系,许多文学理论概念直接源自文学批评实践,而文学理论的观点也直接指导着文学批评的实践。

总之,文学理论在文艺学中扮演着至关重要的角色,它通过深入探讨文学的普遍性问题,建立起文学的基本原理和方法。文学理论与其他分支相互依存、相互促进,共同构成了文艺学这一复杂而丰富的学科体系。文学理论的研究不仅有助于深化对文学现象的理解,而且对于推动文艺学的整体发展具有不可替代的作用。通过文学理论的研究,可以更好地揭示文学的本质特征、内在规律以及与其他文化现象的关联,从而为文学创作、批评和历史研究提供理论支持和方法指导。

（二）文学理论的对象和任务

文学理论并非随意划定的领域，而是以文学活动为研究对象，其任务是深入探讨这一活动的各个方面。文学活动被视为人类精神活动的一种高级形式，其存在并非静态的成品，而是动态的过程。美国文艺学家 M·H. 艾布拉姆斯在其著作《镜与灯——浪漫主义文论及批评传统》中，提出了文学四要素理论，包括作品、作家、世界、读者，这一理论为我们理解文学活动提供了基本框架。

文学理论的任务并非孤立地研究这四个要素中的任何一个，而是要把握它们构成的整体活动，包括其流动和反馈过程。从这一角度出发，文学理论可以划分为五个方面：①文学活动作为一种精神活动，具有历史发展性。它随着时代的变迁而演进，展现出不同历史阶段的特征。探究文学发展的根源和规律，构成了文学活动发展论。在社会主义初级阶段，文学的发展呈现出哪些特点和规律，这是文学活动发展论所要回答的问题。②文学作为一种特殊的精神活动，具有其独特的性质。文学活动本质论致力于研究文学活动与其他人类活动的区别，以及文学活动本身的特殊性质。③社会生活是文学艺术的源泉，但社会生活本身并不等同于文学。文学创作论关注作家如何将社会生活的素材转化为文学文本，研究这一艺术创造的过程和规律。④文学作品是一个复杂的结构体，包含体裁、题材、形象、语言、结构、风格和手法等构成要素。作品构成论旨在研究这些要素及其相互关系，以揭示文学作品的内在构成。⑤文本若未被读者阅读和接受，便无法成为活的审美对象。文学接受论研究读者如何阅读、接受、鉴赏和批评文学作品，探讨这一接受过程的规律。这五个方面的任务，与文学四要素——作品、作家、世界、读者——构成的文学活动的结构和发展关系紧密相连。文学理论的任务，正是由文学活动的结构和发展关系所决定的。

文学理论的探讨是对文学活动这一复杂现象的深入分析，它要求我们不仅要关注文学作品本身，还要关注作家的创作过程、社会生活对文学的影响，以及读者的接受和反馈。通过这种多维度的分析，文学理论旨在揭示文学活动的本质和发展规律，为文学创作和批评提供理论支持。

在文学理论的研究中，我们不仅要关注文学的历史发展，还要理解文学在不同社会和文化背景下的独特表现形式。文学理论的任务，是帮助我们更好地理解文学活动，以及它在人类精神生活中的地位和作用。通过这种理解，我们可以更深刻地认识到文学的价值，以及它在塑造人类精神世界中的重要性。

文学理论的研究是一个不断深化和拓展的过程。随着社会的发展和文学实践的丰富，文学理论也在不断地吸收新的元素，形成新的观点和理论。这种动态的发展，使得文学理论始终保持着活力和创新性，为文学的繁荣和发展提供了源源不断的动力。

（三）文学理论的应有品格

1. 文学理论的实践性

文学理论的实践性不仅体现在其对文学作品的分析和批评上，更在于它能够指导文学创作和文学接受的过程。作为一种理论体系，文学理论提供了一套分析工具和批评标准，帮助我们更深入地理解文学作品的内在逻辑和艺术魅力。通过对文学理论的学习和应用，作家能够更加自觉地掌握文学创作的规律，提高自己的创作水平；读者则能够更加敏锐地捕捉作品的深层含义，丰富自己的阅读体验。

文学理论的实践性还表现在其对文学教育和文学批评的影响上。在文学教育中，文学理论的引入可以帮助学生建立起系统的文学知识体系，培养他们的文学鉴赏能力和批判性思维能力。在文学批评中，文学理论的应用则能够提高批评的深度和广度，使批评更加科学和客观。通过对文学理论的深入研究和实践，我们可以更好地理解文学的社会功能和文化价值，推动文学事业的繁荣和发展。

此外，文学理论的实践性还体现在其对跨文化交流和文学翻译的促进作用上。在全球化的背景下，文学理论为我们提供了一种跨文化的视角，帮助我们理解和欣赏不同文化背景下的文学作品。文学理论也为文学翻译提供了理论指导，帮助译者更加准确地传达原作的文化内涵和艺术风格。通过文学理论的实践，我们可以促进不同文化之间的交流和理解，推动世界文学的共同发展。

2. 文学理论的价值取向

文学理论的价值取向不仅关系到理论自身的深度和广度，更对文学创作、接受和批评具有深远的影响。它如同一盏明灯，照亮了文学的探索之路，指引着创作者和读者在文学的海洋中航行。文学理论的价值取向，既是对文学作品内在价值的评判标准，也是对文学创作方向的引导。它在肯定某些文学价值的同时，也对其他价值进行批判和反思，从而推动文学向着更加丰富和多元的方向发展。

在不同的历史时期和社会背景下，文学理论的价值取向呈现出多样性和复杂性。例如，在启蒙时期，文学理论倾向于强调理性和批判精神，倡导文学作品应该反映现实、启迪思想、促进社会进步；在浪漫主义时期，文学理论则更加重视情感和个性的表达，强调文学作品应该抒发个人情感、展现自然美和人性的纯粹。这些不同的价值取向，不仅反映了特定时代的文化特点和社会需求，也对文学创作产生了积极的推动作用。

文学理论的价值取向还与作者的创作意图和读者的接受心理紧密相关。一方面，作者在创作文学作品时，往往会受到自己所认同的文学理论价值取向的影响，通过作品传达自己的思想情感和价值观念；另一方面，读者在阅读文学作品时，也会根据自己的价值取向去理解和评价作品，从而形成自己的审美体验和文化认同。这种互动关系，使得文学理论的价值取向在文学创作和接受过程中发挥着至关重要的作用。此外，文学理论的价值取向还对文学批评和文学研究具有指导意义。在文学批评中，批评家会根据文学理论的价值取向来评价作品的艺术成就和社会意义，提出自己的观点和见解；在文学研究中，学者则会运用文学理论的价值取向来分析文学作品的内在结构和外在影响，探讨文学与社会、历史、文化等方面的关系。通过这种深入的分析和研究，文学理论的价值取向不仅丰富了文学批评和研究的内涵，也拓展了文学的学术视野和理论深度。

二、文学理论的形态

（一）文学理论形态的依据

"文学理论的形态与文学研究的客体及视角密切相关。文学活动作为文学理论的客体是复杂的多层次系统。"[①]文学活动是一个连续的、动态的过程，它涵盖了从文学创作到文学作品的形成，再到文学接受的各个阶段。在这一过程中，文学创作被视为一种特殊的"艺术生产"，它是社会精神创造活动的一部分，通过艺术生产的形式得以实现。文学作品本身，无论是对创作者还是接受者，都承载着丰富的社会文化意义，因此具有不可替代的艺术价值。而文学接受则是艺术消费的过程，是文学作品价值得以实现和体验的阶段。

文学活动的过程可以被理解为两个相互关联的过程：首先是文学创作、文学作品、文学接受的线性过程；其次是文学生产、作品价值生成、文学消费的循环过程。在第一个过程中，创作是起点，作品是连接创作与接受的媒介，接受是终点，是文学作品社会功能的实现。在第二个过程中，生产是价值创造的起点，价值生成是作品内在品质的体现，消费则是价值体验和实现的场所。

文学理论的研究对象是文学活动的整体，但同一认识客体可以成为多种视角所观照的多种对象。不同的研究者可以根据自己的视角和方法，关注文学活动中的有限部分、方面、侧面、层次、因素、阶段、关系等。这种多视角、多方法的研究方式，使得文学理论呈现出多样化的形态。

[①] 童庆炳. 文学理论教程（第5版）[M]. 北京：高等教育出版社，2015：9.

文学理论的多样性来源于对文学活动不同方面的深入挖掘和理解。例如，从社会学角度，研究者可能会关注文学作品如何反映和影响社会结构与文化；从心理学角度，可能会探讨创作过程中创作者的心理活动和接受者的心理体验；从美学角度，则可能着重分析文学作品的审美特质和艺术表现手法。这种多视角的研究不仅丰富了文学理论的内涵，也为文学创作和接受提供了更为全面和深入的理解。它使得文学理论能够适应不断变化的社会文化环境，回应文学实践中出现的新问题和新现象。

在文学理论的研究中，重要的是保持开放和包容的态度，不断吸收和融合来自不同领域的新思想、新方法。同时，也要注重文学理论的实践性和时代性，使其能够紧跟文学实践的步伐，反映时代精神和社会需求。

需要注意的是，文学理论的多样性和实践性，要求研究者在面对文学活动时，既要有宏观的视角，把握文学活动的整体特征和社会功能，又要有微观的洞察力，深入文学作品的内在结构和艺术特质。通过这种综合的研究方法，文学理论能够更好地服务于文学创作和接受，推动文学艺术的繁荣和发展。

（二）文学理论形态的内容

第一，文学活动是一个由文学创作、文学作品、文学接受构成的流动系统。文学活动作为一个流动系统，其动态性体现在文学创作、文学作品、文学接受三者之间的相互作用与转化。文学创作是这一系统的起点，作家通过语言的创造性使用，将个人的思想情感转化为具有艺术价值的文学作品。这个过程不仅是艺术生产的体现，更是文学理论认识和研究的重要对象。文学理论通过对创作过程的分析，揭示了文学创作的内在规律和外在影响因素，为文学创作提供了理论指导和批评标准。

文学作品作为文学活动的中间环节，承载着作家的创作意图和艺术追求。它不仅是艺术消费的对象，也是文学理论分析和解读的焦点。文学理论通过对文学作品的深入研究，揭示了作品的内在结构、主题思想、艺术手法等，帮助读者更好地理解和欣赏文学作品。同时，文学作品也是文学批评的基础，批评家通过对作品的批评，不仅评价了作品的艺术价值，也反映了文学理论的价值取向和社会功能。文学接受作为文学活动的终点，是读者对文学作品的阅读、理解和评价的过程。这个过程不仅是艺术消费的体现，也是文学理论认识和研究的重要方面。

第二，文学创作到作品再到接受的过程，是一个心理转换的过程。文学创作到作品再到接受的过程，是一个复杂的心理转换过程。在创作阶段，作家的心理活动是文学创作的核心。作家通过内省、想象、联想等心理活动，将自己的情感、思想、经验转化为文学作品。这一过程涉及作家的认知、情感、意志等心理因素，也受到作家的个性、经历、文化背景等因素的影响。文学理论通过对作家心理活动的分析，揭示了文学创作的内在机制和心理基础，为文学创作提供了心理学的视角和方法。

在作品阶段，文学作品作为心理转换的成果，承载着作家的心理活动和创作意图。文学作品通过语言、形象、结构等艺术形式，传达了作家的思想情感和艺术追求。这一过程不仅是心理活动的物化，也是心理活动的传达。

在文学接受阶段，读者的心理活动是文学接受的关键。读者通过阅读、想象、联想等心理活动，对文学作品进行理解和体验。文学理论通过对读者心理活动的分析，揭示了文学接受的心理机制和审美体验，为文学教育和批评提供了心理学的视角。读者的心理活动也是文学创作的动力和反馈，影响着作家的创作方向和文学理论的发展。

第三，文学创作到作品再到接受的过程，是一个符号化的过程。在这一过程中，语言作为最基本的符号系统，发挥着至关重要的作用。作家通过语言的选择、组合、创新，将抽象的思想情感转化为具体的文学形象和情节，实现了从心理活动到艺术形式的符号化。这一过程不仅体现了作家的语言表达能力和艺术创造力，也受到作家的文化传统、语言习惯、审美追求等因素的影响。

文学作品作为符号化的结果，通过语言、形象、结构等符号系统，传达了作家的思想情感和艺术追求。这一过程不仅是心理活动的物化，也是心理活动的符号化。文学作品的符号化，使得抽象的思想情感得以具象化、形象化，增强了文学作品的艺术感染力和审美价值。

在文学接受阶段，读者通过解读文学作品中的符号系统，实现对作品的理解和体验。这一过程包含了读者对语言、形象、结构等符号的识别、解读和重构等心理活动，并受到读者的文化背景、语言能力和审美经验等因素的影响。文学理论通过分析读者的符号解读过程，揭示了文学接受的符号机制和心理过程，为文学教育和批评提供了符号学的视角。读者的符号解读活动也是文学创作的动力和反馈，影响着作家的创作方向和文学理论的发展。

第四，文学创作到作品再到接受的系统，是一个特殊的信息系统。这一系统通过语言、形象、结构等符号系统，传递和交流了作家的思想情感和艺术追求。在这个信息系统中，作家是信息的发送者，文学作品是信息的载体，读者是信息的接收者。这一过程不仅体现了信息的传递和交流，也涉及信息的编码、解码、反馈等环节。

在创作阶段，作家通过语言的编码，将自己的思想情感转化为文学作品。这一过程涉及作家对语言的选择、组合、创新等编码活动，也受到作家的文化传统、语言习惯、审美追求等因素的影响。文学理论通过对作家编码过程的分析，揭示了文学创作的信息机制和艺术规律，为文学创作提供了信息学的视角。

在作品阶段，文学作品作为信息的载体，通过语言、形象、结构等符号系统，传递了作家的思想情感和艺术追求。这一过程不仅是信息的编码，也是信息的存储和传播。文学作品的信息特性，使得它能够跨越时间和空间的限制，与不同的读者进行交流和对话。文学理论通过对文学作品的信息特性的分析，揭示了作品的传播机制和交流效果，为文学欣赏和批评提供了信息学的视角。

在文学接受阶段，读者通过语言的解码，实现了对文学作品的理解和体验。这一过程涉及读者对语言、形象、结构等符号的识别、解读、重构等解码活动，也受到读者的文化背景、语言能力、审美经验等因素的影响。文学理论通过对读者解码过程的分析，揭示了文学接受的信息机制和心理过程，为文学教育和批评提供了信息学的视角。读者的解码反馈也是文学创作的动力和反馈，影响着作家的创作方向和文学理论的发展。

第二节　文学与文学活动认知

一、文学的认知

文学的认知是一个随着时间推移而不断演变的过程，它反映了人类对于文学本质的理解和探索。从广义到狭义，文学概念的演变不仅是语言和文化发展的结果，也是人类认知能力提升的体现。

在东方，尤其是中国古代，文学的概念极为宽泛，几乎涵盖了所有的文化和知识领域。《周易》中的"天文"与"人文"之说，以及刘勰在《文心雕龙》中提出的"三才"理论，都显示了古代文学认知的广泛性和深刻性。这种认知不仅限于文字的记录，更是一种对自然、社会和人文现象的深刻洞察和表达。

西方的文学概念同样经历了从宽泛到狭窄的演变过程。早期，文学被看作是包括社会科学在内的一切知识体系，但随着时间的推移，特别是在19世纪末至20世纪初，文学的定义开始趋于狭窄，更多地关注于具有想象性和虚构性的作品。这种转变反映了西方社会对于文学艺术特性的重新认识和评价。

1919年的"五四"运动，是中国文学史上的一个重要转折点，它不仅推动了中国社会的现代化进程，也促进了文学概念的现代化。在这个时期，中国开始引进和吸收西方的文学理念，将诗歌、散文、小说、剧本等文学体裁作为狭义文学的代表。这种转变使得文学的认知更加明确和统一，同时也为文学创作和批评提供了更为清晰的方向。

文学概念的演变与社会文化的发展密切相关。随着社会的进步和文化的多元化，人们对文学的认知也在不断深化。文学不再仅仅是记录和传播知识的工具，更成为表达个人情感、探讨社会问题、反映人类精神追求的重要媒介。文学的认知逐渐从对形式和技巧的关注转向对内容和意义的挖掘，从而更加注重文学的社会功能和文化价值。此外，文学的认知也与人类对美的追求紧密相连。无论是东方的"文的自觉"还是西方的文学审美理论，都强调了文学作为一种艺术形式的审美价值。文学作品通过其独特的语言魅力和艺术表现力，激发读者的想象力，唤起读者的情感共鸣，从而达到审美的愉悦和精神的提升。

二、文学活动的认知

文学活动包含了若干要素，主要由四个要素构成：世界、作者、作品和读者，这四个要素在文学活动中形成相互渗透、相互依存和相互作用的整体关系。

（一）文学活动中的世界

文学活动是一个复杂而丰富的精神实践，它与我们所生活的世界紧密相连。在文学中，世界不仅是一个物理空间的概念，更是一个包含自然、社会、历史、文化以及人类情感和思想的多维存在。文学活动通过人的感受、思考和创作，将这个多维的世界转化为文学的一部分，从而让读者能够通过文学作品来理解和感受这个世界的多样性和复杂性。

西方文学理论的发展史中，文学与世界的联系始终是一个核心议题。古希腊时期的模仿论和再现论，强调了艺术作品对客观世界的逼真描绘。德谟克利特的艺术模仿自然说，以及柏拉图和亚里士多德对模仿的不同理解，都体现了古代西方文学理论对文学与世界关系的探讨。柏拉图认为艺术是对现实的低级模仿，而亚里士多德则认为艺术通过模仿可以达到对真理的更高理解，这两种观点虽然对立，但都强调了文学与客观世界的紧密联系。

随着时间的推移，文学与世界相联系的理论在西方文论中一直占据主导地位。浪漫主义的兴起，虽然强调了个人情感和想象力的重要性，但并没有削弱文学与世界的联系。像别林斯基这样的美学史上的重要人物，仍然强调文学艺术是对客观世界的模仿和再现。20世纪中期，魔幻现实主义的兴起为再现论提供了新的表现形式。魔幻现实主义通过扭曲的手法描绘世界，但这些扭曲仍然基于现实世界的再加工，反映了作家的主观能动性。马尔克斯的《百年孤独》就是魔幻现实主义的代表作，它通过虚构的魔幻世界，反映了社会现实。

在中国文学中，对世界的强调同样有着悠久的历史。中国哲学中的感物说强调了人与世界的合一和交融。魏晋南北朝时期，陆机在《文赋》中提出要对外界事物进行广泛而深入的观察。刘勰在《文心雕龙》中讨论了文学家的思维活动与客观物象的紧密结合。唐代司空图提出诗歌创作要"思与境偕"，明末清初王夫之的情景之论，以及近代王国维的意境说，都反映了情景交融的文学活动。这些理论不仅强调了文学创作需要对客观世界的深入观察和体验，也强调了对主观世界的深刻理解和表达。

文学与世界的联系是多维度和多层次的，它不仅仅是对客观现实的模仿和再现，更是对人类情感、思想和精神世界的探索和表达。文学创作既需要对客观世界的深入观察和体验，以获取真实、生动的素材，也需要对主观世界的深刻理解和表达，以传达作者的独特视角和深刻见解。文学无法脱离世界单独存在，世界为文学提供了无尽的素材和灵感。然而，强调世界在文学创作中的作用，并不意味着它是文学的全部。文学是一种复杂的精神活动，它不仅反映世界，也创造世界。通过文学，我们可以重新审视和理解我们所生活的世界，发现那些被忽视的细节，体验那些超越现实的情感和思想。

我们对文学的理解应该是整体和全面的，既要看到文学与世界的紧密联系，也要认识到文学自身的独立性和创造性。文学不仅仅是对世界的模仿和再现，更是对世界的解读和超越。文学活动不仅仅是对世界的记录和反映，更是对世界的想象和创造，它让我们能够超越现实的局限，探索更广阔的精神世界。

（二）文学活动中的作者

文学活动是一个涉及创作、表达和交流的复杂过程，其中作者的角色至关重要。作者不仅是文学作品的创造者，更是情感和思想的传达者。他们通过文字构建起一个充满想象力的世界，将个人的感受、情感以及对客观世界的理解转化为可供读者体验的文学作品。

在中国古代文学中，作者的情感表达与客观世界的反映被视为文学作品生成的起点。《尚书·尧典》《毛诗序》和《荀子·乐论》等经典文献中的观点，体现了文学作品作为作者情志表现的传统。这些作品不仅是作者内心情感的自然流露，也是对客观现实的再现。在中国文学传统中，文学作品被视为作者主观世界与客观现实相互作用的产物，既表现了作者的个性，也反映了社会现实。

刘勰在《文心雕龙·明诗》中提出，人的情感是由外界事物所引发的，这种情感的流露是自然而然的。钟嵘在《诗品序》中也强调了外界事物对人情感的影响，认为诗歌是情感波动的表现形式。白居易在《与元九书》中进一步阐述了诗歌的双重作用：既可以反映时政，也可以表达个人情感。这些观点表明，在中国文学理论中，作者的主观情感和客观世界的反映是和谐共存的。

在西方文学理论中，文学与作者的联系以及作品的表现功能直到十八九世纪之交的浪漫主义时期才得到强调。表现论与模仿论在文学本质论上有明显的区别。表现论认为文学是作者心灵的流露，而模仿论则认为文学是世界的反映。英国浪漫派诗人华兹华斯的观点是表现论的典型代表，华兹华斯的表现论认为诗歌是情感的自然表达。

表现论还强调了作者在作品意义生成中的作用，这一点与模仿论的考据式批评有所不同。表现论不强调文学创作应遵循的客观规律，而是强调"文学天才"的作用，将文学创作视为一种独特的、不可复制的活动。这种观点突出了作者在文学创作中的主体性，认为作者的个人情感和创造力是作品生成的关键。

然而，文学的表现活动与日常生活中的表现活动存在明显区别。文学表现需要经过深思熟虑，而非率性而为。唐代诗人贾岛的创作经历就是一个典型例子，他的诗句"独行潭底影，数息树边身"耗时三年才完成，体现了作者在创作过程中的心血投入。这表明，文学创作是一个需要时间、精力和智慧的过程，作者必须深入挖掘自己的情感，精心构思作品的结构和语言，才能创作出具有艺术价值的文学作品。

到了20世纪60年代，福柯的话语理论对作者进行了谱系学的研究。福柯的话语理论认为，写作的本质并不在于表现作者的崇高情感，而在于制造开局。在这一过程中，作者逐渐从文本中消失，作品的意义超越了作者的个人情感和意图。因此，要了解作者，不能仅仅依赖作品中的直接表现，而应关注作者在作品中的缺席以及与作品的复杂关系。福柯的这一理论对传统的作者中心论提出了挑战，强调了作品意义的开放性和多元性。

作者在文学活动中的作用不容忽视。他们通过创作表达个人情感，同时也反映和再现客观世界。虽然文学的表现活动需要深思熟虑，但作品的意义并不完全受限于作者的个人意图。我们应当全面理解作者在文学创作中的角色，认识到他们既是情感的表达者，也是作品意义的创造者。通过深入探讨作者与文学活动的关系，我们可以更好地理解文学的本质，促进文学的繁荣和发展。作者的创作不仅仅是个人情感的抒发，更是对人类经验和世界的深刻洞察。他们的作品能够跨越时间和空间的界限，与不同时代的读者进行对话，激发读者的思考和共鸣。因此，作者在文学活动中的作用是不可替代的，他们的作品是人类文化宝库中不可或缺的一部分。

（三）文学活动中的作品

文学作品作为文学活动的核心要素，承载着作者的情感和对现实世界的深刻洞察。它不同于现实世界的具体存在，也不同于作者内心感受的直接表达，而是通过艺术转化后的独特存在。这种转化既体现了文学的局限性，也展现了其独特的优势和魅力。

作品与现实的差异，虽然意味着无法原封不动地再现现实，但正是这种差异赋予了文学作品超越现实的可能。文学作品通过创造性转化，创造出具有普遍性和深层意蕴的艺术世界。这种创造性转化是文学艺术的重要特征，也是文学作品能够触动人心、引发共鸣的关键所在。

在文学创作中，作者的创新不仅仅是为了作品的外在吸引力，更是对事物和人生的一种新的观照方式。这种创新使得作品具有了超越具体内容的独立价值。例如，说书艺人吴天绪在讲述《三国演义》时，通过手势和表情而非模仿声音来传达张飞的气势，这种无声的表现方式让听众在内心感受到雷霆之吼，极大地增强了艺术表现力。

20世纪西方文论对作品形式价值的强调，是对传统文学理论的一次革新。俄国形式主义认为，文学的本质在于其形式，文学研究的真正对象应是作品的形式价值，即文学性，包括文学的语言、结构和形式。形式不是表现内容，而是决定和创造内容。形式主义还提出了陌生化概念，强调作品语言与现实之间的距离，认为文学创作的过程就是通过扭曲语言使现实生活陌生化的过程。

结构主义思潮也是一种形式主义文论，它强调对作品进行整体的模式研究，追踪作品的深层结构，认为深层结构是潜藏在作品中的模式，必须用抽象的手段从作品中加以挖掘。结构主义注重二元对立的分析方法，把文学作品分为一些结构成分，并从这些成分中找出对立的、有联系的、排列的、转换的关系，由此透视文学作品的复杂结构。

形式主义文论传统对传统文学理论的重内容轻形式、重作品描写的世界而不看重文学怎样描写世界的倾向是一次革新。形式主义和新批评对传统文学理论表现出了不妥协的革命立场,捍卫文学本体论。结构主义思潮将文学结构提高到绝对自主的地位,强调作品的独立性和自足性,几乎彻底取代了作者的重要性,作品本体论达到了偏激的程度。

然而,尽管作品在文学活动中占据了核心地位,人们也应该认识到,作品并非文学的全部。作品是作者情感与现实世界的艺术转化,是作者与读者之间的桥梁。在欣赏和解读文学作品时,我们既要关注作品的形式结构,也要理解作品所传达的情感和思想,以及作品与现实世界的关系。通过全面而深入的理解,我们才能真正领略文学作品的魅力,体会文学活动的价值和意义。

作品的独立性和自足性并不意味着它们是封闭的、孤立的存在。相反,它们是开放的、动态的,与读者的解读和体验紧密相连。作品的意义不是固定的,而是在读者的阅读过程中不断生成和发展的。因此,文学作品的价值不仅在于它们自身的艺术成就,更在于它们能够激发读者的想象力和思考,促进读者与作品之间的对话和互动。

(四)文学活动中的读者

文学活动是一个包含作者、作品和读者的复杂系统,其中读者的角色至关重要。读者通过阅读鉴赏活动,不仅赋予文本以生命,更赋予其意义。没有读者的参与,文学作品就像未完成的艺术行为,其价值和意义无法得到完全实现。

读者的阅读过程是一种个性化的再创造活动。他们在阅读文学作品时,不仅仅是在接收作者的思想和对人情世态的描写,更是基于自己的生活经验和文化修养,运用想象力和联想力,在心中重塑作品的内涵。这种再创造的性质,正如中国古语所言"仁者见仁,智者见智","诗无达诂",强调了读者对作品的独特理解和诠释。

随着印刷术的发展和文学公共领域的形成,读者对作品的阐释和再创造现象变得更加普遍。例如,英国作家斯威夫特的《格列佛游记》原为政治讽刺之作，但随着时间的推移，其原有主题逐渐淡化，而作品中的幻想性描写却吸引了无数读者。这部作品最终由政治讽刺小说转变为一般性读物，甚至被视为儿童文学，其主题也被理解为鼓励儿童了解世界的外向化价值取向。

中国南宋时期岳飞的《满江红》在现代被诠释为爱国主义的名篇，尤其在抗日战争时期激励了无数爱国青年。然而，从文本本身来看，其主要表达的是忠君思想，而非现代意义上的爱国主义。这一现象再次证明了文学阅读的接受活动对文本意义具有能动的再创造作用。

20 世纪 60 年代，接受美学和读者反应批评的兴起，将文学接受活动作为研究的焦点，强调了读者在文学活动中的自主性和重要性。伊瑟尔的"隐含的读者"概念，标志着接受美学从接受研究向效应研究的转变。这种转变强调了作者与读者在文本中的潜在对话，认为作者在创作过程中已经设定了具体的阅读对象，而这些对象往往是通过作品中的空白结构来召唤的。

姚斯的接受研究和伊瑟尔的效应研究都突出了读者在文学活动结构中的地位，将读者接受活动视为文本含义的具体化和再创造过程。这种转变推动了文学研究由重视作者和作品向重视读者的范式转型，也促进了文学理论由独断性的话语系统向对话性的话语系统的转变。

读者的解读和再创造，使得文学作品能够跨越时空，与不同时代的读者产生共鸣，展现出持久的生命力和魅力。因此，读者不仅是文学活动的接受者，更是文学作品意义的共同创造者。通过读者的阅读和诠释，文学作品得以在不断地对话和交流中获得新的生命和价值。

在文学活动中，读者的角色是多维的，他们不仅是文本意义的接收者，也是文本意义的创造者和传播者。读者的阅读活动是一个动态的、互动的过程，他们的反应、感受和思考与文本之间形成了一种复杂的对话关系。这种对话关系不仅丰富了文本的内涵，也为文本赋予了新的生命力。

读者的个性化解读，使得同一文本可以有多种不同的理解和诠释。这种多样性是文学活动的重要组成部分，它体现了文学作品的开放性和包容性。文学作品不是封闭的、固定的，而是在读者的阅读过程中不断被重新解读和创造的。每一次阅读都是一次新的发现,每一次诠释都是对文本的一次新的赋予。此外,读者的阅读活动也是社会文化背景和个人经历的反映。不同的社会文化背景和个人经历会影响读者对文本的理解和诠释。这种影响使得文学作品的意义具有了多样性和复杂性,也使得文学作品能够与不同时代的读者产生共鸣。

总之,读者在文学活动中的作用是不可或缺的。他们的阅读和诠释不仅完成了文学作品的创作,也为文学活动带来了多样性和丰富性。读者的个性化解读和再创造,使得文学作品能够在不断地对话和交流中获得新的生命和价值。因此,我们应该充分认识到读者在文学活动中的重要性,尊重他们的个性化解读和再创造,促进文学作品与读者之间的对话和交流,推动文学的繁荣和发展。

第三节　文学的本质属性

一、文学是社会意识形态

(一)文学受到经济基础的制约

"文学,作为一种社会意识形态,是在一定社会经济基础上形成和发展起来的,归根究底,是受其制约的。"[①]主要表现为以下方面。

1. 文学是社会生活的历史产物

文学并不是从来就有的,而是随着人类社会的发展,随着社会生产力的

---

① 吕东亮. 新时代文学理论教程 [M]. 武汉:武汉大学出版社,2022:17.

提高，人类活动中出现了体力劳动和脑力劳动的分工后出现的。而且在人类的精神活动中，伴随人类语言文字的发生，当人的审美需要成为人类不可或缺的精神需要后，文学才得以真正发生。文学作为一种特殊的精神产物，其出现和发展深受社会生产力水平的制约。在原始社会，人类的基本需求仅限于维持生存，因而没有形成复杂的精神文化。随着社会生产力的提高，劳动分工逐渐显现，体力劳动和脑力劳动开始分化，这为文学的诞生提供了必要条件。文学是社会生活的历史产物主要体现在以下方面。

（1）劳动分工与脑力劳动的兴起。劳动分工的出现使得人类能够在不同领域中精细化工作，从而提高了生产效率。随着社会的发展，劳动分工日益细化，各种专业领域逐渐形成。这种分工不仅解放了人类的双手，使得生产工具和技术得以不断改进，更重要的是，它将人类从繁重的体力劳动中部分解脱出来，使得一部分人能够专注于脑力劳动。脑力劳动者的出现，是人类社会发展的一个重要里程碑。他们不再直接从事物质生产，而是投入到知识的积累、思想的传播和文化的创造中。这种变化不仅极大地推动了科学技术和文化艺术的发展，也为文学创作提供了新的条件和动力。

尤其是脑力劳动者，他们在社会中扮演着知识传播者和思想启迪者的角色。他们通过教学、写作、研究等方式，将积累的知识和经验传递给下一代，并推动社会的进步和文明的发展。脑力劳动者的思想逐渐丰富，为文学的内容注入了新的活力。他们的创作不仅限于对自然现象和社会现实的描述，还包括对人类内心世界的探索和表达。这种内心世界的开掘，使得文学作品不仅具有直观的现实意义，更具有人文关怀和思想深度。从此，文学不仅是对外部世界的再现，也是对人类自身的反思和探索，文学作品的思想性和艺术性得到了前所未有的提升。

（2）语言文字的发展。语言文字的产生是文学发展的重要前提。最早的人类语言主要用于交流和传递信息，在生产劳动和日常生活中发挥着重要作用。随着社会的不断发展，人类的交往范围扩大，交往内容也愈加丰富，单纯的信息传递已经不能满足人类的需求。语言逐渐成为表达情感和思想的工具，人们开始通过语言来抒发内心的感受、表达对世界的认识和理解。语言的丰富和多样化，为文学的产生和发展奠定了基础。

文字的发明则是文学真正形成的标志。通过文字，人类的思想和情感得以永久记录和传承，文学作品得以跨越时间和空间，影响后世。文字的出现，使得口耳相传的局限性得以突破，文学作品的传播范围得到扩展。古代的石刻、竹简、纸张，现代的印刷术、电子书，都极大地推动了文学的发展。文字不仅是信息的载体，更是思想的载体，它记录了人类文明的进程和智慧的结晶。通过文字，文学作品得以保存和传递，成为文化传承的重要载体，也成为人类精神世界的重要组成部分。

（3）审美需要的出现。当物质需求得到基本满足后，人类开始追求精神上的满足，审美需要成为不可或缺的部分。随着社会生产力的不断提高，人们的生活水平逐渐改善，基本的物质需求得到了满足。在此基础上，人们开始追求更高层次的精神享受，审美需要逐渐成为一种普遍的社会现象。文学作为一种艺术形式，正是为了满足人类的审美需求而产生的。通过对语言的艺术加工，文学作品呈现出一种独特的美感，使读者在阅读中获得精神上的愉悦和共鸣。

文学不仅是对现实生活的再现，更是对理想世界的追求。它通过丰富的想象力和创造力，构建出一个个美妙的精神世界，使人们在其中寻找心灵的慰藉和情感的共鸣。文学作品的审美价值，不仅体现在其内容的深刻性和思想性上，更体现在其形式的优美和语言的精妙上。通过对语言的精细雕琢和艺术表达，文学作品在读者心中激起情感的涟漪，带来美的享受和精神的满足。审美需要的出现使得文学作品不仅具有知识和思想的传递功能，更具有艺术和美学的享受功能，成为人类精神生活中不可或缺的重要组成部分。

2. 文学来自社会生活

社会生活的具体面貌最终受限于经济基础，不同的经济基础导致了不同的社会发展阶段具有不同的生活内容，从而在不同的社会历史时期，具有不同的文学内容、文学形式和文学风格。

（1）社会生活与经济基础的关系。经济基础决定上层建筑这一基本原理，揭示了经济基础对社会生活各个方面的决定性影响。经济基础是指社会生产力和生产关系的总和，是社会存在的物质基础。不同的经济基础决定了社会生产关系的不同，进而影响到人们的生活方式、思想观念和文化形式。例如，古代社会的经济基础是地主经济，这种经济结构决定了封建等级制度的存在，使得社会分为不同阶层。人们的生活方式和思想观念也因此受到严格的等级约束，文化形式多以服务于统治阶级的需求为主。

在现代社会，生产方式强调利润最大化，导致社会生产关系变得高度商业化和市场化。人们的生活方式因此变得多样化，思想观念更加注重个人自由和竞争。文化形式也随之发生了深刻变化，从服务于古代统治阶级的文化变成了多元化、世俗化的文化形式。文学作为社会生活的反映，自然也深受经济基础的影响。在古代社会，文学多以赞美君王和贵族生活为主题，而在现代社会，文学更倾向于反映城市生活、商业竞争和个人奋斗等主题。

（2）文学的社会内容。文学作品通过对社会生活的描写，反映出不同时代的社会现实。古代文学多描写帝王将相、才子佳人，这是因为当时的社会结构和文化观念决定了这些题材的流行。在封建社会，文学的创作主体多为文人学士，他们受教育程度高，对社会上层的生活有深刻了解，因此，他们的作品常常以歌颂帝王、描写贵族生活为主题。封建社会的等级制度也使得文学作品的内容多受制于统治阶级的意识形态，强调忠君爱国、礼义廉耻等传统观念。例如，《红楼梦》不仅是一本描写爱情和家庭的小说，更是对封建贵族生活的细腻刻画和深刻反思。

现代文学则更多地关注普通人的生活和社会问题，这是因为现代社会的经济基础和生产关系发生了巨大变化，导致人们的关注点转向了更为广泛的社会层面。工业革命和资本主义的发展使得社会结构发生了深刻变革，城市化进程加快，新的社会阶层和矛盾不断涌现。文学创作者开始关注工人、农民、市民等普通人的生活，描写他们的困境和奋斗，反映社会的不公和矛盾。例如，查尔斯·狄更斯的《雾都孤儿》揭示了工业化进程中社会底层的艰辛生活，鲁迅的作品则深刻揭示了中国近现代社会的状况。现代文学不仅在内容上更加广泛和深入，在形式上也更加多样化，反映出社会生活的复杂性和多样性。

（3）文学形式和风格的变化。不同的经济基础不仅影响文学的内容，也影响文学的形式和风格。古代社会的文学形式多为诗歌、散文、戏剧等，风格上讲求文辞优美、意境深远。这是因为古代社会的教育和文化传播主要依靠文字和口头传授，诗歌和散文等形式便于记忆和传颂，适合在社会上层和文人学士中流传。古代诗歌讲究音韵和对仗，追求形式上的和谐美，内容上多以自然景色、人生哲理、爱情故事等为主题，意境深远。例如，唐诗宋词以其优美的语言和深刻的意境，成为中国古典文学的瑰宝。戏剧作为一种综合艺术形式，也在古代社会中占有重要地位，既能表现复杂的故事情节，又能通过舞台表演增强艺术感染力。

而在现代社会，小说成为主要的文学形式，风格上更注重现实主义，强调对现实生活的真实描写，这是因为现代社会的快速发展和信息多样化，使得人们对文学的需求不仅限于优美的辞藻和深远的意境，更需要真实反映社会现实、揭示人性复杂的作品。小说这种形式能够通过详细的叙述和复杂的人物关系，深刻地描写社会现实和人们的内心世界。例如，俄国文学中的托尔斯泰、陀思妥耶夫斯基的作品，不仅在内容上深刻揭示了社会的矛盾和人性的复杂，在形式上也通过细腻的描写和复杂的结构，展现了文学的巨大魅力。在现代社会的不同历史阶段，还有部分文学强调文学的人民性和革命性，如社会主义文学，它们通过描写劳动人民的生活和斗争，反映社会的进步和革命的理想。文学风格因此更加多样化，既有现实主义的细腻描写，也有浪漫主义的抒情表达，形成了丰富多彩的文学世界。

（二）文学具有相对独立性

虽然经济基础对作为社会意识形态的文学具有最终的决定作用，但文学由于在整个社会结构中处于更高地位的意识形态领域，所以文学一经产生，便具有了相对独立性。

文学作为一种重要的文化现象和艺术形式，虽然总是受到社会各方面的影响，但其独特的艺术属性和自身的发展规律使其具有相对独立性。文学不仅仅是社会现实的简单反映，它在表达思想、情感和审美追求方面具有独立的价值。现从以下方面探讨文学的相对独立性。

1. 文学受到上层建筑尤其是政治的影响

文学作为上层建筑的一部分，总是受到政治等社会因素的影响。然而，这种影响并不是直接的，而是通过各种中间环节和复杂的社会过程实现的。政治对文学的影响主要体现在两方面：一方面，政治环境和政策对文学创作和传播的直接限制和引导；另一方面，政治观念和意识形态通过潜移默化的方式进入作家和读者的思想中，影响文学作品的内容和形式。

（1）政治环境和政策对文学创作和传播的影响是显而易见的。在不同的政治环境下，文学创作的自由度和表达方式会有所不同。例如，在极权主义国家，文学创作常常受到严格的审查制度的限制，作家不得不在有限的空间内表达自己的思想。在这种情况下，许多作家通过隐喻、象征等手法来绕过审查，表达对现实的不满和对自由的向往。反之，在相对自由的政治环境下，作家的创作自由度较大，他们能够更直接地表达自己的思想和情感。因此，政治环境和政策对文学创作的直接影响不容忽视。

（2）政治观念和意识形态对文学的影响更多的是通过潜移默化的方式实现的。政治观念往往通过教育、媒体和社会风俗等途径渗透到人们的日常生活中，影响作家和读者的思想倾向和情感态度。作家在创作过程中，往往会不自觉地受到这些观念的影响，将其融入文学作品中。读者在阅读文学作品时，也会受到社会主流意识形态的影响，从而对作品产生特定的理解和解读。例如，在中国古代，忠孝仁义等儒家思想对文学创作有着深刻的影响，许多文学作品通过塑造忠臣孝子的形象来宣传这些道德观念。即便在现代社会，政治观念和意识形态仍然通过各种方式影响文学的创作和传播。

需要注意的是，尽管文学总是受到上层建筑尤其是政治的影响，但这种影响并不是直接的而是间接的，不是一一对应的而是曲折渗透的。政治观点通过潜移默化的方式进入作家、作品、读者的思想倾向或情感态度中，甚至成为人们无意识的习惯性表述。这种复杂而多层次的影响方式，使得文学在一定程度上保持了相对的独立性。

2. 文学常常受到哲学、道德等其他社会意识形态的影响

文学不仅受到政治的影响，还常常受到哲学、道德等其他社会意识形态的影响。不同历史时期的哲学和道德观念，对文学的发展方向、创作主题和艺术形式都有着重要的影响。例如，在中国文学的发展过程中，魏晋时期玄学的兴起、唐代佛学和禅宗的风行、明清时期理学的普及，都对当时的文学产生了深远的影响。然而，这些影响同样表现出复杂的间接性和多层次性，文学在吸收和反映这些哲学和道德观念的同时，也在不断地进行自身的创新和发展。

魏晋时期，玄学对当时的文学观念和诗歌样式产生了重要影响。玄学以老庄哲学为基础，强调自然无为、清静无为的思想，倡导对生命和自然的体悟，这种哲学观念使得魏晋时期的文学作品充满了对自然的赞美和对生命的思考。例如，陶渊明的田园诗正是在这种玄学思想的影响下，表现出对田园生活的热爱和对世俗名利的淡泊态度。玄学不仅影响了文学的内容，也影响了文学的形式，魏晋时期的诗歌样式更加自由、潇洒，语言简练而富有哲理，形成了独特的风格。

唐代佛学和禅宗的风行，对唐代文学特别是诗歌创作产生了深远影响，这些思想渗透到唐代诗人的创作中，使得唐诗不仅在形式上精美绝伦，在思想上也更加深刻。例如，王维的诗歌充满了禅意，他通过对自然景物的描绘，表达出对人生的感悟和对宇宙的敬畏。禅宗的影响使得唐代诗歌更加注重意境的营造和情感的表达，形成了独特的艺术风格。

明清时期，理学成为主流思想，对文学的影响也不容忽视。理学强调伦

理道德和社会责任，提倡修身齐家治国平天下的理念，这种思想渗透到文学创作中，使得明清时期的文学作品在内容上更加注重伦理道德的教育功能。例如，《红楼梦》不仅是一部反映封建社会家庭生活的小说，更是一部深刻揭示封建伦理和人性复杂性的巨著。理学的影响还体现在文学形式上，明清小说在结构上更加严谨，人物刻画更加细腻，情节安排更加符合伦理道德的要求。

3. 文学具有自身的历史传承性

文学一旦出现，无论其内容还是形式都会在时间的淘洗中获得沉淀，形成相对稳定的思想资源，从而为文学今后的发展奠定坚实的前提和基础，不会简单地随着社会经济基础的变化而变化。文学的历史传承性体现在两个方面：一方面，文学观念的传承性；另一方面，文学内容和形式的历史延续性。

（1）文学观念的传承性是文学发展的重要特征之一。在中国文学史上，许多重要的文学观念自古以来就对文学创作产生了深远的影响。例如，"诗言志"这一观念早在《诗经》时期就已经确立，认为诗歌是表达思想和情感的重要方式，这个观念在后来的文学发展中不断得到传承和发展，成为中国古代文学的重要理论基础。"诗缘情"的观念也在中国文学史上占有重要地位，认为诗歌应当抒发真实的情感，这一观念对后世的文学创作产生了深远的影响。即使在1919年"五四"运动之后，随着西方文学观念的引入，中国文学仍然需要联系自身的文学传统进行分析和剖解。例如，作为中国近现代文学开拓者的王国维先生提出的"境界说"，正是对传统文学观念和西方文学理论的有机结合。

（2）文学内容和形式的历史延续性表现得更为充分。中国文学创作中，一些具有典型意味的思想情感和生活经验，成为古往今来文学表现的主题。例如，游子思乡、家人团聚等主题，贯穿于中国文学的整个发展历程。无论是古代的《诗经》《楚辞》，还是唐诗宋词，甚至是现代文学作品，这些主题始终是文学创作的重要内容。同时，作家在长期创作过程中摸索出来的文学形式，只要是符合美的规律的，是适合相应思想情感表达的，均具有较强的生命力，从而在文学发展中得到继承和沿用，甚至成为相对稳定的规范，制约着作家的创作。例如，中国文学一开始强调的"兴""比""赋"等创作手法，直到今天仍然是众多作家进行文学创作的方法参照。诗歌、小说、散文、戏剧等体裁，以其自身的创作特征和形式要求，为作家的表情达意提供了丰富的表达方式。

文学的历史传承性不仅体现在内容和形式上，还体现在文学创作的审美标准和价值观念上。传统文学观念中的许多审美标准，如自然美、情感美和意境美，至今仍然对文学创作具有重要的指导意义。文学的传承性使得文学创作不仅是对现实生活的反映，更是一种文化的积淀和发展。正是这种传承性，使得文学在不同的社会历史时期，能够在继承中创新，在创新中发展，形成具有独特艺术魅力和思想深度的文学作品。

（三）文学具备反作用

在整个社会结构中，文学虽然受到经济基础、上层建筑和其他各类意识形态的制约，但它并不是被动无为的，它会对经济基础、上层建筑和其他意识形态发生能动的反作用。

1. 文学对经济基础和社会发展的反作用

文学作为社会意识形态的一部分，能够通过其思想内容和艺术形式对经济基础和社会发展产生重要影响。积极进步的文学作品往往能激励人心，推动社会变革和经济发展；反之，消极落后的文学则可能固化旧的观念，阻碍社会进步。

（1）文艺复兴时期文学对社会发展的推动作用。文艺复兴时期的文学作品对西方社会的发展产生了深远的影响。文艺复兴运动提倡人文精神，肯定世俗生活，反对束缚，促进了人们思想的解放和社会的进步。在这一时期，涌现出大量优秀的文学作品，如薄伽丘的《十日谈》、莎士比亚的《哈姆莱特》、拉伯雷的《巨人传》等。

薄伽丘的《十日谈》通过生动的故事和富有现实主义色彩的描写，揭示了人性的复杂和社会的多样性。书中的人物形象丰富多彩，故事情节引人入胜，表达了对自由、爱情和人类尊严的追求。《十日谈》不仅在文学上取得了巨大成就，也对人们的思想观念产生了深远影响，推动了人文主义思想的传播和社会的进步。

莎士比亚的《哈姆莱特》通过对王子复仇故事的描写，探讨了人类存在的深层次问题，如生与死、正义与复仇、理性与情感等。莎士比亚通过复杂的剧情和深刻的人物刻画，揭示了人性的多面性和社会的矛盾性。《哈姆莱特》的思想深度和艺术成就，使其成为文艺复兴时期最重要的文学作品之一，对后世文学和思想产生了深远影响。

拉伯雷的《巨人传》以其夸张的手法和幽默的风格，揭示了社会的荒谬和不公。拉伯雷通过描写巨人潘塔古尔和加尔冈图瓦的冒险故事，批判了封建制度的腐朽和教会的专横，表达了对自由和平等的追求。《巨人传》不仅在文学上取得了巨大成功，也对社会产生了重要影响，激励了人们对自由和公正的追求。

（2）现代文学对经济和社会发展的推动作用。现代文学在经济和社会发展中也发挥了重要作用。例如，查尔斯·狄更斯的作品对工业化社会的批判具有重要意义。狄更斯通过《雾都孤儿》《大卫·科波菲尔》等作品，揭示了工业化进程中社会底层的艰辛生活和社会的不公现象。他的作品通过生动的故事和细腻的人物刻画，引发了社会对底层人民生活状况的关注，推动了社会改革和进步。

同时，现代文学中的反乌托邦作品也对社会发展产生了重要影响。乔治·奥威尔的《1984》和阿道司·赫胥黎的《美丽新世界》通过对极权主义和科技滥用的批判，警示人们关注个人自由和社会公正。这些作品通过深刻的思想内涵和引人入胜的情节，激发了人们对社会未来的思考和对人类命运的关切，推动了社会进步和民主化进程。

2. 文学对其他意识形态的反作用

文学不仅受到哲学、道德等社会意识形态的影响,同时也能反作用于这些意识形态,对其产生重要影响。文学作品往往在一定的世界观指导下进行创作,无论作者的世界观是明晰的还是模糊的,是系统的还是零散的,其作品的思想内涵总是具有一定的哲学意味。

(1)文学对哲学的反作用。文学作品中的思想内涵常常具有深刻的哲学意味,对哲学的发展产生重要影响。例如,存在主义文学对现代西方哲学产生了深远的影响。让保罗·萨特的《恶心》和《苍蝇》等作品,通过对个体存在的探讨,揭示了人类存在的荒诞性和孤独感。这些作品通过对个体自由、责任和选择的描写,反映了存在主义的核心观点,对现代西方存在主义哲学思潮的推广产生了重要作用。

存在主义文学通过其独特的思想深度和艺术表达,使得存在主义哲学的观点深入人心,影响了许多哲学家和思想家。萨特的文学作品不仅在文学领域取得了巨大成就,也在哲学领域产生了深远影响。他的作品通过对人类存在的深入剖析,揭示了人类存在的本质问题,推动了存在主义哲学的发展和传播。

(2)文学对道德观念的反作用。文学作品通常含有一定的道德内容,对社会的道德观念和道德标准产生影响。文学作品通过塑造人物形象和描述道德冲突,揭示了社会的道德问题和人性的复杂性,从而对读者产生深刻的影响,推动社会道德观念的变革。例如,列夫·托尔斯泰的《战争与和平》和《安娜·卡列尼娜》等作品,通过对人性的深入描写和道德冲突的刻画,揭示了社会的道德问题和人性的复杂性。托尔斯泰通过其作品,表达了对人类道德和社会公正的追求,激发了读者对道德问题的思考和关注。

文学作品通过其思想内涵和艺术表达,对哲学、道德等其他社会意识形态产生了重要影响。文学不仅是社会现实的反映,也是对社会意识形态的积极回应和推动力量。通过对社会问题的深入探讨和对人性的深刻揭示,文学在一定程度上推动了哲学、道德等意识形态的发展和变革。

二、文学是审美意识形态

文学的审美意识形态性是指文学的审美表现与意识形态相互渗透、相互浸染的状态，即审美中综合了意识形态，意识形态在审美中得到了传达。具体表现为文学的无功利性、情感性、形象性与社会权力结构之间的多重关联，即文学的无功利性与功利性、文学的情感性与认识性、文学的形象性与理性的相互交织。文学作为一种独特的审美意识形态，不仅反映了世界的本质和人类的精神世界，还通过无功利性和功利性、情感性和认识性、形象性和理性等多重特征，揭示了其在社会文化中的重要地位和作用。

（一）文学的无功利性与功利性

1. 无功利性：对世界的审美把握

文学作为审美意识形态，表现出一种无功利性，这种无功利性体现在文学对世界的审美把握上，即文学不需要改变对象的物质存在以满足现实的功利需要，而是通过想象和艺术表达达到对世界的自由掌握。文学作品通过其独特的审美方式，使读者在阅读过程中获得精神上的愉悦和满足，而不是实际利益的满足。

无功利性是文学作为审美意识形态的核心特征之一。文学作品通过虚构的情节和生动的人物形象，将读者带入一个充满想象力的世界，使人们能够在审美体验中暂时超越现实的束缚，获得一种精神上的自由感。例如，托尔斯泰的《战争与和平》虽然描写了战争的惨烈和社会的动荡，但其真正的价值在于通过对人性的深刻描绘，使读者在审美体验中反思人类的命运和社会的本质。文学作品通过其无功利性的特质，使人们在阅读过程中获得一种超越现实的精神享受，从而深化对世界的认识和理解。

文学的无功利性不仅仅体现在内容上，还体现在形式和表现手法上。作家通过艺术想象力和创造力，打破现实世界的束缚，构建一个充满美感和意味深长的艺术世界。这种艺术世界通过情节的虚构、人物的塑造和语言的修辞，给读者提供了一种超越日常经验的审美享受。例如，卡夫卡的《变形记》通过主人公变成甲虫的荒诞情节，深刻揭示了现代社会中个体的孤独与异化。卡夫卡通过无功利性的艺术表达，使读者在体验荒诞的同时，获得了一种超越现实的精神愉悦和思考。

无功利性使文学具有了一种独特的审美价值，它不以实际利益为目的，而是通过艺术的形式和内容，使人们在精神上获得自由和满足。文学作品通过虚构和想象，将读者带入一个超越现实的世界，使人们在审美体验中暂时脱离现实的束缚，获得一种纯粹的精神愉悦。这种精神上的自由和满足，是文学作为审美意识形态的核心特征和重要价值所在。

2. 功利性：文学对社会的积极影响

虽然文学具有无功利性，但它并非完全脱离现实，文学同样具有一定的功利性，即它能够通过其思想内容和艺术形式对社会产生积极影响。文学作品通过反映社会现实，揭示社会矛盾，批判社会不公，从而激励人们追求社会变革和进步。

文学的功利性体现在其对社会发展和人类文明的推动作用上。例如，文艺复兴时期的文学作品通过提倡人文精神，反对封建束缚，促进了人们思想的解放和社会的进步。莎士比亚的《哈姆莱特》通过对人性和社会矛盾的深刻描写，激发了人们对自由、正义和人类尊严的追求，从而对社会产生了积极的推动作用。

文学的功利性不仅体现在对社会现实的反映上，还体现在对社会问题的揭示和批判上。例如，狄更斯的《雾都孤儿》通过对孤儿奥利弗·特威斯特悲惨命运的描写，揭示了工业革命时期英国社会的贫富悬殊和阶级对立，激发了人们对社会正义的追求。狄更斯通过文学作品，对社会不公进行了深刻的批判，推动了社会的改革和进步。

文学的功利性还体现在对社会思想和文化的引导上。文学作品通过其思想内容和艺术形式，对社会思想和文化产生深远的影响。例如，鲁迅的《呐喊》

通过对中国封建社会的批判和对个体觉醒的呼唤，推动了中国现代文学的发展和新文化运动的兴起。鲁迅通过其文学创作，引导了社会的思想变革和文化进步，对中国社会的发展产生了积极的影响。

文学的功利性还使其在推动社会变革和进步中发挥了重要作用。文学作品通过反映社会现实，揭示社会矛盾，批判社会不公，激发了人们对社会正义和进步的追求。文学通过其功利性特质，引导了社会舆论，推动了社会变革，促进了人类文明的发展。无论是无功利性的审美体验，还是功利性的社会影响，文学作为审美意识形态，都在丰富人类精神世界和推动社会进步中发挥了不可替代的重要作用。

（二）文学的情感性与认识性

文学作为审美意识形态，不仅通过其艺术形式表达情感，还在情感的基础上帮助人们认识世界。文学的情感性和认识性相辅相成，共同构成了文学的审美特质。

1. 文学的情感性：审美的情感表达

文学的情感性是其作为审美意识形态的重要特征之一。文学作品通过对人物形象和故事情节的描绘，表达作者的情感体验和审美感受，这种情感表达不是出于功利目的，而是超越利害得失关系的纯粹审美体验，具有普遍性和社会性。文学的情感性不仅体现在作品的内容上，还体现在作品的艺术形式上。每一位作家都通过其独特的审美体验，创造出具有个体性的文学作品。例如，卡夫卡的《变形记》通过主人公格里高尔的荒诞变形，表达了对现代社会中个体孤独和异化的深刻感受。卡夫卡通过其独特的审美体验，创造了一个充满象征意味的文学世界，使读者在情感上产生共鸣和思考。

2. 文学的认识性：帮助人们认识世界

文学不仅具有情感性，还具有认识性，即它能够帮助人们认识自然、社会和人的精神世界。文学作品通过对客观世界的反映和对社会生活的思考，揭示了人类社会的本质和发展规律，从而帮助人们加深对世界的认识。文学的认识性体现在以下方面。

首先，文学是客观世界在作家主观世界中的能动反映。作家通过其独特的视角和艺术手法，将现实世界中的人物、事件和情感转化为文学作品中的艺术形象，使读者在审美体验中加深对现实世界的认识。例如，陀思妥耶夫斯基的《罪与罚》通过主人公拉斯科尔尼科夫的犯罪与忏悔，揭示了人性的复杂性和社会的矛盾性，使读者在阅读中反思人类的道德和社会的正义。

其次，文学中蕴含着作家对社会生活的认识。作家在创作过程中，总是力图透过纷繁复杂的社会现象，把握其内在的发展规律，并通过符合艺术规律的方式表达对社会生活的思考和认识。例如，巴尔扎克的《人间喜剧》通过对法国社会各个阶层的描写，揭示了资本主义社会的本质和矛盾，为读者提供了一个全面而深刻的社会图景。

最后，文学通过独特的艺术形象实现对社会关系的整体把握。文学作品通过对自然、人和社会生活的有机构成的反映，关注人的生存、生活状况，思考生命的意义和价值，以促进人们认识社会历史发展的真实面貌。例如，托尔斯泰的《战争与和平》不仅描写了战争的惨烈和社会的动荡，还通过对人性和社会关系的深刻探讨，揭示了人类命运的复杂性和社会发展的规律。

（三）文学的形象性与理性

文学作为审美意识形态，通过生动具体的形象反映社会生活，同时也蕴含着深刻的理性思考。文学的形象性和理性相结合，使其既具艺术感染力，又具思想深度。

1. 文学的形象性：通过形象反映社会生活

文学的形象性不仅是一种艺术表现手法，更是一种深刻的社会反映和人性的探讨。在文学作品中，形象的塑造并非简单地复制现实，而是通过艺术加工，使人物、事件、环境等具有超越现实的生命力和象征意义。这种形象性让文学作品成为一面镜子，反映出社会的各种面貌，同时也成为一盏灯，照亮了人性的深处。

形象性在文学中的运用，使得作品能够跨越时空的限制，与读者产生共鸣。它通过细腻的笔触，将读者带入一个个鲜活的故事场景中，感受人物的喜怒哀乐，体验生活的酸甜苦辣。正如托尔斯泰在《战争与和平》中所描绘的那样，通过对战争与和平两个极端状态的对比，展现了人性的光辉与阴暗，以及社会变迁对个体命运的影响。

此外，文学的形象性还体现在其能够激发读者的想象力和创造力。读者在阅读过程中，不仅仅是被动接受作者所塑造的形象，更是在心中构建起自己对作品的理解和想象。这种互动性使得文学作品具有了无限的解读空间，每个人都能在其中找到属于自己的感悟和启示。

形象性的另一个重要价值在于其教育和启迪作用。文学作品通过形象的塑造，传递了作者的思想观念和社会责任感。它们不仅仅是为了娱乐，更是为了启发人们思考，引导人们向善。如鲁迅的《阿Q正传》通过阿Q这一形象的讽刺，深刻揭示了旧社会的种种弊端，激发了人们对于社会改革的思考和行动。

总之，文学的形象性是其魅力所在，也是其力量之源。它通过形象的塑造，不仅丰富了文学的艺术表现，更深化了文学的社会意义和人文关怀。在形象的引领下，文学作品能够触动人心，激发思考，成为人类文明进步的重要推动力。

2. 文学的理性：深刻揭示生活的规律

文学的理性是其超越形象性而达到的一种思想深度和哲学高度，它不满足于表面的叙述和情感的抒发，而是通过作品的内在逻辑和思想内涵，引导读者进行深层次的思考。这种理性的体现，使得文学作品不仅仅是艺术的创作，更是智慧的结晶，是思想的火花。

首先,文学的理性表现在对现实生活的深刻洞察上。作家通过对现实生活的观察和体验,捕捉到生活中的普遍规律和特殊现象,并通过文学作品进行艺术化的再现和理性的分析。例如,巴尔扎克的《人间喜剧》系列,通过对19世纪法国社会的广泛描绘,不仅展现了当时社会的风貌,更深刻地揭示了资本主义社会的发展规律和人性的复杂性。

其次,文学的理性表现在对人类命运的深入思考上。许多文学作品不仅仅是对个体生活的叙述,更是对整个人类社会和人类命运的探讨。如雨果的《悲惨世界》,通过对不同人物命运的交织,展现了人性的光辉与黑暗,以及社会不公对个体命运的影响,引导读者思考正义、自由和人性等普遍价值。

最后,文学的理性体现在对生命意义的探索上。许多文学作品通过对人物内心世界的深入挖掘,探讨了生命的意义和价值。如卡夫卡的《变形记》,通过主人公格雷戈尔的变形经历,揭示了现代社会中人的异化和孤独,以及对生命意义的追问。

三、文学是语言艺术

文学是社会意识形态,是从一般层面对文学本质的界定;文学是审美意识形态,是从特殊层面对文学本质的界定;文学是语言艺术,是从文学相对于其他艺术形式,如音乐、绘画、建筑、雕刻、摄影、电影等而言,是从文学的个别性层面对文学本质的解释。

(一)文学与语言

文学与语言的关系是文学创作与接受过程中不可或缺的核心纽带。"文学是一种'语言艺术',语言既是文学文本的具体存在形式,也是整个文学活动得以存在的基础和依据。"[①] 在文学的广阔天地中,语言不仅是传递思

---

① 杨守森,周波. 文学理论实用教程(第2版)[M]. 北京:中国人民大学出版社,2017:83.

想与情感的工具,更是文学创作与欣赏的实质内容。语言可以被划分为语言系统和言语两大体系。语言系统是一套普遍性的语法规则,是社会成员共同遵循的潜在规则和惯例。而言语则是个人运用语言的具体行为,是外显的实践和现象,这两者之间存在着密切的相互影响和制约关系:语言系统规定着言语的表达方式,而言语的实践又不断地对语言系统进行着反作用和塑造。

文学语言作为言语的一种特殊形式,在遵循语言系统规范的同时,又展现出了独特的创造力和突破性。文学语言的运用,既受到语言规则的约束,又在不断地超越这些规则,创造出新的语言表现形式。这种创造力和突破性,是文学语言区别于日常语言和科学语言的重要特征。

第一,文学语言在表达情感方面具有独特的优势。文学创作的核心目的之一,就是通过语言的运用来表达作者的情感,并试图将这种情感传递给读者,对读者的情感产生影响。与此相比,科学语言更侧重于对事实的陈述和事物的解释,它追求的是客观性和必然性,严格排除情感因素的干扰。而日常语言虽然也包含情感表达,但其情感用法往往与某种实际的功利目的相关联,与文学语言中情感的纯粹性和直接性有所不同。

第二,文学语言的含蓄性是其另一个显著特点。文学语言常常采用比喻、象征、借代、双关、反语等手法,以曲折、含蓄的方式表达深层的意义。这种含蓄性不仅源于文学表达内容本身的复杂性和不可穷尽性,也源于文学审美的要求,即留给读者足够的想象和回味空间,激发读者的主动参与和创造性。与此相对,科学语言追求的是表达清晰和明确,要求语符和语义之间保持直接对应的确定性,不允许含糊不清。

第三,文学语言的越规性也是其区别于其他言语形式的重要特征。为了追求美学效果和表现个性,文学语言常常打破语言常规,通过变形、反常、变异等手法,创造出独特的语言风格和效果,这种越规性使得文学语言具有了鲜明的个性和魅力,能够激发读者的特别兴趣和情感共鸣。相比之下,科学语言和日常语言则更侧重于语言规则的遵循,以确保表达的准确性和有效性。

（二）文学语言的性质

文学语言以其独特的性质，成为人类文化中一种重要的艺术表现形式。它通过语言符号的运用，构建起艺术形象，进而传递思想与情感。这种语言的使用，虽然无法直接呈现具体事物和确定图景，却因其间接性而赋予了读者无限的想象空间。文学语言的非直观性使得它能够超越物质的局限，打破时空的界限，自由地穿梭于现实与虚构之间，深入探索人的内心世界。

1. 文学语言的间接性

文学语言的间接性是一种独特的艺术表达方式，它不直接描绘事物的外在形态，而是通过语言的隐喻、暗示和象征，激发读者的想象力和思考力，这种间接性，使得文学语言具有了一种超越直接描述的深刻性和多义性，它允许读者在阅读过程中，根据自己的生活经验、情感体验和文化背景，对文本进行个性化的解读和再创造。

文学语言的间接性还体现了文学创作的开放性和互动性，它不是单向的信息传递，而是作者与读者之间的一种精神对话和心灵交流。作者通过语言的巧妙运用，将自己的思想情感和生活体验融入文本之中，而读者则在阅读过程中，不断地与文本进行对话，寻找与自己心灵相通的点，从而实现对文本的深度理解和情感共鸣。

文学语言的间接性也是文学审美体验的重要组成部分。在文学阅读中，读者不仅仅是在欣赏语言的表面形式，更是在体验语言所蕴含的深层意义和情感。这种审美体验，往往需要读者投入更多的时间和精力，进行深入的思考和感悟。文学语言的间接性，正是激发读者想象力和创造力的重要手段。

2. 文学语言的自由性

文学语言的自由性赋予了作家无限的创作空间，使其能够超越现实的局限，自由地驰骋于想象的天地。这种自由性不仅仅体现在对客观世界的描绘上，更在于对主观世界的深入挖掘。文学语言不受物理形态的限制，它能够捕捉到那些微妙的情感波动,描绘出那些难以言表的内心体验。无论是对自然景观的细腻描摹,还是对社会现象的深刻剖析,亦或是对人的心灵深处的探索,文学语言都能够以其独特的方式,将这些复杂的现实和深邃的内在世界展现在读者面前。

文学语言的自由性还表现在其能够运用各种艺术手法来增强表达效果。夸张可以放大情感的强度,变形可以扭曲现实以突出主题,梦境和幻想则能够打破常规,创造出超越现实的奇异世界。这些手法的使用,不仅丰富了文学语言的表现力,也使得文学作品具有了更加鲜明的个性和独特的魅力。通过这些艺术手法,作家能够更加深入地挖掘人物的内心世界,更加生动地展现人物的情感变化,从而使读者能够更加真切地感受到人物的内心世界,体验到作品中所蕴含的深刻情感。

文学语言的自由性意味着作家在创作过程中拥有选择和创新的自由。他们可以根据作品的主题和情感需要,选择不同的语言风格和表达方式。这种自由性,使得文学作品能够呈现出多样化的风格和形式,从而满足了不同读者的审美需求。无论是古典文学的严谨和对称,还是现代文学的自由和开放,都是文学语言自由性的具体体现。这种自由性,不仅丰富了文学的表现形式,也推动了文学的创新和发展。

3. 文学语言的韵律美

文学语言之所以具有独特的魅力,很大程度上得益于其内在的韵律美。这种美源自语言自身的音节、声调、节奏等元素的巧妙组合。在文学创作中,这些元素被赋予了新的生命,它们相互呼应、对比,形成了一种有规律的韵律现象,给人以美的享受。文学语言的韵律美,不仅能够增强语言的表现力,还能够提升语言的审美效果,使读者在阅读过程中产生强烈的情感共鸣。

在古代诗歌中,韵律美的追求尤为明显。诗人们通过平仄、对仗、押韵等手法,精心构造诗歌的节奏和韵律,使得诗歌朗朗上口,易于吟唱。这种韵律美的追求,不仅体现了诗人对语言艺术的深刻理解,也反映了他们对诗歌音乐性的高度重视。而在现代文学中，虽然韵律美的形式更加自由多样，但作家们仍然注重语言的内在节奏与声音节奏的统一。他们通过巧妙的语言运用，创造出一种独特的音乐美和建筑美，使文学作品具有了更加丰富的艺术表现力。

文学语言的韵律美不仅体现在诗歌中，也广泛存在于小说、散文等其他文学形式中。无论是叙述的流畅，还是对话的自然，都离不开语言的韵律美。这种韵律美，使得文学作品在表达思想情感的同时，也能够给人以美的享受，实现了语言的功能性与审美性的完美统一。

4. 文学语言的社会性

文学语言的社会性是其意识形态性的重要基础。语言作为一种社会实践的产物，不仅产生于社会实践之中，也反作用于社会实践。文学语言作为具体运用的语言，必然存在于各种社会关联中并发挥作用。它不仅是作家表达思想情感的工具，也是读者获取知识、体验情感、认识世界的窗口。创作者在创作作品时，会考虑到作品的社会影响力。他们希望通过自己的作品，传达出对社会现象的深刻洞察，对人生问题的独到见解，从而影响读者的思想观念，引导读者的行为实践。这种社会影响力的追求，体现了文学语言的社会性特征。读者在阅读作品时，也会受到作品思想情感的影响。他们可能会从中获得某种人生观念，或者学到某种实践方略，这些都会在他们的实际生活中得到体现。

文学语言的社会性还表现在其对社会生活的反映和批判上。文学作品往往通过对特定社会现象的描绘，对社会现实进行深刻的反思和批判。这种反思和批判，不仅能够促进社会的进步，也能够提高人们的社会责任感。文学语言的这种社会性，使其成为一种重要的社会话语实践，对社会发展具有重要的推动作用。

第四节　文学的价值与功能

一、文学的价值

文学的价值与价值观是一个复杂而深刻的主题，它涉及个体与社会、艺术与生活、创造与接受等多个层面。在探讨这一主题时，我们首先需要认识到价值的普遍性与特殊性。价值作为一种揭示客体满足主体需要的关系范畴，是普遍存在的。由于个体的社会经历、成长背景和文化教养的差异，人们对于价值的认识和评价方法、标准、原则等，又呈现出特殊性。这种特殊性在文学领域表现得尤为明显。

文学作品作为一种特殊的社会现象，其价值不仅体现在满足人的审美需求上，更在于它能够激发人们的情感共鸣，引发深层次的思考。优秀的文学作品，如同一面镜子，映照出社会生活的各个方面，同时也折射出作者的世界观和价值观。它们能够触动人的心灵，激发人们对于人生、社会的深刻反思，进而推动社会的进步与发展。

文学价值的创造是一个双向互动的过程。一方面，作家通过对社会生活的深刻洞察和艺术表达，赋予作品以特定的价值，这种价值既包含了作家对于社会现象的理解和评价，也体现了其审美追求和艺术创造力。另一方面，读者在阅读过程中，根据自己的生活经验和价值观念，对作品进行解读和评价，从而实现文学价值的再创造。这一过程不仅体现了文学价值的生成具有动态性，也揭示了其实现的复杂性。

然而，文学价值并非完全由作者和读者的主观意愿所决定。它深植于社会历史之中，与人们的生活实践紧密相连。社会生活中的每一件小事、每一个事件，都蕴含着特定的价值。文学作品正是通过对这些生活价值的提炼和升华，形成了独特的文学价值。以《红岩》为例，这部作品之所以具有深远的文学价值，不仅因为它反映了一段重要的历史时期，更因为它深刻地表现了革命者的精神风貌和崇高理想。

文学价值的实现最终依赖于读者的阅读和接受。读者的阅读活动不仅是对作品内容的认知过程，更是一个情感体验和价值判断的过程。在这个过程中，读者的价值观、审美倾向等因素，都会影响其对作品的理解和评价。因此，文学价值的实现是一个充满个性和创造性的过程，它既受到作品本身的制约，也受到读者主观因素的影响。

值得注意的是，文学价值的实现具有差异性。由于读者的地域、时间、民族、阶级、性别等背景的差异，以及个人的文化教育、道德修养、审美水平等因素的影响，他们对同一文学作品的解读和评价往往会有所不同。这种差异性不仅体现了文学价值的丰富性和多样性，也反映了文学作为一种社会现象的复杂性。

（一）文学价值的多样性与主导性

文学价值的多样性与主导性是文学研究中的重要议题。文学作为一种文化现象，其价值的多样性是不可避免的。这种多样性不仅体现在文学作品自身的多重价值上，也体现在不同读者在不同时代对作品的不同解读和评价上。

文学价值的多样性首先表现在作品的类型上。不同类型的文学作品，如诗歌、小说、戏剧等，因其艺术特性和表现手法的不同，各自侧重于不同的价值层面。例如，诗歌以其精炼的语言和深邃的意境，更注重审美价值的表达；小说则以其丰富的情节和人物塑造，更强调认识价值的传递；道德戏剧则通过劝谕和讽刺，突出其伦理价值。文学价值的多样性还体现在评价标准的变迁上。随着时代的发展和读者审美需求的变化，文学价值的评判标准也在不断发展变化。一些在特定历史时期可能被忽视的文学作品，随着社会观念的更新和审美趣味的转变，其价值可能被重新发现和肯定。例如，汪曾祺的小说，最初可能因其诗意的表达方式而未受到足够的重视，但随着人们对文学艺术表达的重视，其价值逐渐被人们所认可和赞赏。

尽管文学价值具有多样性，但在这一多样性之中，也存在着主导价值。主导价值是指在文学的多种价值中占据主导地位的价值。通常，文学的思想、认识、道德等价值因其对社会和民族精神的深远影响，往往居于主导地位。然而，这些价值需要与审美、语言艺术等价值相融合，才能充分发挥其主导作用。

在当今时代，文学的主导价值是社会主义核心价值观的传达。文学不仅要反映人民的生活需求和时代风貌，更要引领人民的精神生活，提升人民的审美修养和道德情操。文学是民族的、大众的、科学的，其主要价值取向是繁荣社会主义先进文化，弘扬民族优秀文化传统，借鉴人类一切有益的文明成果，形成全社会共有的道德信念和理想追求。

文学主导价值的表达，需要遵循文学自身的规律。文学具有特殊的审美性，它必须保证个人创造性和个人爱好的广阔天地，有思想和幻想、形式和内容的广阔天地。只有将时代精神融入个人的审美情感中，文学才能实现多样性的艺术表达，才能真正发挥其主导价值的作用。

（二）文学价值中的真、善、美

在探讨文学价值的真、善、美时，我们首先需认识到，文学作为一种艺术形式，其价值的实现是多维度的。文学的真是其价值的核心之一，它要求文学创作必须以符合艺术规律的方式，深刻揭示和反映社会生活的内在本质。这种真实，不仅体现在对社会状况的忠实描写上，更体现在作者情感的真挚表达和对人生本质的深刻揭示上。

文学的真并非简单的生活复制，也非科学的客观描述，它超越了对现象的表面模仿，而是在人文关怀的立场上，从人的生命体验和审美感受出发，反映生活的真实面貌。文学中的夸张与变形，虽然看似与现实有所偏离，但它们是建立在真实的事理逻辑或情感逻辑之上的，因此，文学的认识价值始终是文学内在的一部分，也是文学其他价值实现的基础。

文学价值的善是文学价值的另一重要维度。它要求文学不仅要表现出对生命尊严的尊重，对人的生存和发展的关注，还要体现出对全人类命运、和平、正义、幸福的深切关怀，以及对人与自然和谐共处的珍视。文学的善，不是抽象的道德说教，而是通过艺术形象、意象、意境的自然流露，带给读者美的享受和情感的共鸣，促进读者思想的净化和情操的陶冶。

文学的善与文学的真紧密相连。没有真实的基础，善就会变成空洞的说教，失去其历史内容和现实意义。文学作品中的倾向应当从场面和情节中自然而然地流露出来，而不是被直接指出。每一种富有诗意的情感，都应通过文学的艺术性呈现，如抒情风格、场景描写、人物塑造等，自然而然地表达出来，而非直接议论。

文学价值的美是文学真与善的外在表现和内在追求的统一。美的追求不仅体现在文学形式的和谐与平衡上，更体现在文学内容的深刻与丰富上。文学的美，要求作品在语言的运用、形象的塑造、情感的表达等方面达到高度的艺术性，以激发读者的审美体验和精神共鸣。

文学的真、善、美，三者相互依存，相互促进。真的追求为善的实现提供了基础，善的追求又为美的创造提供了动力。只有当三者和谐统一时，文学作品才能实现其最高的价值，才能真正触动人心，启迪思想，提升精神。因此，文学创作者在追求真、善、美的过程中，不仅要深入生活，洞察人性，更要不断提高自己的艺术修养和创造力，以创作出具有深刻内涵和艺术魅力的文学作品。

二、文学的功能

文学功能是文学价值属性的实际反映和具体体现，有必要对文学功能作进一步考察，以推进对文学价值的理解，从而更加深入地实现对文学规律、属性的把握。

（一）文学功能的特性

文学功能的多样性体现在文学于社会生活中所发挥的多方面作用。例如，诗歌不仅能够感染启发，还能帮助人们认识现实，促进社会凝聚，甚至批评政治的不足。小说则具有熏陶、沉浸、刺激和提升人心的功能，这表明文学作品能够在阅读过程中对读者产生深远的影响。西方文论中，强调音乐（作为艺术的一种形式）具有教育、净化和精神享受的功能，这同样适用于文学。

文学功能的多样性不仅表现在认识、教育、启迪、净化、审美和娱乐等方面，而且这些功能之间相互联系、相互作用、相互渗透，具有整体性。这种整体性集中体现为文学对人的情感、道德、信念、理想和人格等方面潜移默化的影响。文学的认识功能使读者能够通过文学作品了解不同的社会现象和人生经验，拓宽视野，增长知识。教育功能则通过文学作品传递价值观和道德观念，对读者进行思想和行为上的引导。启迪功能激发读者的思考，促使其对生活和存在进行深入的反思。净化功能则通过文学作品的情感表达和冲突解决，帮助读者释放情感压力，达到心灵的净化和平静。审美功能是文学的核心功能之一，它通过语言的韵律、形象的塑造和情节的设计，为读者提供美的享受，提升其审美能力和审美情趣。娱乐功能则通过文学作品的趣味性和吸引力，为读者提供休闲和放松的方式，满足其精神生活的需求。

上述功能不是孤立存在的，它们在文学创作和接受过程中相互作用，共同构成了文学的整体功能。例如，一部文学作品可能同时具有教育和审美的功能，通过其深刻的主题和优美的语言，既传递了价值观，又提供了美的体验。同样，一部小说可能在提供娱乐的同时，也启发读者对人生和社会的思考。

（二）文学功能的内容

虽然文学的功能是多样的，但并不是说它的所有功能都处于相同位置、具有同等的重要性。实际上，文学的功能存在诸种主次、轻重之分。一般而言，文学的主要功能为认识功能、教育功能、审美功能、娱乐功能。

◎ 文学理论与文艺学研究

1. 认识功能

文学的认识功能是指文学具有帮助人获得多方面的社会、人生知识,拓展深化人了解生活、理解世界的功能。

文学的认识功能是其价值属性中至关重要的一部分,它通过文学作品为人们提供了一种超越个人经验和局限性、洞察更广阔世界的途径。这种功能不仅体现在对外部社会现实的深刻反映上,也体现在对人物内心世界的细腻描绘上。文学作品能够突破时空的限制,让读者通过作者的笔触,体验到不同的时代背景和社会环境。例如,曹雪芹的《红楼梦》以其丰富的内容和深刻的描绘,成为了解晚期封建社会的重要窗口,它不仅展示了日常生活的细节,还反映了社会历史的发展,从底层人群到贵族团体,从复杂的人际关系到深邃的个人情感,都得到了细致入微的刻画。抒情类文学作品尽管以表达个人情感为主,但其认识功能同样不容忽视。通过主人公的内心情感抒发,读者能够感受到时代精神和社会风貌。例如,郭沫若的《凤凰涅槃》不仅表达了诗人个人的情感历程,更折射出"五四"时期青年的觉醒心态和社会的突进精神。

文学的认识功能不仅在于提供对外部世界的认识,更在于它能够深入人的内心世界,揭示人的情感和思想。通过文学作品,读者能够体验到不同人物的心理活动,理解他们的行为动机,感受他们的情感变化。这种对内心世界的洞察,有助于读者更好地理解人性,增进对他人的同情和理解。文学的认识功能还表现在其对语言的探索和创新上。文学作品通过对语言的巧妙运用,创造出新的表达方式和修辞手法,丰富了语言的表现力,拓展了人类的思维和表达空间。

需要注意的是,文学的认识功能是其核心价值之一,它之所以存在,是因为文学深深植根于社会生活的土壤之中,真实地反映了社会生活的各个方面。文学不仅复制生活,更通过集中和典型化的手法,对生活进行提炼和深化,从而揭示出生活的本质。这种反映不是简单的镜像映射,而是在想象力的驱动下，通过情感的凝聚和提升，将生活素材转化为具有艺术性的文学形象。因此，文学的认识功能具有鲜明的生动性、具体性和感性化特点，这与科学的认识功能有着本质的区别。

科学的认识功能建立在客观理性的基础上，通过观察、分析和抽象概括，揭示事物现象背后的规律。它追求的是客观性、理性、明晰性和确定性。而文学则通过想象、直觉和灵感等非理性因素，突破理性思维的局限，达到对世界的整体体验和深刻理解。文学的认识功能能够在语言的妙语和形象的塑造中，捕捉到世界的真相，甚至在某些情况下，能够预见到科学发展的方向。例如，儒勒·凡尔纳的科幻小说——《海底两万里》《地心游记》《从地球到月球》《神秘岛》和《环游地球八十天》等，在当时看似是纯粹的虚构，但其中的一些设想，如人造卫星、航天飞机、宇宙飞船、月球车、潜艇、地铁和海底隧道等，在百年后通过科技的发展变成了现实。这表明，文学的认识功能不仅能够提供对现实的深刻洞察，还能够以前瞻性的方式推动科学认识的发展。

文学与科学的认识功能虽然各有侧重，但它们相互补充，共同促进了人们对世界的全面认识。如果缺乏文学的感性体验和想象力的拓展，人们对世界的认识可能会变得单一和片面。如果缺少科学的理性分析和规律探索，人们对世界的理解可能会失去深度和准确性。因此，文学和科学的认识功能应该被视为人类认识世界的两个不可分割的方面，它们共同构成了人类对世界的丰富和完整的理解。

文学的认识功能是其独特价值的体现，它通过艺术的形式，为人们提供了一种不同于科学的、更为直观和感性的认识世界的方式。这种认识方式不仅能够丰富人们的精神世界，还能够激发人们的创造力和想象力，推动社会的进步和发展。因此，我们应该充分认识到文学的认识功能的重要性，并在文学创作和欣赏中，不断探索和发掘其深层价值。

2. 教育功能

文学的教育功能是其深远影响力的重要体现，它通过塑造人物、叙述故事、描绘情感，对人的思想情感产生深刻影响，净化心灵，改变人生态度，增强生活信心和勇气。文学的教育功能不仅限于个体层面，它还具有政治、伦理道德和社会的启蒙与教化作用。优秀的文学作品能够培养人们的高尚情操，树立正确的世界观，塑造健全的人格，推动人向更完整的自我和丰富的内心世界发展。

文学的教育功能可以细分为宣传功能、启迪功能和陶冶功能。

宣传功能与政治、道德等实践要求紧密相关，它通过文学作品传达特定的价值观念和社会理念。然而，文学的宣传功能并非简单的传声筒，而是在尊重文学审美规律的基础上，通过艺术形象的塑造，使读者在审美体验中自然而然地接受某种人生态度或价值取向。

启迪功能则是指文学作品通过其形象和情感的表达，激发读者的思考和感悟，引导他们对作品中所蕴含的思想观念和情感内蕴进行理智上的认同。例如，路遥《平凡的世界》通过孙少安、孙少平两兄弟的人生选择和拼搏，展示了面对生活苦难时的坚毅和勇敢，从而启发读者对生活的深刻理解和感悟。

陶冶功能则通过文学的情感作用，潜移默化地提升读者的情感、趣味和情操。这种功能不具有明确的目的性，却如同春雨般润物无声，通过文学的感染力，使读者在不自觉中得到情感的净化和情操的提升。文学之所以具有如此强大的教育功能，是因为它与生活紧密相连，反映了生活的本质和价值。文学作品中的英雄人物、崇高品格和壮烈行动，能够打动人心，感染并启发读者。作家在创作过程中，通过艺术形象传递自己的价值观念和价值评判，对读者产生影响，起到教育作用。

与一般教育规劝或训诫不同，文学的教育功能是通过生动的感性体验来实现的。它将抽象的价值观念转化为具体的艺术形象，通过美感审视和情感化处理，使价值观念的传达变得更加间接和潜在。这种方式使读者在审美愉悦中获得心灵的撞击和领悟，而非简单的说教。

3. 审美功能

文学的审美功能是指文学通过自身的艺术美满足人的美感和情感需要，使人获得精神对现实的超越，心灵得到滋养和提升，进而促进人的个性和自由全面发展的功能。人类通过文学实践创造了美，这是对人的自由自觉本质的实现，也是文学审美属性发生的一般性原因。而文学的审美功能则是文学审美本性发生作用的产物。具体地讲，文学是为了满足人的审美需要而出现、存在和发展的。所以，审美功能是文学的核心功能、最基本的功能。

文学作为艺术的一种形式，其核心在于通过作家的审美理想和美的规律，对现实生活的素材进行艺术加工，创造出具有艺术美的形象。这些形象不仅传递出美的特质，更在读者与作品的互动中激发出深层的审美体验。这种体验超越了生理快感，触及了人的精神世界，是一种更为深刻和持久的享受。文学的审美过程是一个逐步深入、逐渐展开的过程，它始于艺术形象对读者想象力的激发。艺术形象是文学美的核心载体，而想象力则是读者理解和感受这些形象的关键。艺术形象激发读者的想象，引导他们跨越现实与虚构的界限，填补作品中的空白，构建起一个完整的、富有生命力的形象体系。在这个过程中，读者仿佛亲身体验了作品中的世界，感受到了文学形象的美感。

随着想象力的激活，读者的情感也随之被唤醒，进入审美体验的第二个阶段——情感的活跃。在这个阶段，艺术形象的美不仅吸引了读者的注意，更触动了他们的情感。读者在不知不觉中被作品中的情感波动所感染，体验到一系列复杂的情感变化。同时，读者也会将自己的情感投射到作品中，与作品中的角色和情节产生共鸣，实现情感的交流和融合。

随着情感的深入和交融，读者的心灵得到了净化和提升，这是审美体验的第三个阶段——心灵的升华。在这个阶段，读者的情感变得更加丰富和深刻，他们的心灵远离了丑陋和黑暗，而更加接近美丽、光明和高尚。这种心灵的升华不仅丰富了读者的内心世界，也提升了他们的精神境界。

文学的审美体验是一个连续的、动态的过程，它涉及到想象、情感和心灵的多个层面。在这个过程中，读者不仅享受到了文学的美，更在精神上得到了滋养和提升。这种审美体验是文学独有的，它通过艺术形象的创造和情感的交流，使读者在美的享受中实现了精神的成长和自我超越。因此，文学的教育功能和审美价值是密不可分的，它们共同构成了文学对人类精神世界的独特贡献。

文学作为人类精神活动的一种表现形式，不仅为读者提供了丰富的美的享受，而且在这一过程中，也促进了读者审美能力的提高。文学的审美价值的实现，既依赖于美的文学作品的创造，也依赖于审美主体对美的敏锐感受和体验能力。然而，审美主体的审美能力往往存在差异，甚至有些人缺乏基本的审美能力。因此，广泛阅读文学作品成为提升人们审美能力的有效途径。特别是那些具有高度审美价值的优秀文学作品，它们以精致语言、动人形象、深厚情感和独特艺术个性，对读者的趣味、情调、眼光产生深刻影响，培养读者的审美感知力、判断力和创造力。

文学的审美作用并非单一维度，而是一个丰富多彩的光谱，它涵盖了从悲剧到喜剧，从优美到阳刚等多种审美形态。每一种形态都以其独特的方式触动人心，激发情感，促进精神的提升。悲剧性文学作品的审美价值在于其对美好事物或崇高价值的毁灭性描述。这种毁灭不仅是对现实的深刻反映，更是对读者情感的强烈触动，它能够引发内心深处的共鸣，通过情感的宣泄达到心灵的净化，进而提升人生的境界。喜剧性文学作品则运用幽默、夸张等手法，以一种轻松诙谐的方式对社会中的不公和荒谬现象进行讽刺和嘲笑。这种讽刺不仅能够揭露问题，还能在笑声中给予读者一种释放压力的途径，使人们在轻松的氛围中对社会现象进行反思。优美型文学作品以其柔和、细腻的风格，为读者提供了一种宁静而愉悦的审美体验。它们通常描绘和谐美好的景象，通过细腻的笔触传达出对生活的热爱和对美的追求，给予读者心灵上的慰藉和精神上的滋养。阳刚型文学作品则以其激昂、豪迈的风格，展现出力量与勇气的美。这类作品往往充满了动力和活力，能够激发读者的斗志，给予他们面对困难和挑战时的心灵支持。

尽管这些文学作品在审美功能上各有千秋，但是它们都共同肩负着提升人类精神境界的使命。无论是通过悲剧的净化、喜剧的讽刺、优美的抚慰还是阳刚的激励，文学作品都在以其独有的方式，引导人们向着更加高尚的精神领域迈进。这种审美的多样性和丰富性，正是文学魅力所在，也是它能够跨越时代、文化和语言，与不同读者产生共鸣的原因。

4. 娱乐功能

文学的娱乐功能是其多功能性中不可或缺的一部分，它为人们提供了一种情绪上的轻松、感觉上的快适和精神上的愉悦。这种功能主要通过给人带来生理和心理上的轻松快乐感来实现。例如，在心情郁闷时，阅读几首欢快活泼或清新淡远的小诗，可以有效驱散消极情绪；在身心疲惫时，阅读一部幽默风趣的小说，可以转移压力，获得情绪的释放，带来心理的放松和平和。

尽管表面上看似文学的娱乐功能可能会削弱其认识、教育和审美功能，但实际上，这些功能之间不仅不矛盾，而且相互贯通、相互作用。文学的娱乐功能源于其美的规律造型，通过塑造形象直接诉诸感性，作用于人的感性，使人在接触文学时即刻产生情绪反应，这些形象如果符合人接受的形式和内容，便能满足人的好奇心和游戏心理，甚至生理需要，如节奏感、对称感、平衡感等，从而产生生理心理的快乐感。

文学的娱乐功能是由文学的审美本性决定的，它为文学审美功能的全面发挥奠定了基础。文学常以自身的娱乐功能吸引人们阅读，获得知识，受到教育。文学的娱乐功能不仅没有取消其认识、教育功能，反而为它们的实现提供了有效渠道，增强了它们的影响力。总之，文学的娱乐功能具有多方面的含义，具体如下：

（1）文学的娱乐功能主要体现在它对读者生理满足的意义上，这种满足是想象性的，它通过文学作品中富有细节性的表达和美感的塑造，激发读者的感官体验和情感反应。文学作品中和谐的节奏、风趣的语言、曲折的结构等元素，都能够直接作用于人的生理机能，与人体的自然节奏相协调，从而带来一种生理上的快乐感。诗的节奏是情感所伴的生理变化的痕迹,这种节奏与人体呼吸循环等生理机能的起伏循环相一致,当人们通过耳目接触这些节奏时,如果所需的心力与生理的自然节奏相合,就会产生愉悦感。这种生理上的愉悦是文学作品能够带给读者的基础性享受,它不仅满足了人们对美的直观感受,也是文学作品能够吸引人、打动人的重要手段。

(2)文学的娱乐功能还具有益智的特点。优秀的文学作品往往包含了对独特技能或知识的展示,这些内容不仅能够吸引读者的兴趣,还能够在娱乐的同时提高读者的智力水平。例如,武侠小说中对武术技巧的细致描写,推理小说中对侦探技巧的巧妙展现,都能够激发读者的好奇心和探索欲,引导他们在阅读的过程中进行思考和学习。这种智力上的挑战和满足,使得文学作品不仅仅是一种消遣,更是一种精神上的滋养。通过文学作品中的益智元素,读者能够在享受故事的同时,锻炼自己的思维能力,提高自己的认知水平,从而获得更深层次的满足感和快乐。

(3)文学的娱乐功能指向是高雅的格调。文学的审美本性是人的自由自觉本性的表达,它不仅仅满足于人的生理和心理层面的需求,更追求人的全面身心自由。因此,文学的娱乐功能不应仅仅停留在带给人生理上的快乐和智力上的挑战,而应该成为人的整体追求的有机构成部分。这意味着文学作品在带给人娱乐的同时,也应该传递高尚的情操、深刻的思想和崇高的理想。通过文学作品的阅读,读者不仅能够得到情感上的慰藉和智力上的锻炼,更能够得到精神上的提升和灵魂上的净化。文学的娱乐功能在满足人的感官享受的同时,更指向了人的内在精神世界,引导人们追求更高层次的文化和审美价值,实现人的全面发展和自我完善。

第二章 文学生成的要素剖析

在文学长河中,每一部作品都是独特心灵的回响,其诞生与成长蕴含着复杂而微妙的要素。本章旨在深入剖析文学生成的四大核心要素:文学语言作为沟通作者与读者的桥梁,其精妙运用是文学生成的基础;文学才能,即创作者天赋与后天努力的结晶,是推动文学创新的源泉;文学境界关乎作品所展现的精神高度与审美深度,是文学价值的重要标尺;文学思潮作为时代精神的镜像,对文学生成具有深远的导向作用。

第一节 文学生成之文学语言

"作家的创作以文学语言的生成作为直接目标,读者的接受则以文学语言的存在作为展开的前提,文学语言也是人们进行文学研究的最为稳定可靠的基础。"[①]

一、文学语言的地位

文学语言作为一种特殊的表达方式,其地位在文学创作和研究中具有举

---

① 杨守森,周波. 文学理论实用教程[M]. 北京:中国人民大学出版社,2013:83.

足轻重的作用。从文学语言的起源和发展，到其在表达情感、塑造人物、构建世界中的功能，每一个方面都显示出文学语言的独特魅力和不可替代性。

文学语言不仅是文字的简单组合，它蕴含着丰富的文化内涵和历史积淀。在文学作品中，作者通过独特的语言风格和表达手法，传达出深刻的思想和情感。比如，莎士比亚的戏剧作品，以其高度艺术化的语言和精妙的修辞手法，深刻揭示了人性的复杂性和社会的多样性。又如，中国古代诗词，以其优美的意象和凝练的语言，展现了古人对自然、人生、社会的独特理解和感悟。

文学语言的魅力在于其表达的丰富性和多样性。通过巧妙的词汇选择和句式安排，作者可以在有限的篇幅中传达出无限的意境和深意。比如，简·奥斯汀的小说，以其细腻的语言描写和生动的对话，再现了英国社会的风貌和人情世故。又如，鲁迅的杂文，以其犀利的语言和独特的视角，深刻揭示了中国社会的弊病和矛盾。

文学语言在塑造人物形象和构建故事情节方面也起到了至关重要的作用。通过生动的语言描写，作者能够使人物形象栩栩如生，给读者留下深刻的印象。比如，托尔斯泰的《战争与和平》，通过细腻的语言描写和复杂的心理刻画，塑造了众多鲜活的人物形象，展现了他们在历史洪流中的挣扎和抉择。又如，老舍的《骆驼祥子》，通过质朴的语言和真实的生活细节，刻画了祥子这一小人物的悲惨命运和内心世界。

文学语言不仅是表达思想和情感的工具，还是构建文学世界的重要手段。通过独特的语言风格和叙述方式，作者能够创造出一个个鲜活、生动的文学世界。比如，马尔克斯的《百年孤独》，通过魔幻现实主义的语言和叙述方式，创造了一个充满奇幻和现实交织的世界，展现了拉丁美洲的历史和文化。又如，卡夫卡的《变形记》，通过荒诞的语言和叙述方式，描绘了一个充满压抑和恐惧的世界，揭示了现代社会中的异化和孤独。

文学语言在不同的文化背景和历史时期，也展现出其独特的风貌和魅力。比如，在欧洲文艺复兴时期，文学语言以其追求个人自由和人文精神的特点，展现出一种崭新的艺术风貌。又如，在中国唐宋时期，诗词以其优美的语言和深刻的意境，成为当时文学创作的主流形式，体现了中国古代文人对自然、人生的独特理解和追求。

文学语言不仅在文学创作中具有重要地位，在文学研究中也占据着重要位置。通过对文学语言的研究，可以深入了解作品的思想内涵和艺术特点。比如，通过对莎士比亚戏剧语言的研究，可以揭示其作品中丰富的修辞手法和深刻的人性描写。又如，通过对杜甫诗歌语言的研究，可以理解其诗歌中所蕴含的历史感和忧患意识。

文学语言的研究不仅可以帮助理解具体作品，还可以揭示不同文学传统和文化背景下的文学创作特点。比如，通过对西方文学语言的研究，可以了解西方文学中个体意识和理性精神的表现。又如，通过对中国文学语言的研究，可以体会到中国文学中重视意境和情感表达的特点。

二、文学语言的特征

（一）文学语言的情感性特征

文学语言的情感性特征体现在其能够传达和激发读者的情感反应。不同于普通语言，文学语言通过精心选择和组织词汇、句法结构，以及运用修辞手法，唤起读者的共鸣与情感体验。具体而言，文学语言常常通过形象的比喻、生动的描写以及细腻的情感表达，构建出丰富的情感世界。文学作品中的人物、情节和场景，都在这种情感性的语言中得到生动再现，使读者能够身临其境地感受作品的情感氛围。情感性特征不仅增强了文学作品的感染力，还使其能够在不同文化背景下跨越时空，触动读者的心灵。

（二）文学语言的内指性特征

文学语言的内指性特征是指其具有复杂的象征和隐喻意义。文学作品中的语言不仅是表层意义的传达，更承载着深层次的象征和隐喻。通过这种内指性，文学作品能够在文字背后隐藏丰富的意蕴，使读者在解读过程中获得多层次的理解与体验。比如，小说中的人物、情节、场景往往超越了其表面描述，成为社会现象、人类心理及哲学思想的象征。内指性特征使得文学语言充满了探索和挖掘的价值，读者在阅读过程中不仅享受文字的美感，还能在深层次上与作者进行思想交流和心灵碰撞。

（三）文学语言的陌生化特征

文学语言的陌生化特征通过打破常规的表达方式，使读者在熟悉中感到新奇，从而重新认识和审视日常生活和经验。陌生化手法使得平常的事物和现象在文学作品中以一种全新的视角出现，打破了读者的思维定式，促使其对熟悉的事物进行新的认知和思考。例如，诗歌中常用的修辞手法，如隐喻、夸张、拟人等，都可以起到陌生化的效果，使得读者在阅读过程中不断体验到新奇和意外。陌生化不仅丰富了文学语言的表现力，还增强了作品的艺术感染力和思想深度。

（四）文学语言的多义性特征

文学语言的多义性特征表现为其具有多层次、多角度的解读空间。由于文学语言的高度凝练和复杂的修辞结构，同一个词语或句子往往可以在不同的语境下产生不同的意义。这种多义性不仅增强了作品的可读性和趣味性，还使读者能够在不同的时间、不同的背景下获得不同的阅读体验。文学语言的多义性特征体现了作者对语言的精妙掌控和深厚的文化底蕴，也为读者提供了丰富的解读和想象空间，使文学作品历久弥新。

（五）文学语言的个性化特征

文学语言的个性化特征是指作者在创作过程中，通过独特的语言风格和表达方式，展现个人的创作个性和艺术风格。每位作家都有自己独特的语言习惯和表达方式，这种个性化的语言特征使得其作品在众多文学作品中独树一帜，具有鲜明的辨识度。例如，鲁迅的语言犀利简洁，充满讽刺意味；莫言的语言则绚丽多彩，充满诗意。个性化的文学语言不仅反映了作者的创作态度和艺术追求，也使得读者能够通过语言风格辨识和感受作者的独特魅力。

（六）文学语言的文化性特征

文学语言的文化性特征体现为其深深根植于特定的文化背景之中。文学作品中的语言不仅是作者个人情感和思想的表达，更是其所处文化环境的折射和体现。通过文学语言，读者可以感受到不同文化背景下的风土人情、社会习俗和价值观念。比如，中国古典文学中的诗词，常常通过语言传达出浓厚的儒家思想和传统文化底蕴；而西方文学中的作品，则往往折射出基督教文化和西方哲学思想的影响。文学语言的文化性特征不仅丰富了作品的内涵，也增强了其在不同文化背景下的交流与理解。

（七）文学语言的叙事性特征

文学语言的叙事性特征体现在其能够通过生动的描述和精细的刻画，构建出完整的故事情节和人物形象。叙事性特征使得文学语言能够将抽象的思想和情感具象化，具体到故事情节、人物对话和环境描写等具体的叙事元素中。通过这种叙事性，文学作品能够将读者带入一个个虚构的世界，使其在阅读过程中体验到故事的跌宕起伏和人物的悲欢离合。叙事性特征不仅增强了作品的可读性和感染力，还使其具有了强烈的时代感和现实意义。

（八）文学语言的音乐性特征

文学语言的音乐性特征是指其在节奏、韵律和音调上的独特魅力。通过精心安排的句式、词语的搭配和音韵的运用，文学语言能够产生类似音乐的美感和节奏感。尤其是在诗歌创作中，文学语言的音乐性特征尤为突出。通过押韵、对仗、重复等修辞手法，诗歌语言能够呈现出一种和谐美妙的音乐效果，使读者在阅读过程中获得视觉和听觉的双重享受。文学语言的音乐性特征不仅增强了作品的艺术感染力，还使其具有了极高的审美价值。

三、文学语言的结构

文学语言的结构即文学语言的组织或构成方式。文学语言的具体构成方式多种多样，但在众多构成方式中，有两种最具典型性和普遍性的结构方式：一是以"矛盾性"为原则的张力结构，二是以"同一性"为基础的可逆结构。

（一）文学语言的张力结构

文学语言的张力结构是指存在矛盾、冲突、对立或差距的文学语言结构，这种结构体现在语言的各个层面，并由复杂的紧张关系构成。张力结构的生成原因复杂，主要表现在语言形式上，包括反讽、悖论、隐喻、象征等修辞手法的使用。

1. 张力结构与语言修辞

悖论是指诗语中一切相反相成、似是而非的言论；反讽则是指语境对一个陈述语的明显歪曲，即通过上下文表现出的语境意义与字面意义的明显差异。这种差异体现了语境与字面意义之间的冲突与错位。

反讽与悖论尽管有差别，但二者都以"矛盾性"为构成原则。悖论是语言能指层的自相矛盾，反讽则是所指层与语言能指层之间的冲突。这种冲突破坏了语符意指关系的确定性，制造了字面意义与语境意义之间的张力，达到了激发读者审美兴趣的目的。

隐喻与象征同样具有生成张力结构的功能。隐喻通过在不同事物之间建立联系，形成"想象的隐喻"。隐喻的两极（喻体和本体）之间可能相距甚远，这种距离创造了隐喻的张力。象征作为一种隐喻，具有更广泛的联想空间，能够制造出言外之意和象外之象，从而产生巨大的张力。

悖论、反讽、隐喻等修辞手法不仅在诗歌中广泛存在，也被小说语言广泛运用。这些修辞方式结合起来，可以形成"悖反隐喻"，即在同一句、同一段或同一个篇章中结合矛盾、反讽与隐喻，产生张力效果。

2. 张力结构的普遍性

文学语言中的张力结构不仅存在于诗歌之中,也在小说、散文等多种文学形式中广泛运用。这些修辞手法,如悖论、反讽和隐喻,不仅是某些作家作品的独特风格,更是文学语言的基本特征之一。张力结构的普遍性体现在这些修辞方式所揭示的矛盾性上,这种矛盾性不仅仅局限于艺术作品与读者之间的关系,还反映了人类与外部世界之间的复杂互动。每一件事物、每一种现象,乃至整个世界,都具有某种自相矛盾的特质。

张力结构的产生不仅仅依赖于语言修辞的运用,它实际上根植于人类生存的困境和内心的矛盾。文学作品通过语言呈现出的矛盾与对立,正是作家们在面对现实世界时的真实反映。例如,杜甫在《江汉》一诗中所运用的反讽和悖论,源自诗人胸怀壮志却报国无门的生存困境,以及既渴望进取又不得不放弃的内心矛盾。这种复杂的情感和心理状态在诗歌语言中以反讽和悖论的形式表现出来,形成了充满张力的结构。

张力结构的普遍性不仅在于它在文学作品中的广泛应用,更在于它深刻揭示了人类生存状态的矛盾性。每个人在面对世界时,都不可避免地会遇到各种矛盾和冲突。这些矛盾和冲突在文学作品中通过修辞手法表现出来,使得作品不仅仅是对现实的描绘,更是对人类内心深处复杂情感的深刻探讨。张力结构正是通过这种方式,使得文学作品具有了独特的深度和广度,能够在读者心中产生深刻的共鸣。

因此,张力结构作为一种普遍存在的文学现象,不仅在形式上增强了作品的表现力,更在内容上深化了对人类生存状态的探讨。它通过揭示人类内心的矛盾和生存的困境,使得文学作品在情感和思想上都达到了更高的层次。张力结构的存在,使得文学语言不仅仅是表达情感和思想的工具,更成为探讨人类生存状态和内心世界的重要途径。

3. 张力结构在文学创作中的作用

在文学创作中,张力结构不仅是修辞手法的体现,更是作者表达思想、传达情感的重要手段。通过制造语言的张力，作者能够在有限的文字中呈现出丰富内涵，激发读者的想象力和思考力。张力结构使文学作品在表面平静中蕴含着深层次的冲突与矛盾，增加了作品的复杂性和深度。

张力结构还能够增加文学作品的可读性和感染力。通过语言的张力，作品能够引起读者的共鸣，激发他们对作品内容的深入思考和情感共鸣。张力结构也能够使作品的主题更加鲜明，增加作品的艺术价值和审美价值。

总之，文学语言的张力结构不仅是语言修辞的体现，更是文学作品内在矛盾和冲突的反映。张力结构通过语言的矛盾性和冲突性，增强了文学作品的复杂性和深度，提高了作品的可读性和感染力，是文学创作中不可或缺的重要手段。

（二）文学语言的可逆结构

文学语言的可逆结构是指文学作品中语言表达的灵活性与多样性，使得读者可以从不同角度、层次和视角解读文本。可逆结构不仅增加了文学作品的复杂性和深度，还为读者提供了更丰富的审美体验。将从以下方面详细阐述文学语言可逆结构的特征和意义。

第一，语义层次的多重性。文学语言的可逆结构体现在语义层次的多重性上。一个词语或句子在不同的上下文中可能具有多重意义，甚至在同一个文本中也可以通过不同的角度解读出多种含义。这种语义层次的多重性增加了文本的解读空间，使得读者可以根据自己的知识背景和经验对作品进行不同诠释。例如，古代诗词中的许多意象往往具有双关意义，一方面传达出表层的字面意思，另一方面蕴含着深层的哲理和情感。

第二，结构形式的多样性。文学作品的结构形式体现出可逆性。不同的结构形式可以赋予同一主题不同的表达效果，甚至在同一作品中，不同的段落或章节之间也可能存在结构上的呼应与对比。这种结构形式的多样性不仅增强了作品的整体性和层次感，还为读者提供了多维度的阅读体验。例如，叙述结构中的倒叙、插叙、平行叙事等手法，都可以在时间顺序和情节安排上创造出独特的艺术效果。

第三，文本与读者之间的互动。文学语言的可逆结构体现在文本与读者之间的互动关系上。文学作品不仅是作者表达思想的载体，也是读者参与解读和再创作的媒介。在阅读过程中，读者根据自身的理解和感受，对文本进行不断的诠释和重构，这种互动过程体现了文学语言的可逆性。读者的背景、经验和情感状态都会影响对文本的理解，从而使得每一次阅读都可能带来不同的体验和发现。

第四，文本内在逻辑的循环性。文学语言的可逆结构表现在文本内在逻辑的循环性上。某些文学作品中，主题、意象或情节会反复出现，形成一种循环往复的结构。这种循环性不仅增加了文本的节奏感和韵律感，还通过反复强调某些元素，使得作品的主题更加突出和深刻。例如，在现代派文学作品中，常常可以看到作者通过反复使用某些意象或符号，来揭示隐藏在表层叙事之下的深层意义。

第五，文学语言的符号性。文学语言的符号性是可逆结构的重要体现。文学作品中的语言往往超越了其字面意义，成为象征和隐喻的载体。这种符号性使得文本具有更丰富的解读可能性和更广泛的文化关联。例如，象征主义文学通过使用象征性语言，传达出对现实世界的独特认识和深刻反思，从而使得文本具有更强的思想深度和艺术感染力。

第六，作者与读者的双向互动。文学语言的可逆结构体现在作者与读者之间的双向互动中。作者通过创作文本，表达自己的思想和情感，而读者通过阅读和解读文本，重新发现和理解作者的意图。在这个过程中，作者与读者之间形成了一种互动关系，读者的解读和反馈也反过来影响着作者的创作。这种双向互动使得文学作品不仅是静态的文字，而是动态的交流媒介。

第七，不同文化背景的对比。文学语言的可逆结构体现在不同文化背景的对比上。文学作品在不同文化背景下可能会被解读出不同的含义和价值。这种文化背景的差异使得同一文本在不同的读者群体中可能产生不同的反响和影响。例如，莎士比亚的戏剧在不同国家和地区的演出中，会因为文化背景的不同而呈现出不同的艺术效果和社会意义。

第八，时间维度的变化。文学语言的可逆结构涉及时间维度的变化。一部文学作品在不同历史时期的解读可能会发生变化，随着时间的推移，读者的视角和理解也会不断演变。这种时间维度的变化使得文学作品具有持久的生命力和不断被重新发现的价值。例如，古代经典文学作品在现代社会中的解读，往往会结合当代的社会背景和思想观念，从而赋予作品新的意义。

综上所述，文学语言的可逆结构不仅增强了文学作品的复杂性和多样性，还为读者提供了丰富的解读空间和审美体验。通过对文学语言可逆结构的深入探讨，可以更好地理解文学作品的内在价值和艺术魅力。

四、文学语言的风格

（一）文学语言风格的基本特征

文学语言风格是指文学作品中使用的语言表达方式，它不仅仅是对语言的选择和运用，更是作家通过语言传达思想情感和表现艺术效果的手段。每一位作家都有独特的语言风格，这种风格源于个人的审美取向、创作习惯以及文化背景等因素。文学语言风格的特征主要体现在以下方面。

第一，独特性特征。每位作家的语言风格具有独特的个性特征，无法完全复制。例如，鲁迅的语言风格以简洁、犀利见长，而张爱玲的语言则细腻、优美。

第二，多样性特征。文学语言风格因文体、题材和写作目的的不同而多样化。小说、诗歌、散文、戏剧等不同文体有各自的风格特点。

第三，动态性特征。文学语言风格不是一成不变的，它随着时代的发展、作家的成长以及创作主题的变化而不断演变。例如，海明威早期的作品语言简洁而凝练，晚期作品则更为丰富和复杂。

（二）文学语言风格的影响因素

影响文学语言风格的因素主要包括以下方面。

第一，文化背景。作家的文化背景对其语言风格有着深远的影响。不同的文化背景赋予作家不同的语言资源和表达习惯。例如，西方文学语言中常见的比喻、夸张手法，在中国古典文学中则以对仗、辞藻华丽为特色。

第二，个人经历。作家的个人经历对其语言风格的形成有重要作用。经历丰富的作家往往能够在作品中展现出更为深刻和多样的情感。例如，海伦·凯勒的作品语言中充满了对生命和光明的渴望，这与她的生活经历密不可分。

第三，审美取向。作家的审美取向直接决定了其语言风格的表现形式。有些作家追求简洁明了的语言风格，有些则偏好华丽优美的辞藻。审美取向不仅体现在语言选择上，也体现在句式、节奏和修辞手法的运用上。

第四，文学传统。文学传统对作家的语言风格有着潜移默化的影响。作家在创作过程中，往往会受到前人作品的影响，并在此基础上进行创新。例如，中国古代诗词中的平仄韵律、对仗工整等特点，对后世诗人的创作产生了深远影响。

（三）文学语言风格的类型划分

根据不同的标准，文学语言风格可以进行多种分类。以下是几种常见的分类方法。

第一，按文体分类。不同文体有各自的语言风格。例如，小说的语言风格注重情节的推进和人物性格的刻画；诗歌的语言风格则强调音韵和意境的营造。

第二，按时代分类。不同历史时期的文学作品有着不同的语言风格。例如，文艺复兴时期的文学语言华丽、修辞丰富；而现代主义文学语言则更为简洁、直接。

第三，按地域分类。不同地域的文学语言风格各具特色。例如，南美文学中的"魔幻现实主义"语言风格独特；而北欧文学则以简约、冷峻的语言见长。

第四，按流派分类。不同文学流派的语言风格各有千秋。例如，浪漫主义文学语言华美、抒情；而现实主义文学则注重描写的真实和细致。

（四）文学语言风格的功能作用

文学语言风格在文学创作中具有重要的功能作用。

第一，表达思想感情。文学语言风格是作家表达思想感情的重要手段。通过独特的语言风格，作家能够传达出特定的情感氛围和思想内涵。例如，莎士比亚的语言风格以其深刻的哲理性和丰富的情感层次，使其作品具有强烈的感染力。

第二，塑造人物形象。通过语言风格的变化，作家可以刻画出鲜明的人物形象。不同人物在语言上的差异，能够反映其性格特点和心理状态。例如，狄更斯在《双城记》中，通过不同人物的语言风格，生动地展现了他们的性格和社会背景。

第三，营造情节氛围。文学语言风格能够有效地营造出特定的情节氛围，使读者身临其境。例如，爱伦·坡的恐怖小说通过精巧的语言构建出紧张、诡异的氛围，增强了作品的艺术效果。

第四，体现艺术美感。文学语言风格不仅是表达工具，更是一种艺术形式。通过语言的精雕细琢，作家能够创造出具有独特美感的文学作品。例如，李白的诗歌以其豪放、奔放的语言风格，展现了大气磅礴的诗意美感。

（五）文学语言风格的演变创新

文学语言风格随着时代的发展不断演变和创新。以下是主要的发展趋势。

第一，简洁化。现代文学语言风格趋向于简洁、明了，追求用最少的语言表达最丰富的内容。这一趋势体现了现代人对效率和直接性的追求。例如，海明威的"冰山理论"语言风格，就是通过简洁的语言传达出深刻的内涵。

第二,个性化。随着个人主义思想的兴起,作家越来越重视语言风格的个性化。每位作家都力求在语言上展现出独特的个性特点,形成自己的风格标签。例如,卡夫卡的语言风格以其独特的荒诞性和压抑感,深刻地反映了现代社会的异化现象。

第三,多样化。全球化背景下,不同文化、不同地域的文学语言风格相互交融,形成了多样化的趋势。作家们通过借鉴和融合不同的语言风格,创造出更加丰富和多彩的文学作品。例如,莫言的小说语言融合了中国传统叙事和西方现代主义手法,形成了独特的风格。

第四,互动化。现代科技的发展,使文学语言风格在数字媒体平台上得到了新的表现形式。作家们通过网络文学、互动小说等形式,探索语言风格的互动性和参与性。例如,网络小说中的"弹幕"文化,使得读者可以实时参与到作品的创作和讨论中,形成了一种新的语言风格。

综上所述,文学语言风格是文学作品的重要组成部分,它不仅体现了作家的艺术追求和创作个性,更是文学作品表达思想感情、塑造人物形象和营造情节氛围的重要手段。随着时代的发展,文学语言风格不断演变和创新,展现出丰富多彩的面貌,为文学创作注入了新的活力。

第二节　文学生成之文学才能

文学才能是指作家从事文学创作具有的各种综合能力,主要包括文学感悟、文学想象、文学表现、文学天才、文学修养等。

一、文学感悟

"文学感悟即文学敏感,指人对文学语言和文学情感本能的、直觉的审美感受力。"① 它贯穿于整个文学活动中，既包括作家创作时的感悟，也包括鉴赏者和评论者在接受过程中的感悟。以下将重点探讨以作家创作为中心的文学感悟问题。

（一）文学感悟的现实意义

文学感悟作为一种深入体验和理解文学作品内涵的能力，具有深远的现实意义。它不仅仅是对文学作品的欣赏，更是一种对生活、社会以及人性的深刻洞察。在现代社会中，文学感悟已不再局限于课堂和书本，而是逐渐渗透到生活的各个层面，对个人发展和社会进步产生了重要影响。

第一，各种压力和繁忙的日程所束缚，难以找到时间去反思和感受生活。通过文学感悟，个体可以暂时脱离现实的纷扰，进入一个更加纯粹和宁静的精神空间。在这里，他们可以通过文学作品的情节和人物，重新审视自己的生活，找到内心深处的情感共鸣和思想启迪。这种感悟不仅有助于缓解压力，还能提升个体的情感智力，使他们更加善于理解和处理自己和他人的情感问题。

第二，文学感悟有助于培养个体的批判性思维能力。在面对文学作品时，个体需要通过细致的阅读和深入的思考，去发现作品中的隐喻、象征和深层意义。这一过程不仅仅是对文字的解读，更是对思想的锤炼。通过这种锻炼，个体能够逐渐培养出一种敏锐的批判性思维，能够更加全面和深入地看待问题，避免浮于表面的判断。这种能力在现代社会中尤为重要，因为它不仅能够帮助个体在学术和职业上取得成功，还能使他们在面对复杂的社会和文化现象时，保持清醒和独立的判断力。

第三，文学感悟能够促进个体的社会责任感和道德意识。许多文学作品都涉及人类社会的基本问题，如正义与不公、爱与恨、自由与压迫等。通过对这些问题的感悟，个体可以更好地理解社会的运行机制和人类行为的动因，

---

① 鄢冬，王珂. 文学研究必须重视文学感悟[J]. 创作与评论，2013（8）：21.

从而培养出一种强烈的社会责任感和道德意识。他们不仅会更加关注社会的不公和弱势群体的权益，还会更加积极地参与到社会变革和公益事业中去，为构建一个更加公正和谐的社会贡献自己的力量。

第四，文学感悟还有助于提升个体的文化素养和审美情趣。在全球化的今天，不同文化和价值观念的碰撞和交融成为不可避免的趋势。通过文学感悟，个体可以接触到不同文化的精髓和内涵，丰富自己的文化视野和知识储备。文学作品中的语言美、结构美和情感美，也能够提升个体的审美能力，使他们在日常生活中更加注重细节和品质，追求更高层次的精神享受。

（二）文学感悟的基本特征

1. 文学感悟是生命体验的艺术直觉活动

文学感悟作为一种生命体验的艺术直觉活动，其本质在于通过感性体验和直观感知，将生命中的点滴瞬间升华为艺术的永恒。这种感悟不仅仅是一种情感的表达，更是一种对生命本质的深刻洞察。通过文学感悟，个体能够在文字的世界中找到共鸣，与作者的思想和情感产生共振。文学作品中的每一个字句，都是作者生命体验的浓缩，通过阅读，读者能够重温这些体验，并在其中找到自身生活的映射。这种艺术直觉活动的核心在于对生活细节的敏锐捕捉和对情感的深刻理解。文学感悟不仅要求读者具备丰富的生活经验，更需要有一种细腻的情感触觉和敏锐的艺术眼光。通过文学感悟，读者能够在平凡的生活中发现美，在细微的变化中体味深意。这种感悟不仅是一种阅读体验，更是一种生命体验的延续和升华。

2. 文学感悟是跃迁式的诗性认知思维

文学感悟作为一种跃迁式的诗性认知思维，其特点在于通过诗意的思维方式，将日常生活的琐碎转化为具有高度概括性的艺术表达。这种思维方式不仅仅是一种语言的技巧，更是一种认知的突破。通过文学感悟，读者能够超越表象，进入到事物的本质，发现隐藏在文字背后的深层含义。

跃迁式的诗性认知思维强调的是一种思维的跳跃和联想，通过这种思维方式，个体能够在瞬间捕捉到事物之间的隐秘联系，并将其通过诗意的语言表达出来。这种认知思维不仅是一种感性的体验，更是一种理性的升华。通过文学感悟，读者能够在文字的世界中进行自由遨游，体验到思想的飞跃和情感的升华。这种诗性认知思维不仅要求读者具备丰富的知识储备，更需要有一种开放的思维方式和独特的艺术视角。通过这种思维方式，读者能够在阅读过程中不断发现新的意义层次，并在其中找到自身思想的共鸣和情感的归属。文学感悟作为一种艺术的认知活动，其价值不仅在于提供审美的愉悦，更在于通过这种活动，提升个体的思想境界和艺术修养。

（三）文学感悟的心理机制

在文学的浩瀚宇宙中，感悟如同一颗璀璨的星辰，引领着创作者与读者穿梭于情感与智慧的交织地带。它不仅是文学创作的源泉，也是连接作者与读者心灵的桥梁。深入探讨文学感悟的心理机制，不仅有助于我们理解文学作品的深层含义，更能揭示人类心灵世界的奥秘。

1. 感悟的心理基础

文学感悟的心理基础构筑于作家丰富而细腻的感知能力与深刻的情感体验之上。感知作为人与世界交互的初始环节，在文学创作中扮演着至关重要的角色。作家不仅用眼观察世界，更用心感受万物，将外在的客观存在转化为内心的主观体验。这种感知超越了表面的视觉、听觉等感官刺激，深入到事物的本质与内在联系之中，为文学创作提供了丰富的素材与灵感。

情感体验则是文学感悟的核心驱动力。作家在感知外界的同时，往往会触发内心深处的情感共鸣，这种共鸣既可能是对美好事物的向往与赞美，也可能是对不幸遭遇的同情与哀悼。正是这些复杂而深刻的情感体验，促使作家将个人的情感世界与外在世界相融合，创造出既具个性又具普遍性的文学作品。

此外，作家的思想和价值观也是文学感悟不可或缺的心理基础。它们如同灯塔一般，指引着作家在创作道路上的方向。不同的思想观念和价值取向，会促使作家以不同的视角和方式去感知世界、体验情感，进而形成各具特色的文学风格与主题。

2. 感悟的心理过程

文学感悟的心理过程是一个复杂而精细的动态系统，它涵盖了感知、情感共鸣和思想提炼三个紧密相连的阶段。

（1）感知阶段。在这个阶段，作家通过敏锐的感知能力，捕捉外界事物的细微变化与独特魅力。无论是自然风光的壮丽、社会现象的复杂，还是人物性格的多样，都能成为作家感知的对象。这种感知不仅仅是简单的信息接收，更是对事物本质与内涵的深刻洞察。

（2）情感共鸣阶段。随着感知的深入，作家内心的情感世界开始被触动。他们或许会因某一场景的美丽而心生欢喜，或许会因某一人物的遭遇而感同身受。这种情感共鸣不仅加深了作家对外界事物的理解，更为其文学创作提供了强大的情感动力。在这个阶段，作家的情感体验逐渐由浅显走向深刻，由零散走向系统。

（3）思想提炼阶段。当情感共鸣达到一定程度时，作家开始运用自己的思想智慧对感知到的内容与情感体验进行提炼与升华。他们可能会从某个具体的事件中抽象出普遍的人性规律，也可能会从某种情感体验中提炼出深刻的人生哲理。这一过程不仅是对文学素材的加工与整理，更是对作家思想境界的提升与拓展。通过思想提炼，作家将个人的情感体验转化为具有普遍意义的文学主题与创作动机。

3. 感悟的心理特征

文学感悟的心理特征主要体现在直觉性、瞬时性和深刻性三个方面。

（1）直觉性。文学感悟往往具有一种难以言喻的直觉性。它不像逻辑推理那样需要经过严密的论证与分析,而是以一种近乎于"顿悟"的方式突然涌现于作家的脑海之中。这种直觉性不仅体现了作家敏锐的艺术直觉与深刻的洞察力,也赋予了文学作品以独特的艺术魅力与生命力。

(2)瞬时性。感悟的产生往往具有瞬时性的特点。它可能是在某个特定的时刻、某个特定的情境下突然爆发的,也可能是在长时间的积累与酝酿之后瞬间绽放的。这种瞬时性使得文学感悟成为一种珍贵的艺术体验,它要求作家具备高度的敏感性与捕捉能力,以便在稍纵即逝的瞬间捕捉到那些稍纵即逝的灵感与火花。

(3)深刻性。文学感悟之所以能够打动人心、流传千古,关键在于其深刻的思想内涵与情感体验。作家在感悟的过程中,不仅触及了事物的表面现象,更深入挖掘了其背后的本质与规律;不仅体验了个人情感的起伏跌宕,更领悟了人类共同的命运与追求。这种深刻性使得文学作品成为一种超越时空、跨越文化的精神财富,为后人提供了无尽的思考与启示。

(四)作家的艺术感悟力

读者和理论家常试图了解作家创作的奥秘,尤其是他们在一般人毫无感觉的事物中产生独特感悟的能力。这涉及作家的艺术感悟力问题,即作家在文学创作中对生活进行艺术体验、领悟和把握的能力。作家的艺术感悟力包括感受力、洞察力和领悟力三个基本要素。

1. 敏锐的感受力

作家具有敏锐的艺术感受力,能在习以为常的生活环境或事物中得到独特的艺术感受。这种感受力使他们能够在人们忽视的细节中发现艺术的美和意义,从而形成深刻的文学作品。感受力不仅是感知外界事物的能力,更是通过内在情感与体验的结合,使作家能够在生活中捕捉到独特的艺术灵感。

2. 独到的洞察力

艺术洞察力是作家在现实生活中发现美和艺术元素的独特观察能力和识别能力。作家能够在普通人无法察觉的地方发现潜在的艺术价值，从而进行创作。洞察力不仅体现在对外界事物的观察，更在于对事物本质的深刻理解。通过独特的洞察力，作家能够从平凡的事物中提炼出深刻的主题和思想，使作品富有哲理和艺术魅力。

3. 深刻的领悟力

作家对生活产生感触的同时，往往包含着对其本质意义或规律的深刻领悟。只有在对事物的深刻领悟基础上，作家才能开始创作。领悟力使作家能够从日常生活中提炼出深刻的思想和主题，使作品具有深刻的思想内涵和艺术价值。作家的领悟力不仅体现在对具体事物的理解上，更在于对生活和人性的深刻思考，从而创作出具有永恒价值的文学作品。

（五）文学感悟的培养途径

要培养文学感悟，需从多方面入手，综合运用多种方法和手段，才能取得理想的效果。具体来说，培养文学感悟的途径可以从以下方面展开。

第一，阅读。通过广泛而深入的阅读，个体能够接触到不同风格和题材的文学作品，从中汲取丰富的养分。阅读不仅是对文字的解读，更是对作品背后思想和情感的体验。在阅读过程中，个体可以通过反复揣摩和思考，逐渐培养出敏锐的感受力和洞察力。因此，要培养文学感悟，首先需要养成良好的阅读习惯，选择经典和优秀的文学作品进行系统的阅读和研究。

第二，写作。通过写作，个体可以将自己对文学作品的感悟和理解具体化，形成文字表达。这一过程不仅能够帮助个体梳理自己的思路，深化对作品的理解，还能培养出一种细致入微的观察力和表达能力。通过不断的写作实践，个体能够逐渐找到自己的写作风格和表达方式，从而提升文学感悟的深度和广度。

第三，讨论和交流。在阅读和写作的基础上，通过与他人进行深入的讨论和交流，个体可以获得更多的视角和见解，从而丰富和拓展自己的感悟。文学感悟不仅是个人的体验，更是一种社会性的行为。在讨论和交流中，个体可以通过聆听和分享，不断修正和完善自己的观点，达到更高层次的理解和认同。因此，参加各种文学沙龙、读书会和学术研讨会，是培养文学感悟的重要途径。

第四，实践活动。通过参与各种文学创作和文化活动，个体可以将自己的感悟转化为具体的实践。比如，参加文学创作比赛、戏剧表演和文学讲座等活动，可以帮助个体更好地理解和体验文学作品的内涵，提升文学感悟的实际应用能力。这种实践活动不仅能够增强个体的自信心和表达能力，还能激发他们的创作热情和灵感，为进一步的文学感悟打下坚实的基础。

第五，借助现代科技手段。在信息化时代，个体可以通过互联网和各种数字化平台，获取海量的文学资源和信息。通过在线阅读、音频讲解和视频课程等方式，个体可以更加便捷地进行文学学习和研究。此外，利用社交媒体和网络论坛，个体还可以与全球的文学爱好者和专家进行交流和互动，获取更多的见解和灵感。因此，充分利用现代科技手段，是培养文学感悟的重要途径之一。

（六）文学感悟与创作过程的关系

1. 感悟是创作的起点

文学感悟是作家创作的起点，通过感悟，作家产生创作的动机和主题。感悟使作家能够从生活中提炼出独特的艺术灵感，从而进行创作。感悟不仅是创作的起点，更是创作过程中的重要环节，通过不断的感悟与思考，作家能够不断丰富和深化作品的内容和思想。

2. 感悟贯穿于创作全过程

文学感悟贯穿于整个创作过程，从初始的灵感到作品的完成，感悟始终是创作的动力和指引。通过感悟，作家能够不断调整和完善作品，使其具有深刻的思想内涵和艺术价值。感悟不仅贯穿于创作的初始阶段，更贯穿于创作的每一个环节，通过不断的感悟和思考，作家能够创作出具有永恒价值的文学作品。

3. 感悟与创作成果的关系

文学感悟不仅是创作的动力，更直接影响创作的成果。通过深刻的感悟，作家能够创作出具有独特艺术价值和思想深度的作品。感悟使作品具有独特的艺术魅力，能够打动读者的心灵。感悟不仅是创作的起点，更是创作成果的关键，通过不断的感悟和思考，作家能够创作出具有永恒价值的文学作品。

二、文学想象

（一）文学想象的现实意义

文学想象[①]不仅是作家创作的核心，也是文学作品吸引读者的重要因素。通过想象，作家能够超越现实，创造出一个丰富多彩的艺术世界，使读者在阅读中获得美的享受和心灵的愉悦。

1. 丰富文学作品的内容

文学想象能够丰富作品的内容，使其具有更深刻的思想内涵和更广阔的表现空间。通过想象，作家可以将现实生活中的素材进行艺术加工，创造出新的情节和人物形象，赋予作品独特的艺术魅力。这种丰富的内容不仅吸引读者，还能引发他们的思考和共鸣。

---

① 文学想象是创作者在文字世界中构建独特情境、塑造鲜活人物、编织复杂情节，以表达深邃思想与情感的创造性思维能力。

2. 增强文学作品的表现力

文学想象增强了作品的表现力，使其能够更生动、形象地表现出复杂的情感和思想。通过想象，作家可以将抽象的概念转化为具体的形象，使读者更容易理解和感受。例如，通过细腻的心理描写和生动的场景刻画，作家能够真实地再现人物的内心世界和情感变化，使读者产生共鸣。

3. 激发读者的想象力

文学想象不仅是作家的创造活动，也是读者的再创造活动。通过阅读文学作品，读者可以在作家的引导下展开自己的想象，参与到作品的再创造过程中。这种读者的想象力不仅丰富了阅读体验，还能激发他们的创造力和思维能力，对个人的成长和发展起到积极的作用。

（二）文学想象的基本特征

文学创作依赖于作家的生活经历，但更离不开艺术想象。艺术想象是作家创作才能的重要体现。作家创作的奥妙主要蕴藏在艺术想象之中。要解开作家的创作之谜，必须了解文学想象的特征。

1. 具象性特征

文学想象是一种独特的艺术思维活动，不同于抽象思维。作家在思维过程中，头脑里总是充满着活生生的形象，因此这种思维被称为"寓于形象的思维"或形象思维。这种形象不是现实生活中的实体形象，而是浮现在头脑中的虚幻之象，即意象或物象。康德将想象中的意象称为"审美的意象"，并解释说它是指想象力所形成的一种形象显现。

作家在想象中不仅感觉到物象的浮动，还能明确地看到人物的形象及其活动。创作中主要运用具象思维，但并不排除抽象思维。作家在提炼主题、安排结构的过程中需要进行分析和判断，而在情节推进、意象组合排列上也需要逻辑推理和演进。例如，《敕勒歌》中的景象描写就是按照逻辑推理逐步展开的。

2. 情感性特征

文学想象作为一种艺术思维，与抽象思维的不同之处在于其充满着丰富的情感。刘勰在《文心雕龙·神思》中说："登山则情满于山，观海则意溢于海。"这说明作者的情感不仅自我激荡洋溢，还投射到外界，使山川海洋为之充盈溢满。文学想象中充满情感，是因为诗人作家在思维过程中全身心投入，充满了生命的体验。

作家的创作并非都取材于个人经验，很多情况下是凭借对人物设身处地地体验而展开想象。这种角色换位的想象也离不开情感体验。只有基于情感体验的想象，所塑造的形象才能以情动人，从而产生感人的魅力。

3. 创造性特征

心理学家一般将想象分为创造性想象与再造性想象。作家创作中的想象属于创造性想象，读者鉴赏中的想象则属于再造性想象。作家在创作中通过联想、回忆、幻想、虚构等形式进行艺术构思，熔铸艺术形象，需要充分发挥创造的机能。想象本身就是一种主动的创造性思维，其创造性不言而喻。

文学想象的创造性主要表现在两个方面：对文学形象的熔铸、情境的营造；伴随着灵感而来的创造力高度发挥。当想象趋于成熟、进入高潮时，作家会灵机贯通，文思泉涌，创意勃发。

（三）文学想象的心理机制

文学想象的产生不仅依赖于作家的天赋和灵感，更依赖于复杂的心理机制。文学想象的心理机制包括意识、潜意识和无意识三个层面，这三个层面共同作用，形成了作家独特的艺术世界。

1. 意识的作用

意识是文学想象的基础。作家通过对现实生活的观察和体验，积累大量的素材，并通过意识对这些素材进行加工和处理。在文学创作中，作家通过有意识的构思和创意，将这些素材转化为艺术形象和故事情节。意识的作用使得文学想象具有目的性和计划性，从而使作品具有逻辑性和连贯性。

2. 潜意识的作用

潜意识是文学想象的重要来源。弗洛伊德指出，潜意识是人类心理活动的重要组成部分，对人的行为和思维具有深远的影响。在文学创作中，潜意识通过梦境、幻觉等形式表现出来，丰富了作品的内容和表现形式。潜意识的作用使得文学想象具有丰富性和多样性，从而使作品具有深度和广度。

3. 无意识的作用

无意识是文学想象的深层机制。荣格认为，无意识是人类集体经验的积累，对人的行为和思维具有重要影响。在文学创作中，无意识通过象征、隐喻等形式表现出来，增加了作品的神秘感和象征性。无意识的作用使得文学想象具有深刻性和象征性，从而使作品具有思想性和艺术性。

（四）作家的艺术想象力

尽管想象力是每个人都具有的思维能力，但作家的想象力有着常人所不及的独到之处，主要表现在两个方面。

1. 敏感细致的体察能力

作家的艺术想象力首先表现在其敏感细致的体察能力。这种能力使得作家能够在日常生活中捕捉到他人所忽视的细微之处，通过敏锐的观察力和丰富的联想，将这些细节转化为艺术创作中的重要元素。作家在面对同样的景象或事件时，能够看到更深层次的内容，体察到更细微的情感变化和社会脉络。这种体察能力不仅体现在外在的自然景物、社会现象上，更重要的是对人类内心世界的洞察。通过这种体察，作家可以将平凡的事物赋予独特的艺术价值，使之在作品中焕发出新的生命力。

作家的体察能力使他们能够从不同的角度审视世界，捕捉到那些隐藏在日常生活背后的情感和意义。他们善于通过细腻的描绘和生动的叙述，使读者在阅读过程中产生共鸣，仿佛亲身经历一般。这种能力不仅需要天赋，更需要长期的训练和积累。作家通过不断地观察、思考和创作，逐渐培养出敏锐的洞察力和细腻的表达能力，从而在艺术想象力上超越常人。

2. 设身处地的体验能力

作家的艺术想象力还表现在其设身处地的体验能力。这种能力使作家能够超越自我，深入到不同人物的内心世界，体验他们的情感和经历，从而在创作中呈现出多样化的人物形象和复杂的情感关系。通过设身处地的体验，作家能够理解和表现各种不同的生活状态和人性特点，使作品更具真实感和感染力。

这种体验能力要求作家具有高度的共情能力和丰富的生活阅历。作家不仅要能够体会自己亲身经历的情感，还要能够通过观察和想象，进入到他人的内心世界，感受他们的喜怒哀乐。通过这种方式，作家可以在创作中塑造出栩栩如生的人物形象，使读者能够通过这些人物感受到真实的情感和生活体验。这种能力不仅需要作家具有敏锐的感受力，还需要他们具备广博的知识和深厚的文化底蕴，从而能够在创作中融入多样化的生活元素和文化背景。

通过设身处地的体验，作家能够在创作中展现出对人类情感和社会现实的深刻理解，这种能力不仅使作家的作品更加真实和感人，也使其艺术想象力得到了充分的展现。

（五）文学想象的培养路径

文学想象的创新不仅依赖于作家的天赋和灵感，更依赖于不断的学习和探索。作家通过不断的学习和探索，不断丰富自己的知识和经验，提升自己的艺术修养和创作能力，从而实现文学想象的创新。

1. 广泛的阅读和学习

广泛的阅读和学习是文学想象创新的重要途径。作家通过阅读和学习，不断积累知识和经验，拓宽自己的视野和思路，从而提升自己的创作能力和艺术修养。广泛的阅读和学习使得作家能够不断汲取新的养分，不断丰富自己的文学想象。

2. 深入的观察和体验

深入的观察和体验是文学想象创新的基础。作家通过广泛的对现实生活的深入观察和体验，不断积累素材和灵感，从而提升自己的创作能力和艺术修养。深入的观察和体验使得作家能够不断从现实生活中汲取灵感，不断丰富自己的文学想象。

3. 不断的实践和探索

不断的实践和探索是文学想象创新的关键。作家通过不断的创作实践和艺术探索，不断提升自己的创作能力和艺术修养，从而实现文学想象的创新。不断的实践和探索使得作家能够不断突破自我，不断提升自己的文学想象。

（六）文学想象与创作过程的关系

文学创作过程中的想象力是驱动创作灵感的关键因素。想象力不仅为创作者提供了丰富的素材和灵感来源，还在很大程度上决定了作品的独特性和创新性。文学想象力能够跨越现实的界限，将创作者的思维带入一个全新的境界，在这个过程中，创作者得以摆脱现实的束缚，进入一种自由创造的状态，从而产生出超越现实的艺术作品。

在文学创作的过程中，想象力的运用体现在多个方面。首先，想象力帮助创作者构建出一个完整而生动的世界，这个世界可能是现实世界的延伸，也可能是完全虚构的产物。无论是哪种形式，想象力都为创作者提供了一个自由发挥的空间，使其能够在这个空间中塑造人物、构建情节、描绘环境，从而形成一个独特的文学世界。其次，想象力在创作过程中起到了联想和推理的作用。通过想象，创作者能够将现实中的片段和细节进行重组和加工，形成新的艺术形象和故事情节。这种联想和推理的能力使得创作过程充满了无限的可能性，创作者可以根据自己的想象力和艺术感觉，自由地构建出丰富多彩的文学作品。

此外，想象力在文学创作过程中还扮演着启发和引导的角色。创作者在进行文学创作时，常常会遇到一些难以解决的问题或者瓶颈，此时，想象力的介入可以为创作者提供新的思路和解决方案，使其在创作过程中不断探索和创新。通过想象，创作者能够超越已有的经验和认知，开辟出新的艺术天地，从而为文学创作注入新的活力和生命力。

文学想象力的培养和提升也是文学创作过程中不可忽视的一个重要方面。创作者需要通过不断地阅读、思考和实践，来丰富自己的想象力储备。阅读不同类型的文学作品可以开阔创作者的视野，激发其想象力，深入的思考和分析也可以帮助创作者更好地理解和运用想象力。通过不断地实践和创作，创作者可以逐渐形成自己的想象力风格，从而在文学创作中游刃有余，创造出独具特色的文学作品。

在文学创作的实际操作中，想象力的运用不仅体现在创作的初始阶段，更贯穿于整个创作过程。在创作的初期，想象力为创作者提供了灵感和素材，使其能够迅速进入创作状态。而在创作的中后期，想象力则帮助创作者不断地调整和完善作品，使其更加精致和完美。通过不断地想象和创作，创作者不仅能够提升自己的文学素养和创作能力，还能够不断地探索和发现文学创作的新领域和新方向。

文学想象与创作过程的关系是相辅相成的，想象力为创作提供了源源不断的灵感和素材，而创作过程又不断地锻炼和提升了创作者的想象力。在这个相互作用的过程中，创作者得以不断地超越自我，创造出更加精彩和富有创造力的文学作品。想象力不仅是文学创作的动力源泉，也是创作者探索和创新的重要工具，通过不断地运用和培养想象力，创作者可以在文学的世界中自由翱翔，创造出无数的艺术奇迹。

三、文学表现

（一）文学表现的现实意义

文学表现具有重要的现实意义，这不仅体现在文学作品对社会现实的反映和批判上，也体现在文学创作对个体精神世界的深刻揭示上。文学作品通过细腻的情感描写和复杂的人物塑造，能够唤起读者的共鸣，使他们在阅读过程中产生深刻的情感体验和思考。文学表现可以引导读者关注社会问题，激发他们对现实生活的关注和反思，从而促进社会进步和发展。

文学表现的现实意义还在于它能够提供一种超越现实的精神慰藉。在现代社会中，人们常常面临各种压力和困惑，而文学作品通过构建虚拟的世界，为人们提供了一种情感的宣泄和精神的安慰。读者在文学作品中寻找共鸣，获得心灵的慰藉和力量，从而更好地面对现实生活中的挑战和困难。

（二）文学表现的基本特征

文学表现的基本特征主要体现在其独特的语言艺术和叙事手法上。文学作品通过丰富多样的语言表达方式，创造出鲜明的意象和深刻的情感，使读者在阅读过程中产生强烈的代入感和共鸣。文学作品的语言不仅仅是信息的传递工具，更是情感的载体和艺术的呈现方式。

文学表现的另一个基本特征是其叙事手法的多样性和复杂性。文学作品可以通过不同的视角和叙事结构，展现出丰富多彩的故事情节和人物关系。通过巧妙的叙事安排和细腻的情节描写，文学作品能够引发读者的兴趣和思考，使他们在阅读过程中不断探索和发现故事的真相和意义。

（三）文学表现的心理机制

文学表现的心理机制主要体现在作家和读者之间的情感互动和认知交流上。作家通过细腻的情感描写和复杂的人物塑造，将自己的情感体验和思想观念传递给读者，使读者在阅读过程中产生共鸣和思考。这种情感和思想的交流不仅仅是单向的传递，更是双向的互动和影响。

文学表现的心理机制还涉及读者的情感体验和认知反应。在阅读文学作品的过程中，读者通过对情节和人物的理解和感受，产生情感的共鸣和思考的共振。文学作品通过引导读者进入虚拟的世界，使他们在情感上产生投入和共鸣，从而在心理上获得满足和提升。

（四）作家的艺术表现力

作家的艺术表现力是文学表现的重要组成部分，体现了作家对语言、情节和人物的掌控能力。优秀的作家能够通过精湛的语言艺术和巧妙的叙事手法，创造出鲜活的文学形象和深刻的情感体验。作家的艺术表现力不仅体现在对现实生活的真实反映上，更体现在对人类精神世界的深刻揭示和独特表达上。

作家的艺术表现力还表现在他们对文学形式和风格的创新和探索上。通过对传统文学形式的突破和创新，作家能够创造出独特的文学风格和艺术表现形式，从而丰富文学的表现力和感染力。作家的艺术表现力不仅仅是技巧的展示，更是思想和情感的升华和表达。

（五）文学表现的培养途径

文学表现的培养途径主要包括文学教育和文学创作实践。

通过系统的文学教育，可以学习和掌握文学表现的基本理论和技巧，提高文学素养和创作能力。文学教育不仅仅是知识的传授，更是审美情感和创作思维的培养。

文学表现的培养还需要通过大量的文学创作实践来实现。通过不断的创作和反思，作家可以不断提高自己的艺术表现力和创作水平。文学创作不仅仅是技术的练习，更是思想和情感的表达和探索。通过对生活的观察和体验，作家可以积累丰富的创作素材和灵感，从而在文学创作中不断创新和突破。

（六）文学表现与创作过程的关系

文学表现与创作过程密切相关，是创作过程的重要组成部分。在创作过程中，作家通过对情节和人物的设计和描写，实现文学表现的艺术效果。文学表现不仅仅是创作的结果，更是创作的过程和方法。

文学表现与创作过程的关系还体现在两者的互动和影响上。创作过程中的每一个环节，都直接影响到文学表现的质量和效果。通过对创作过程的反思和调整，作家可以不断提高自己的文学表现力，从而创作出更加优秀和动人的文学作品。文学表现不仅仅是创作的终点，更是创作的动力和目标。

四、文学天才

（一）文学天才的现实意义

文学天才在现代社会中具有深远的现实意义。首先，文学天才通过其独特的视角和深刻的洞察力，为社会提供了丰富的精神食粮。他们的作品不仅仅是娱乐或消遣，更是思想的碰撞和情感的共鸣，能够引发读者对自身和社会的深刻思考。文学天才的作品往往揭示社会问题，反映人性的复杂，为社会变革提供了精神支持和理论依据。其次，文学天才的存在和他们的创作活动对于文化传承和文化创新具有重要的推动作用。他们通过对传统文化的继承和发展，为文化注入了新的生命力，使得文化在传承中不断创新，在创新中保持活力。最后，文学天才的作品对语言的发展和丰富具有不可忽视的贡献。他们通过独特的语言表达和文字技巧，丰富了语言的表现力和感染力，使得语言在文学的熏陶下更加生动和多样。

（二）文学天才的基本特征

文学天才的基本特征可以从多个方面进行探讨。首先，文学天才通常具有超凡的想象力和创造力。他们能够在平凡的生活中发现不平凡的细节，能够将抽象的思想具体化为生动的形象。其次，文学天才具有深刻的洞察力和敏锐的感受力。他们能够敏锐地捕捉到社会的变化和人性的复杂，能够深入到事物的本质，揭示隐藏在表象背后的真相。再次，文学天才通常具有高度的语言表达能力和文字驾驭能力。他们能够运用语言创造出具有强烈感染力的文字，能够通过文字表达出复杂的思想和情感。最后，文学天才具有坚韧的毅力和持久的创作激情。他们对文学创作有着深深的热爱，能够在创作过程中克服各种困难和挑战，坚持不懈地追求艺术的完美。

（三）文学天才的心理机制

文学天才的心理机制是一个复杂而多层次的系统。首先，文学天才通常具有高度的自我意识和自我反省能力。他们能够对自身的思想和情感进行深刻的反思，能够在自我反省中不断提升自己的创作水平。其次，文学天才具有强烈的好奇心和探索欲望。他们对世界充满了好奇，渴望通过创作探索未知的领域，揭示未知的真相。再次，文学天才具有高度的情感敏感性和情感共鸣能力。他们能够对他人的情感产生深刻的共鸣，能够通过创作表达出复杂的情感体验。最后，文学天才具有高度的专注力和持久的创作动力。他们能够在创作过程中保持高度的专注，能够在创作中找到持久的动力源泉。

（四）作家的艺术天才力

作家的艺术天才力是文学天才的核心体现。首先，作家的艺术天才力体现在他们对语言的独特驾驭能力上。他们能够通过精妙的语言表达，将复杂的思想和情感转化为生动的文字，使得作品具有强烈的感染力和表现力。其次，作家的艺术天才力体现在他们对人物形象的塑造能力上。他们能够通过细腻的描写和深刻的洞察，塑造出鲜活的人物形象，使得作品中的人物栩栩如生，令人难以忘怀。再次，作家的艺术天才力体现在他们对情节结构的构建能力上。他们能够通过巧妙的情节设计和精心的布局，使得作品的情节跌宕起伏，引人入胜。最后，作家的艺术天才力体现在他们对主题思想的深刻挖掘能力上。他们能够通过作品揭示出深刻的社会问题和人性复杂，能够通过创作表达出对人生和社会的深刻思考。

（五）文学天才的培养途径

文学天才的培养途径可以从多个方面进行探讨。首先，文学天才的培养需要广泛的阅读和深入的学习。通过广泛阅读不同类型的文学作品，文学天才能够吸收丰富的文学养分，提升自己的文学素养和创作能力。其次，文学天才的培养需要不断的写作实践和创作积累。通过不断写作实践，文学天才能够在创作中不断提升自己的语言表达能力和文字驾驭能力，积累丰富的创作经验。再次，文学天才的培养需要积极的交流和广泛的交流。通过与其他作家和读者交流，文学天才能够获得丰富的创作灵感和宝贵的创作建议，提升自己的创作水平。最后，文学天才的培养需要强烈的创作热情和坚定的创作信念。只有对文学创作有着深深的热爱，文学天才才能够在创作中坚持不懈，克服各种困难和挑战，追求艺术的完美。

（六）文学天才与创作过程的关系

文学天才与创作过程之间具有密切的关系。首先，文学天才的创作过程通常充满了独特的灵感和创意。他们能够在创作过程中不断产生新的灵感和创意，能够通过创作将这些灵感和创意转化为具体的作品。其次，文学天才的创作过程通常充满了深入的思考和反复的推敲。他们在创作过程中不断对作品进行深思熟虑和反复推敲，力求在作品中表达出最深刻的思想和最真实的情感。再次，文学天才的创作过程通常充满了挑战和突破。他们在创作过程中不断挑战自我，不断突破创作的瓶颈，力求在创作中实现自我的超越。最后，文学天才的创作过程通常充满了坚持和努力。他们在创作过程中始终保持高度的专注和坚持不懈的努力,力求在创作中实现艺术的完美。

五、文学修养

(一)文学修养的现实意义

文学修养在现代社会中具有重要的现实意义。

首先,文学修养作为个人综合素质的重要组成部分,有助于提升个人的审美能力和人文素养。文学作品通过语言的艺术表达和情感的传递,能够引发读者的共鸣,深化其对人生、社会和自然的理解。这种深入的理解和感悟,有助于人们更好地应对生活中的各种挑战,从而增强心理韧性和生活的幸福感。

其次,文学修养对社会的文化建设具有重要推动作用。一个国家和民族的文化软实力,往往体现在其文学创作的繁荣和文学作品的影响力上。文学修养的提升,能够促进更多高质量文学作品的产生,从而丰富社会的文化内涵,提升国民的文化自信和文化认同感。此外,文学修养还能促进社会的道德建设,通过文学作品传递的价值观和伦理观念,引导人们追求真善美,推动社会风气的改善。

最后,文学修养在教育领域具有重要作用。文学修养的培养,不仅是文学专业学生的必修课,更是所有学生综合素质教育的重要内容。通过文学作品的阅读和分析,学生可以开阔视野,培养独立思考和批判性思维能力,同时提高语言表达和写作能力。这些能力的提升,不仅有助于学生在学术领域取得更好的成绩,也为其未来的职业发展打下坚实的基础。

(二)文学修养的基本特征

文学修养作为人类精神世界的一片沃土,其独特的基本特征深刻影响着个体的成长轨迹与社会的文化进程。这些特征,如同星辰般璀璨,指引着我们在文学的海洋中遨游,探索人性的深度与广度。

第一，文学修养具有深刻的审美性。在这个快节奏的时代，文学修养如同一股清流，滋养着人们的心灵。文学作品，以其独特的语言魅力和叙事技巧，构建了一个个超越现实的审美世界。从古典诗词的韵律之美，到现代小说的情节张力，无不展现着文学艺术的独特魅力。通过深入研读这些作品，人们能够逐渐培养出一种敏锐的审美感知力，学会从平凡的生活中发现不平凡的美，从而在精神层面实现自我超越，提升生活的品质与格调。

第二，文学修养具有强烈的情感性。文学作品是情感的载体，它们以细腻的笔触描绘人物内心的波澜，以真挚的情感打动人心。在文学的世界里，读者可以随着主人公的喜怒哀乐而起伏跌宕，体验不同的人生百态。这种情感共鸣，不仅让人们在阅读过程中得到情感的释放与心理的慰藉，更重要的是，它促使读者在情感的交流中学会共情，提升了对人性复杂性的认识与理解。通过文学的滋养，人们的情感智商得以提升，更加懂得如何在现实生活中处理人际关系，构建和谐的社会环境。

第三，文学修养具有深厚的文化性。文学作品是文化传承的重要媒介，它们跨越时空的界限，将不同历史时期、不同地域的文化精髓凝聚于笔端。通过阅读文学作品，人们可以穿越时空的隧道，领略古代文明的辉煌，感受异域文化的独特魅力。这种跨文化的体验，不仅拓宽了人们的视野，更深化了他们对人类共同精神遗产的认识与尊重。在全球化日益加深的今天，文学修养的文化性特征显得尤为重要，它促进了不同文化之间的交流与融合，为构建人类命运共同体提供了精神动力。

第四，文学修养具有明显的综合性。文学修养的培育并非孤立的过程，它涉及阅读、理解、鉴赏、创作等多个方面。一方面，通过阅读经典文学作品，人们可以积累丰富的文学知识，提升阅读能力和鉴赏水平；另一方面，通过对文学理论和批评的学习，人们可以掌握分析文学作品的方法论工具，更加深入地理解文学的内在规律和价值。此外，参与文学创作实践也是提升文学修养的重要途径之一。通过亲身创作，人们可以更加直观地感受到文学的魅力与挑战，从而在不断实践中完善自己的文学素养。这种综合性的特征，使得文学修养成为一个全面而系统的过程，它要求人们在多个维度上不断努力与探索。

（三）文学修养的心理机制

文学修养的形成和发展，离不开复杂的心理机制。

首先，文学修养的培养需要个体具备一定的认知能力和智力水平。文学作品通常具有较高的语言复杂度和思想深度，理解和欣赏这些作品需要个体具备较强的语言理解能力、抽象思维能力和逻辑分析能力。

其次，文学修养的培养需要个体具备较高的情感共鸣能力。文学作品通过情感的表达和传递，能够引发读者的情感共鸣，增强其情感体验和感受力。这种情感共鸣能力的培养，不仅需要个体具有丰富的情感体验和敏锐的情感感知力，还需要个体具备良好的情感表达和调控能力。

再次，文学修养的培养需要个体具备较强的创造力和想象力。文学创作作为一种高度创造性的活动，需要个体具备丰富的想象力和独特的创意能力。

同时，在文学作品的阅读和分析过程中，个体也需要运用其想象力，深入理解和体验作品中的人物形象和情节发展，从而获得更为深刻的文学体验。

最后，文学修养的培养需要个体具备持之以恒的学习态度和实践精神。文学修养的提升，不是一朝一夕之功，需要个体在长期的阅读、学习和实践过程中，逐步积累和提高。因此，个体需要具备坚强的意志力和毅力，能够在面对困难和挫折时，保持积极的学习态度和不断进取的精神。

（四）作家的艺术修养力

作家的艺术修养力是其文学创作能力的重要体现。

第一，作家的艺术修养力体现在其深厚的文学素养和广博的知识背景上。作家通过长期的阅读和学习，积累了丰富的文学知识和文化素养，能够在创作过程中灵活运用这些知识和素养，创作出具有深刻思想和艺术价值的文学作品。

第二,作家的艺术修养力体现在其独特的创作视角和艺术风格上。每个作家都有其独特的生活经历和个人体验,这些经历和体验在其文学创作中得以体现,形成了独特的创作视角和艺术风格。作家通过其独特的视角和风格,能够在文学作品中表达出独特的思想和情感,引发读者的共鸣和思考。

第三,作家的艺术修养力体现在其精湛的语言表达和叙事技巧上。文学作品作为语言艺术的结晶,需要作家具备高超的语言表达能力和娴熟的叙事技巧。作家通过精心的语言选择和巧妙的叙事安排,能够在作品中创造出鲜明的人物形象和生动的情节发展,从而增强作品的艺术感染力和思想深度。

第四,作家的艺术修养力体现在其对社会现实和人性本质的深刻洞察上。优秀的文学作品,往往能够透过现象看本质,揭示出社会现实和人性本质中的深刻问题和复杂矛盾。作家通过其敏锐的观察力和深刻的思考,能够在作品中深刻剖析社会现实和人性本质,从而引发读者的深思和共鸣。

(五)文学修养的培养途径

文学修养的培养途径多种多样,需要综合运用多种方法和手段。

第一,阅读。通过广泛阅读各类文学作品,个体可以积累丰富的文学知识,提升其语言表达能力和审美水平。阅读还可以开阔视野,增强其对不同文化和社会背景的理解和认知。

第二,文学理论和批评的学习。通过对文学理论和批评的系统学习,个体可以深入理解文学作品的内在结构和艺术手法,掌握文学创作的基本规律和技巧,从而提升其文学素养和批评能力。

第三,文学创作实践。通过积极参与文学创作实践,个体可以在实践中锻炼其语言表达和叙事能力,提升其创作技巧和艺术修养。创作实践还可以激发个体的创造力和想象力,增强其对文学作品的理解和感悟能力。

第四,文学活动的参与。通过参加各类文学活动,如文学讲座、文学沙龙、文学比赛等,个体可以与其他文学爱好者进行交流和互动,分享彼此的阅读体验和创作心得,从而提升其文学素养和艺术修养。

第五，教师的指导和引导。在文学修养的培养过程中，教师的指导和引导起着至关重要的作用。教师通过系统的教学和个性化的指导，可以帮助学生掌握文学理论和创作技巧，提升其文学素养和创作能力。

（六）文学修养与创作过程的关系

文学修养与创作过程之间具有密切的关系，文学修养不仅是创作过程的基础，也是创作过程的动力。

第一，文学修养为创作过程提供了丰富的知识储备和艺术素养。通过长期的阅读和学习，作家积累了丰富的文学知识和文化素养，这些知识和素养在创作过程中得以运用和体现，成为创作过程中的重要资源。

第二，文学修养为创作过程提供了深刻的思想启迪和情感支持。文学作品作为思想和情感的载体，通过其深刻的思想内涵和丰富的情感表达，能够激发作家的创作灵感和情感共鸣，推动其在创作过程中不断探索和创新。

第三，文学修养为创作过程提供了科学的方法和技巧支持。通过对文学理论和批评的学习，作家能够掌握文学创作的基本规律和技巧，从而在创作过程中运用这些规律和技巧，进行有效的表达和叙事，提升作品的艺术水平和思想深度。

第四，文学修养为创作过程提供了坚定的信念和持久的动力。文学修养不仅是一种知识和技能的积累，更是一种信念和态度的培养。作家在文学修养的培养过程中，逐渐形成了对文学创作的热爱和执着，这种热爱和执着成为其创作过程中的持久动力，推动其不断追求艺术的完美和思想的深刻。

第三节　文学生成之文学境界

文学境界是指诗人、作家通过一定的艺术手段，凝铸于特定艺术形象中的关于现实、人生、宇宙的体察、感悟与沉思，是在某一具体作品中，由艺术形象升华而生成达到的某一层级的诗性精神空间。

一、文学境界的创构

在文学的浩瀚星空中，境界的创造不仅是作品灵魂的体现，更是诗性精神空间的深刻烙印。通过对文学创作流程的细致剖析与具体作品内涵的深入解读，我们可以清晰地看到，文学境界的创构是一个多维度、多层次的综合过程，其核心要素紧密交织，共同塑造了作品独特的精神风貌。

（一）人生境界：文学灵魂的基石

文学作为人类精神活动的产物，其境界的创造首先根植于创作者的人生境界之中。这里所说的人生境界，是一个综合性的概念，涵盖了社会观、人生观、哲学观、处世态度、审美趣味及理想追求等多个维度。这些内在因素如同无形的指挥棒，引导着创作者在寻找创作视角、筛选素材、确定主题乃至选择表现形式时，自然而然地融入个人的精神印记。在文学史上，无数杰出作品的精神境界与其创作者的人生境界紧密相连，互为映照。陶渊明的田园诗，以其恬淡闲适而又隐含愤世嫉俗的情感色彩，深刻反映了他"不为五斗米折腰"的高洁情操；李白的诗歌，以其豪放旷达的气度，彰显了他敢于挑战权威、追求自由不羁的人生理想；托尔斯泰的小说，则以其博大浑厚的精神视野，传递出他"爱一切人"的哲学情怀。这些作品之所以能够跨越时空，触动人心，正是因为它们深刻地反映了创作者独特的人生境界。因此，人生境界无疑是影响作品境界的首要因素。一个拥有高远人生境界的创作者，其作品往往能够超越个体的局限，触及人类共同的精神追求，从而创造出具有深远影响的文学境界。

（二）体悟能力：精神创造的阶梯

文学境界的创构不仅依赖于创作者的人生境界，还与其体悟世界的能力与层次密切相关。按照康德、黑格尔等哲学家的理论框架，人类对世界的认知过程可分为感性、知性和理性三个层次，这一划分同样适用于文学创作中的体悟能力。

感性层面是创作者对外部世界最直接、最朴素的感知。在这一阶段，创作者通过感官接收外界信息，形成初步的印象和感受。然而，仅停留于感性层面的创作往往显得肤浅而缺乏深度。

知性层面是创作者对感性材料进行加工、分析、综合的过程。在这一阶段，创作者能够超越表面的感官刺激，深入到事物的本质和内在联系中去。然而，知性层面的体悟仍然受到经验范围的限制，难以触及更为深邃的精神领域。

理性层面是创作者体悟能力的最高境界。在这一阶段，创作者能够超越感性和知性的局限，以超验的视角审视世界，把握事物的独特精神意蕴。这种理性智慧不仅是对经验的总结和升华，更是对宇宙、人生、存在等终极问题的深刻思考。在文学创作中，只有达到理性层面的体悟能力，创作者才能创造出具有深刻内涵和广阔精神空间的文学境界。

中国传统文化中也不乏对体悟能力三分法的类似见解。唐代禅师青原惟信的参禅名论便是一个生动的例证。他通过"见山是山，见水是水；见山不是山，见水不是水；见山只是山，见水只是水"三个阶段的描述，形象地揭示了体悟能力的逐步提升过程。这一过程与康德、黑格尔的理论不谋而合，共同揭示了文学创作中体悟能力的重要性及其层次性。

（三）精神意蕴的捕捉与凝铸：文学境界的最终实现

文学作品的成功不仅在于其形式上的完美和技巧上的精湛，更在于其能够深刻揭示事物的精神意蕴并引发读者的共鸣。这要求创作者具备敏锐的洞察力和深刻的理性智慧，能够从纷繁复杂的自然景物或人生世相中捕捉到某种独特的精神意蕴并将其凝铸于作品之中。因此，在文学创作中，创作者必须运用其体悟能力中的理性智慧去捕捉和把握事物的精神意蕴，并将其巧妙地融入作品的感性形式之中以形成独特的文学境界。以具体作品为例来看，元代诗人杨维桢的《杨柳词》虽然描绘了一幅生动的春柳景象但缺乏真正能够打动人心的精神意蕴；宋人曾巩的《咏柳》虽然超越了感性认知层面但意蕴仍显肤浅；相比之下唐人贺知章的《咏柳》则以其高超的体悟能力和深刻的理性智慧将诗境导入了更为高超的形而上之界域。在这首诗中诗人不仅描绘了柳树的形态美，更借助"不知"二字发出了对宇宙的探问，将读者的思绪引向了更为深邃的精神空间。

二、文学境界的境界

文学境界是文学作品所展现的思想和情感的高度和深度，是文学创作中不可或缺的要素。文学境界不仅仅是作品内容的外在表现，更是内在精神的体现。通过对文学境界的探讨，可以更深入地理解文学作品的价值和意义。文学境界大致可以分为自然境界、道德境界和宇宙境界三大类，每一种境界都有其独特的特点和表现形式。

（一）自然境界

自然境界是文学作品中最基础和最直观的境界。自然境界强调人与自然的和谐共处，通过对自然景物的描写，展现出作者对自然的热爱和敬畏之情。这种境界不仅仅是对自然的描绘，更是对人类心灵的洗涤和升华。在自然境界中，作者常常通过细腻的笔触描绘自然景象，以此唤起读者的共鸣和对自然的向往。自然境界中的自然景物往往具有象征意义，通过这些象征，作者传达出更深层次的思想和情感，使作品更具有内涵和深度。

自然境界的表现形式多种多样，包括对山水、花鸟、四季更替等自然景物的描写。在这种境界中，作者通过对自然的观察和感受，表达出自己的情感和思想。自然景物不仅仅是文学作品中的背景，更是情感和思想的载体，通过这些景物，作者传达出对人生、对世界的独特理解和感悟。

（二）道德境界

道德境界是文学作品中更高层次的境界，它强调作者对社会伦理和道德观念的表达。在这种境界中，作者不仅仅是讲述一个故事，更是通过故事表达出对社会现象的思考和对人类行为的反思。

道德境界强调社会伦理和人类道德，通过对人物行为和社会现象的描写，表达作者的道德观念和价值取向。在这种境界中，文学作品不仅仅是一个故事，更是一种对社会和人类的观察和思考。通过对人物命运和社会现象的描绘，作者传达出对正义、善良、诚信等道德价值的追求。

道德境界的文学作品往往具有很强的社会批判性，通过对社会现象的揭示和对人类行为的反思，表达出对社会正义和道德价值的追求。这种境界中的文学作品不仅仅是娱乐性的读物，更是一种对社会和人类的深刻思考和严肃探讨。通过对社会现象的揭示，作者希望引起读者的思考和共鸣，促进社会的进步和人类的道德提升。

（三）宇宙境界

宇宙境界强调对生命和宇宙的深刻理解和思考，通过对宇宙万物和人生哲理的描写，表达出作者对生命意义和宇宙奥秘的探索。在这种境界中，文学作品不仅仅是对自然和社会的描绘，更是一种对生命和宇宙的深刻思考和哲理探讨。通过对宇宙万物和人生哲理的描写，作者传达出对生命的敬畏和对宇宙奥秘的探索。

宇宙境界的文学作品往往具有很强的哲理性和思辨性，通过对生命和宇宙的描绘，表达出对人生意义和宇宙奥秘的深刻思考。通过对宇宙万物和人生哲理的描写，作者希望引起读者的思考和共鸣，促进对生命意义和宇宙奥秘的探索和理解。

三、文学境界的追求

文学评论中常见提及大诗人、大作家、大家风范、大家气势之语，这些"大"主要突显了文学艺术的精神境界之高超。对于文学艺术的最高境界，诗人、作家、艺术家们历来向往，同时也是批评家、理论家们长期探讨的焦点。

在理论上，将"宇宙境界"视为文学艺术的最高境界，或许更具有深远的意义。王国维在《红楼梦评论》中称赞《红楼梦》为"宇宙之大著述"，强调其体现了超越日常生活的宇宙精神。这种宇宙精神不拘一格，如梦如幻，反映了人生中无法摆脱的悲剧命运。宗白华则从宇宙精神的角度探讨艺术的最高境界，认为大艺术家能直接在宇宙中观照到超形象的美，这种境界是通过理性思维、玄思哲学的结果。因此，文学艺术的创作不仅要追求境界，更要追求大境界、高境界乃至最高境界。仅凭感性思维基础上的表现，作品境界难以提升；仅靠知性思维层面的表达，作品境界也难以达到高度。唯有通过理性思维，把握到事物的宇宙精神，方能创作出具有最高境界的文艺作品。

第四节　文学生成之文学思潮

文学思潮作为社会思潮的一部分，具备精神性、动态性和群体性三大属性，其精神性体现为在特定历史时期形成的具有鲜明倾向的思想潮流；动态性则表现为经历萌发、生成、兴盛到消亡的过程；而群体性则指许多人共同接受并形成声势。

一、文学思潮的特征

（一）文学思潮与一定的社会文化环境密切相关

文学思潮通常与其所处的社会文化环境密不可分，这一特征在文学史中表现得尤为显著。社会环境的变迁、文化氛围的转变以及时代精神的变化，都深刻影响着文学思潮的产生、发展与演变。例如，文艺复兴时期的欧洲社会经历了从中世纪封建制度向早期资本主义的过渡，社会文化环境发生了巨大的变化。这一时期的文学思潮不仅反映了人们对古希腊罗马文化的崇拜和对中世纪黑暗统治的不满，同时也展现了人文主义精神的崛起和个性解放的追求。文学作为社会的镜像，通过其作品反映并影响着社会文化环境，而社会文化环境也通过文学作品的创作和传播，形塑并推动文学思潮的演变。

在当代社会，随着全球化进程的加快、信息技术的飞速发展以及多元文化的交融，不同文化背景下的文学思潮呈现出更加复杂和多样的面貌。例如，后现代主义文学思潮正是在20世纪中叶以后，西方社会经历了巨大的经济、政治、文化变革的背景下产生的。它不仅体现了对现代主义文学的反叛，同时也深刻揭示了当代社会的复杂性、多样性和不确定性。可以说，文学思潮与社会文化环境之间相互影响、相互促进，形成了一个动态的、不断发展的系统。

（二）文学思潮具有自觉的文学思想和明确的文学纲领

文学思潮不仅仅是对某一时代文学现象的简单描述，更是对特定文学理念和文学主张的自觉表达。它们往往具备明确的文学思想和系统的文学纲领，旨在通过文学创作和文学批评，引导和推动文学的发展方向。例如，浪漫主义文学思潮不仅在文学作品中表现出对个人情感和自然美的崇尚，同时也在文学理论上提出了主观性、情感性和创造性的核心理念。浪漫主义作家通过诗歌、小说、戏剧等多种文学形式，传达了他们对社会现实的不满和对理想世界的追求。

现代主义文学思潮在20世纪初兴起，以其独特的艺术形式和创新的表达方式，挑战了传统文学的既定模式。现代主义作家强调主观意识的探索、叙事结构的解构以及语言形式的实验，提出了一系列与传统文学截然不同的文学思想和文学纲领。通过这些自觉的文学思想和明确的文学纲领，文学思潮不仅为文学创作提供了新的方向和动力，同时也深刻影响了文学批评的理论框架和方法论。

（三）文学思潮呈现出具体性、生动性与流变性

文学思潮在其发展过程中，往往呈现出具体性、生动性与流变性等特点。具体性是指文学思潮通常以具体的文学作品和作家群体为载体，通过这些作品和作家的创作实践，体现其文学思想和文学纲领。例如，现实主义文学思潮通过巴尔扎克、狄更斯等作家的作品，具体展现了其对社会现实的关注和批判态度。这些作品不仅生动描绘了社会的各个层面和各种人物，同时也通过具体的文学形式和艺术手法，传达了现实主义文学的核心理念。

生动性则体现为文学思潮在表现手法上的丰富性和艺术感染力。文学思潮往往通过多样化的文学形式和艺术手段，生动呈现其思想内涵和美学追求。

例如，象征主义文学思潮通过象征、隐喻等艺术手法，营造出独特的诗意氛围，传达了作家对现实世界的独特理解和感受。象征主义诗歌以其神秘的意象、深邃的思想和独特的语言风格，展现了生动的艺术魅力。

流变性是指文学思潮在其发展过程中，往往随着社会文化环境的变化和文学自身的发展，不断演变和调整。文学思潮不是一成不变的，而是在不同历史时期和文化背景下，呈现出不同的面貌和特征。例如，浪漫主义文学在不同国家和地区的发展中，表现出各自独特的风格和特征。德国的浪漫主义文学更加强调思想深度和哲学思辨，法国的浪漫主义文学则更加注重个人情感的抒发和自然景物的描绘。文学思潮的流变性不仅反映了其内在的活力和创新精神，同时也展示了文学与社会文化环境之间的动态互动和相互影响。

二、文学思潮的价值

在文学的长河中，文学思潮如同波澜壮阔的潮水，不仅塑造了文学的面貌，更深刻地影响了文化的演进与社会的变迁。其价值体现在多个维度，从激发创作活力到引领社会思潮，无一不彰显着文学思潮作为时代精神镜像的独特魅力。

（一）激励作家群体，汇聚文学力量

文学思潮的兴起如同号角，激励着作家群体以更加饱满的热情投身于文学创作之中。在历史的不同时期，无论是古典主义的严谨、浪漫主义的激情、现实主义的深刻，还是现代主义的前卫、后现代主义的解构，每一种思潮都以其独特的魅力吸引了大量作家的追随与探索。这些作家在共同理念的指引下，形成了紧密的创作共同体，彼此激励，相互启发，共同推动了文学创作的繁荣与发展。他们通过作品表达对社会、人生、宇宙的深刻理解，形成了浩大的文学声势，使文学成为时代精神的集中体现。

在这一过程中，文学思潮不仅为作家提供了创作的主题与方向，更在无形中塑造了他们的创作风格与审美追求。例如，在浪漫主义思潮的影响下，

作家们倾向于追求个性解放、情感自由，创作了大量歌颂自然、赞美爱情、抒发个人情感的作品，这些作品以其独特的魅力感染了一代又一代的读者。而现实主义思潮则强调对社会现实的忠实反映，促使作家们深入生活，挖掘社会问题的根源，创作出了一批批具有深刻社会意义的作品。

（二）推动文学兴盛，彰显独特风貌

文学思潮的出现，往往标志着文学的兴盛与繁荣。它不仅为文学注入了新的活力，更推动了文学形式的创新与发展。每一种思潮的兴起，都伴随着一批批优秀作品的诞生，这些作品以其独特的文学观念和艺术风貌，丰富了文学宝库，为后世留下了宝贵的文化遗产。

在文学思潮的推动下，作家们敢于突破传统束缚，勇于尝试新的创作手法与表达方式。他们或运用象征、隐喻等修辞手法深化作品内涵，或采用意识流、碎片化等现代叙事技巧展现复杂多变的内心世界，使文学作品呈现出前所未有的多样性与丰富性。这些作品不仅展现了作家的艺术才华与创造力，更反映了时代的变迁与社会的风貌，为后人提供了了解历史、认识社会的窗口。

文学思潮还通过其广泛的传播与影响，推动文学作品的国际化交流。不同国家和地区的作家在共同的理念下相互借鉴、相互融合，形成跨越国界的文学共同体。这种跨文化的交流与融合，不仅促进了文学作品的多样化发展，更增进了各国人民之间的理解与友谊。

（三）吸引社会关注，彰显文学社会能量

文学思潮作为一种重要的社会文化现象，其影响力远远超出了文学领域本身。它通过作品所传递的思想观念、价值取向与审美追求，吸引最广泛的社会关注，体现文学的社会能量。这种能量不仅作用于个体的精神世界，更对社会的整体发展产生深远的影响。

首先，文学思潮通过其作品所展现的深刻社会洞察与人文关怀，引导公

众关注社会问题、思考人生意义。例如，现实主义作品通过对社会现实的深刻剖析，揭示了社会不公与人性弱点，激发了公众的正义感与同情心；而现代主义作品则通过对个体内心世界的细腻描绘，引导公众关注人的精神世界与情感需求。这些作品以其独特的魅力触动了无数读者的心灵，使他们更加关注社会现实与人生百态。

其次，文学思潮通过其广泛的传播与影响，推动了社会文化的进步与发展。它以其独特的审美追求与价值观念引领着社会文化的潮流与方向，促进了文化的多样性与包容性。文学思潮还通过其批判精神与创新精神激励人们勇于挑战传统、追求真理与自由。这种精神不仅推动了文学艺术的繁荣与发展，更为社会的进步与变革提供了强大的精神动力。

最后，文学思潮通过其国际影响力促进了不同文化之间的交流与融合。在全球化的背景下，各国文学思潮的相互碰撞与融合成为了一种必然趋势。这种跨文化的交流与融合不仅丰富了各国文学的内涵与外延，更促进了各国人民之间的相互理解与尊重。通过文学作品这一桥梁，不同文化之间的隔阂得以消除，友谊与合作得以加强。

第三章　文学创作过程与风格

文学创作过程与风格共同构成了文学作品的内在肌理，影响着作品的深度与广度。本章重点探讨文学创作的过程、文学创作的心理机制、文学创作的主体素养、文学创作的不同风格。

第一节　文学创作的过程分析

"文学创作过程是创作者依据社会生活经验、在特定创作动机的驱使下，通过多样化的艺术构思方式对相应生活素材进行审美加工，最终形成艺术化的形象世界的过程。"[①]

一、创作动机

创作动机是推动作家投身文学创作活动的心理驱动力，正如人类行为背后总有其动机，文学创作亦是如此，动机是行为背后本原性的心理机制。中国古代的智者早已洞悉这一心理机制，如《礼记·中庸》中所述的"天命之谓性"，孔颖达在《五经正义》中进一步阐释，将性与情的关系比作水与波，

[①] 吕东亮. 新时代文学理论教程[M]. 武汉：武汉大学出版社，2022：44.

情动则性显，情静则性隐。在这一观念中，情感的动态变化即是动机的起源，也是推动创作行为的内在动力。

文学创作中的动机多种多样，包括取悦他人、表达自我、证明自身能力或追求物质利益等。然而，真正优秀的创作往往源自作家内心深层的需要。一部文学作品，无论是歌颂或讽刺，抒发或宣泄，都需要作家内心的激荡和情感的沉浸。外在的功利性动机虽然可能强烈，但若未能触及作家心灵的深处，其创作成果往往难以达到高质量。

从心理学角度来看，文学创作的动机可以分为丰富性动机和缺失性动机。丰富性动机源于内心意外的满足和超出期待的愉悦，它激发了人们表达和分享美好情感的需求。在文学创作中，这种动机常常体现为对愉悦心情的歌唱或赞颂，如孟郊的《登科后》和王羲之的《兰亭集序》便是这种情感的直接抒发。

与丰富性动机相对的是缺失性动机，它源于内心长期未能得到满足的缺失状态，激发了人们强烈的宣泄或寻求替代性满足的需求。人生中不可避免的挫折和困厄，以及由此造成的损失，会在内心形成紧张状态，推动人们寻求宣泄的出口。韩愈的"不平则鸣"正体现了这种由内心不平衡所产生的创作欲望。除了直接宣泄，作家们也可能通过创作来构建一个虚幻的世界，以替代性地满足内心欠缺的心理欲求。

奥地利心理学家弗洛伊德在《创作家与白日梦》中探讨了作家创作与内心隐秘之间的关系，他认为作家笔下的世界往往是其内心难以实现的梦幻情境的再现。通过创作，作家不仅自身获得替代性的满足，也使读者能够共享这种满足，而无须感到自责或羞愧，这种理论在文学作品中得到了广泛的体现。清代小说家蒲松龄的作品，如《聊斋志异》，蒲松龄不仅宣泄了自己内心的不平与渴望，也为读者提供了一种超越现实的替代性满足，这些故事虽然荒诞不经，却深刻地触及了人们内心深处的普遍情感和欲望。

《聊斋志异》的创作深刻反映了作家蒲松龄内心世界的深层需求。在屡遭挫折、怀才不遇的境遇中，蒲松龄通过笔下的故事，构建了一个超越现实的幻梦世界。在这个世界里，穷困书生得到了美丽狐仙的赏识与陪伴，这种

◎ 文学理论与文艺学研究

情境无疑是对蒲松龄个人所欠缺、所渴求的一种替代性满足。因此,可以说《聊斋志异》的创作动机,体现了蒲松龄试图通过文学创作来弥补个人生活中的不足和寻求精神上的慰藉。

同样,中国古代的"发愤著书"传统也体现了缺失性动机在文学创作中的重要作用。司马迁的《史记》就是一个典型的例子,他在遭受宫刑后,选择以笔为刀剑,书写历史,以此来证明自己的才华和品质,挽回个人的名誉损失。司马迁在《报任少卿书》中所列举的历代先贤,如文王、孔子、屈原等,都是在遭受挫折和困厄后,通过文学创作来表达自己的不满和追求,这种创作动机同样源于内心的缺失和对补偿的渴望。

在文学史上,许多杰出的文学作品都是出于缺失性动机而创作的。这种现象被历代文人所认识和总结。韩愈的"欢愉之词难工,而愁苦之言易好",欧阳修的"诗穷而后工",都表明了缺失性动机在文学创作中的强大驱动力。这种心理力量不容易消散,更容易积聚成强大的内在驱动,促使作家通过创作来寻求宣泄、补偿或替代性抚慰。因此,由缺失性动机激发的文学作品往往数量众多,且作品中蕴含的作者情感更为醇厚、丰富,作品质量也相对较高。

钱钟书先生在《诗可以怨》一文中,引用历代名家的观点,进一步阐释了这一现象。他认为,欢乐之情易于发散,难以深入;而愁苦之情则易于沉着,能够引发更深层次的思考和表达。这种情感的深浅,直接影响了文学作品的质量和内涵。

理解了创作动机的生成机制,我们就能更深入地探讨它对文学创作过程的影响。创作动机不仅决定了文学作品的内容,还会影响作品的艺术手法和风格情调。更重要的是,创作动机的强度和对作家心灵的驱动度,会深刻影响作品的质量。路遥的《平凡的世界》就是一个典型的例子。这部作品不仅倾注了路遥的全部生命体验,也体现了他作为农村有志青年的坎坷人生和不甘认输的精神追求。《平凡的世界》中的许多故事,都源于路遥的缺失性创作动机,而作品所展现的雄强现实主义风格,也彰显了他想在现代派手法风靡文坛中独树一帜的创作动机。《平凡的世界》的巨大成功,充分证明了创作动机对于文学作品品质的重要意义。

总之，创作动机是文学创作的重要心理基础，它决定了作品的内涵、风格和质量。无论是丰富性动机还是缺失性动机，它们都是作家内心需求的反映，是推动作家创作的重要力量。通过对创作动机的深入理解和把握，我们可以更好地认识文学作品的内在价值，更深刻地领略文学创作的魅力。

二、艺术构思

艺术构思是指作家在创作动机的引导下，运用选择、提炼、想象等处理创作素材的手法塑造艺术形象、创设故事情节最终形成完整的艺术世界的思维过程。

（一）艺术构思的过程

艺术构思是文学创作中至关重要的阶段，它涉及作品的整体框架构建、艺术形象的具体设计以及情节场景的有序组织，这一过程是作品从抽象概念转化为具体文本的桥梁，是作品主题思想得以实现的关键步骤。

1. 整体框架构建

在文学创作的起始阶段，确立作品的整体框架是基础且关键的一步。这一框架是作品的骨骼，支撑着整个文本的结构，决定了作品所要传达的基调与风格，以及主题思想的展开路径。对于抒情性作品，情感的流转和意象的交织构成了其核心表现手段，因此，作家必须在心中细致地预设情感的变化和意象的布局，确保作品能够呈现出流畅而富有节奏感的情感变化。而对于叙事性作品，情节的铺展和人物的塑造则是推动故事发展的关键，作家需要在构思阶段就对人物的性格、命运以及相互之间的关系进行深思熟虑的规划，确保故事的连贯性与吸引力。

苏轼在《文与可画筼筜谷偃竹记》中提出的"胸有成竹"这一观点，强调了在进行艺术创作之前，心中需有一个清晰的整体图景。这一观点同样适用于文学创作。在动笔之前,作家需在心中构建起作品的蓝图,这不仅涉及作品的宏观结构,也包括了微观的细节处理。这样的构思过程,是作品从无形的思想转化为有形文本的必经之路。一个清晰、合理的框架,能够确保作品在创作过程中的稳定性和方向性,避免因缺乏规划而走入歧途。

整体框架的构思不仅关系到作品的内在逻辑性,更直接影响到作品的外在表现力。一个坚实的框架能够使作品在创作过程中展现出连贯性和完整性,使读者能够清晰地感受到作品的内在逻辑和情感流动。如鲁迅先生在创作《药》时,通过深入的艺术构思,孕育出了以"药"为核心象征的故事框架,这一框架不仅贯穿了整个故事,更深刻地揭示了辛亥革命先驱者的不彻底性。这种以象征为核心的框架设计,使得《药》这部作品在表达深刻主题的同时,也展现了高度的艺术性。

在艺术构思的过程中,整体框架的构建是一个动态的、不断发展变化的过程。随着创作的深入,作家可能会根据实际需要对框架进行调整和优化,以更好地服务于主题的表达和情感的抒发。但无论如何变化,整体框架始终是作品的基石,是作品能够站立起来的关键。因此,作家在创作之初就必须对整体框架进行深思熟虑的构思,确保作品在艺术性和思想性上达到预期的效果。

2. 艺术形象的具体设计

艺术形象的具体设计是文学创作中一个至关重要的环节,它要求作家在整体框架的基础上,细致打磨每个角色或意象,使之成为作品的灵魂。在叙事性作品中,人物形象的塑造不仅仅是对角色外貌的描写,更重要的是对角色性格、内心世界以及与他人关系的刻画。这些人物形象需要在结构中发挥其功能性,推动情节向前发展,他们的行为和心理变化也应与作品的主题和基调相协调。例如,沈从文在《边城》中创造的翠翠形象,不仅以其清新柔美的特质照亮整个故事结构,更通过她的选择和心理波动,反映了作者对故土的深切情感和文化追怀。

抒情性作品中的意象设计则更注重情感的表达和氛围的营造。意象的运用能够增强作品的艺术感染力，使读者在阅读过程中产生共鸣。艺术形象的设计不仅要遵循内在的逻辑和情感的真实性，还要与外在的形态和事物的原初状态保持合理的联系，以确保作品的艺术性和可信度。然而，在艺术形象的塑造过程中，作家常常会面临形象与作品主题、结构之间的矛盾和冲突。这种矛盾可能源于人物形象的自然发展与作家预设的轨迹不符，也可能是由于意象的深层含义与作品的整体氛围不协调。面对这种情况，作家需要进行审慎的思考和调整，有时甚至需要对原有的构思进行大胆的改动。以路遥的《平凡的世界》为例，孙少平与田晓霞的恋爱关系在情节发展中遭遇了难以调和的矛盾，最终作家选择了以田晓霞的牺牲来结束这一关系，这一处理虽然在情节上显得仓促，但也体现了作家在艺术形象设置上的困境和抉择。

艺术形象的设计是一个充满挑战的过程，它要求作家具备深刻的洞察力和高超的艺术技巧。作家在创作中既要尊重人物和意象的内在逻辑，又要把握作品的整体构思，使艺术形象既具有独立性，又能服务于作品的主题表达。通过对艺术形象的精心设计和反复打磨，作家能够赋予作品以生命力和艺术魅力，使其成为能够跨越时空、触动人心的文学佳作。

3. 情节场景的有序组织

情节场景的有序组织是文学创作中一个极为关键的环节，它不仅为艺术形象的塑造提供了丰富的细节和生动的背景，而且通过情节的推进和场景的变换，加深了读者对人物性格和内心世界的理解。在叙事性作品中，情节的设置和展开是推动故事发展、揭示人物性格的重要手段。作家通过对情节的精心编织，使人物在各种情境中展现其复杂性和多维性，从而让人物形象更加立体和真实。例如，王安忆在《长恨歌》中，通过一系列细腻入微的情节描写，展现了主人公王琦瑶在不同生活阶段的心路历程，以及她对美好生活的执着追求。

在抒情性作品中，情节场景的描绘则更多地服务于情感的抒发和意象的营造。作家通过对自然景观、社会环境或人物活动的描写，构建出一种特定的氛围和情绪，使读者能够感受到作品中的情感波动和思想深度。如李白的《静夜思》，通过对秋夜、月光等场景的简洁勾勒，便成功地传达了诗人对故乡的深深思念和无尽的哀愁。情节场景的描绘，需要作家具有敏锐的观察力和丰富的想象力，能够捕捉到生活中的细微之处，并将其转化为具有艺术感染力的文学表达。

在情节场景的组织过程中，作家也面临着诸多挑战和困境。过分追求情节的曲折性和传奇性，可能会使人物形象失去真实性，变得离奇或不可信。如《三国演义》中对诸葛亮的一些超自然描写，虽然增加了故事的戏剧性，但也在一定程度上削弱了人物形象的真实感和可信度。因此，作家在组织情节场景时，必须平衡好情节的戏剧性和人物的真实性，避免因追求情节的离奇而损害人物形象的丰满度和深度。情节场景的组织还需要考虑到作品的整体构思和主题表达。情节的发展和场景的变换，不仅要符合人物性格的内在逻辑，也要服务于作品的主题思想和情感基调。作家在创作过程中，需要不断地审视和调整情节场景的设置，确保它们与作品的整体框架和艺术追求相协调。通过对情节场景的有序组织和精心描绘，作家能够使作品呈现出丰富的内涵和鲜明的个性，吸引读者的阅读兴趣，引发读者的思考和共鸣。

（二）艺术构思的方式

艺术构思的方式有很多种，但主要是艺术概括，艺术概括的过程即是创作主体对生活素材进行艺术加工使之转化为艺术形象的过程。艺术概括的手法大体上可分为综合、简化和变形三类。

1. 综合

综合在文学创作中是一个核心概念，它涉及创作主体如何将丰富的生活素材进行艺术化的重新组接与合并。在叙事性作品如小说的创作中，塑造人物形象时，作家往往会以现实生活中的人物作为原型，这些原型可能本身就拥有众多故事和丰满的性格特征，但多数情况下，他们并不具备直接转化为艺术形象的条件。为了使这些原型符合艺术形象的要求，创作主体必须依据人物性格的内在逻辑，广泛地组合情节，综合其他同类型人物的故事，以创造出具有深度和丰富性的艺术形象。

在文学史上，许多著名的典型人物形象都是艺术综合的产物。例如，在长篇小说《亮剑》中，李云龙这一角色以其英勇善战、足智多谋、独立思考、敢于负责、个性鲜明等特质，成为新时期军旅文学中的典型形象。作家都梁通过深入研究革命战争史，将王近山、钟伟、许世友、韩先楚等多位人民解放军高级将领的事迹融合，塑造出了李云龙这一形象，使其成为革命战争时期一代战将的生动写照。

在艺术综合的过程中，创作主体必须注意保持人物性格的逻辑性和方向性。综合不是无序的堆砌，而是有序的创造。创作中要避免使人物形象变得臃肿或失去真实感，尤其要防止人物形象的神化，从而违背生活的真实性。艺术综合要求创作主体具有敏锐的洞察力和高超的艺术创造力，能够在保持原型真实性的基础上，通过艺术加工，使人物形象更加鲜明、更具艺术感染力。

抒情性作品中的艺术综合同样遵循这一原则。在营造意象时，创作主体通过对事物原初形象的综合，创造出既具有情感深度又富有象征意义的文学意象。这一过程中，创作主体需要注意综合的合理性，确保物象所传达的情意与作品的整体情感和主题相协调。避免走向场景混乱、意象模糊的歧途，是抒情性作品艺术综合中的重要考量。

无论是叙事性作品还是抒情性作品，艺术综合都是一个复杂而精细的过程。它要求创作主体不仅要有深厚的生活积累，还要有敏锐的艺术感知能力和高超的艺术创造力。通过对生活素材的深入挖掘和艺术化处理，创作主体能够创造出具有丰富内涵和独特魅力的文学作品，为读者提供独特的审美体验和深刻的精神感悟。

2. 简化

在文学创作的过程中，艺术简化是一种至关重要的构思技巧。它要求创作主体在处理生活素材时，进行精心的筛选和提炼，以凸显艺术形象的核心特征。与艺术概括相伴随，艺术简化是创作主体对生活实有状况进行选择性处理的过程，其目的是通过删繁就简，集中表现作品中最具有代表性和感染力的部分。

鲁迅先生在创作中便是艺术简化的高手，《祝福》中祥林嫂的眼神和《故乡》中闰土的眼神，都是通过艺术简化而塑造出的经典形象。这些描写不仅捕捉到了人物的精神特质，而且通过眼神这一细微之处，展现了人物复杂的内心世界和社会背景。

余华的长篇小说《活着》则是艺术简化的另一个典范。小说通过福贵这一小人物的经历，展现了20世纪中国社会的巨大变迁和福贵个人命运的悲剧。尽管福贵的人生经历丰富多彩，但余华却选择集中笔墨，只写福贵所遭遇的连绵不断的死亡。这种艺术简化不仅没有削弱作品的丰富性，反而增强了作品的情感力量，给读者带来了深刻的心理冲击。

抒情性作品中的艺术简化同样普遍存在。朱自清的散文《背影》通过抓住父亲蹒跚的背影，深刻表达了父辈的艰辛、责任感和对孩子的深沉爱意。而柳宗元的《江雪》则通过二十个字的精炼描写，创造出一种超然物外的高洁意境，展现了诗人孤绝自守的品格。

艺术简化的过程对创作主体而言，既是一种挑战，也是一种机遇。它要求创作主体具有敏锐的艺术洞察力和高度的概括能力，能够在众多生活素材中，识别并抓住那些最具表现力和感染力的细节。艺术简化也需要创作主体具有决断力，能够删减那些虽有价值但与主题不够紧密相关的部分。

需要注意的是，艺术简化的最终目的，是为了更好地服务于作品的主题和情感。通过艺术简化，创作主体能够将作品中最核心、最感人的部分凸显出来，使读者能够更加直接地感受到作品的魅力。这种以少胜多、以简驭繁的艺术处理方式，是文学创作中一种高效而深刻的表达技巧。通过对生活素材的艺术简化，创作主体能够创造出具有深刻内涵和独特魅力的文学作品，为读者提供独特的审美体验和精神启迪。

3. 变形

在文学艺术创作中，变形是指创作主体对现实素材进行艺术性的改造，以期达到特定的艺术效果，使这些素材转化为具有深刻内涵的艺术形象。这一过程涉及对现实形态的变异性改造，旨在通过变形后的形态传达更深层次的意义或情感。

艺术变形并非随意为之，而是需要在保持作品内部逻辑合理性的基础上，处理好与生活真实性的关系，这种变形应使读者能够理解创作主体的创作意图，即使变形后的形象远离现实，也应符合作品内在的情感逻辑和艺术追求。20世纪中期以后，西方一些作家为了表达生活的荒诞性和体制化对个体的压抑，采用变形手法来书写这种生存体验，形成了现代主义文学的重要特征。例如，卡夫卡的《变形记》中，主人公变成甲虫的荒诞情节，是对个体生存状态的深刻反思，通过这种极端的变形，卡夫卡强化了生存的压抑感和悲剧意识。这种变形手法不仅令人震惊，更引发了对人性和社会现实的深入思考。

中国文学传统中同样不乏艺术变形的例子。汤显祖的《牡丹亭》就是一个典型，剧中杜丽娘因情爱而死，又因情爱而复生，这种超脱生死的情节设计，虽然违背了生活的常理，却深刻表达了对爱情至高无上的颂扬，体现了作者对人性自由的向往和追求。

在中国文学中，对于人物变形成其他形态（如《西游记》中的人物能变成动物、植物等）的描写也是艺术变形的一种形式，这种变形往往与信仰和神话世界紧密相连。与西方现代派文学中的变形相比，中国文学中的变形更多地承载了文化传统和价值观念，虽然形式各异，但同样富有深刻的艺术魅力和思想内涵。

艺术变形是创作主体对现实进行重新解读和创造性表达的一种方式。它要求创作主体具备敏锐的艺术感知力和丰富的想象力，能够在现实与虚构之间找到平衡点,创造出既具有艺术美感又能触动人心的作品。通过对现实素材的变形处理,创作主体能够更自由地探索人性的复杂性和社会现象的多维性,为读者提供更为丰富和立体的文学体验。

三、语言呈现

语言呈现是文学创作中至关重要的物化阶段,它标志着创作的最终完成。这一阶段要求创作主体运用语言文字的技艺,将内心的文学图景转化为可见可感的文字,呈现于读者面前。文学创作的语言表达,要求不同于一般文字表达,它特别强调语言的形象性、准确性和表现性。

(一)形象性

形象性在文学创作中占据核心地位,它要求所用语言能够引领读者进入一个形象化的世界,超越文字本身,体验作品中的情感和景象。古人所言"得鱼忘筌"的原意,恰如其分地说明了语言的媒介作用,其目的是让读者通过语言这一工具,获得作品所传达的深层意义和情感体验。杜甫的《绝句》以其精炼的语言,勾勒出一幅生动的初春景象,使读者仿佛置身于那明净开阔的天空下,感受到春天的生机与活力。文学创作中的语言表达,应避免抽象和晦涩,以免阻碍读者进入形象世界。

(二)准确性

准确性要求创作主体在使用语言时,力求贴切和精确,以最大限度地接近表现对象。例如,形容美人如花,若仅停留在泛泛的比喻,难免给人笼统之感。精确的语言表达能够揭示表现对象的独特性,使读者能够清晰地感受到作品中人物或景象的具体特征。《红楼梦》中对众多女性形象的刻画,便是准确性的典范,每个人物都有其独特的容貌和气质,通过作家细腻的笔触,她们的形象栩栩如生地呈现在读者面前。

（三）表现性

表现性则涉及语言的感染力和艺术魅力。文学语言不仅要准确传达信息，还要能够激发读者的情感共鸣，引发思考。老舍先生的《茶馆》之所以成为经典，语言运用的准确性和表现性是其成功的关键因素。剧中的语言生动传神，既符合人物身份，又富有个性，使得每个角色都鲜活起来，让读者仿佛听到他们的声音，感受到他们的情感。

文学创作中的语言呈现，是一个要求极高的技艺，它要求创作主体不仅要有深厚的语言功底，还要有敏锐的艺术感知力和丰富的想象力。通过对语言的精心选择和巧妙运用，创作主体能够将抽象的思想和情感转化为具体可感的文学形象，为读者提供独特的审美体验和深刻的精神启迪。语言呈现的成功与否，直接影响到文学作品的艺术效果和传播力，是衡量作品艺术成就的重要标准。例如，《茶馆》中的一场对话：

常四爷：（闪过）你要怎么着？

二德子：怎么着？我碰不了洋人，还碰不了你吗？

马五爷：（并未立起）二德子，你威风啊！

二德子：（四下扫视，看到马五爷）喝，马五爷，您在这儿哪？我可眼拙，没看见您！（过去请安）

马五爷：有什么事好好地说，干吗动不动地就讲打？

二德子：嗻！您说的对！我到后头坐坐去。李三，这儿的茶钱我候啦！

（往后面走去）

在话剧《茶馆》中，二德子这一角色是教堂洋人势力的附庸，常为洋人奔走并借此自傲。他的行为让原本受人尊敬的常四爷感到不齿，常四爷以讽刺的口吻表达了自己的轻蔑，这让自觉受辱的二德子心生怒火，欲上前报复。此时，地位较高的马五爷出言制止，二德子意识到马五爷的存在，立刻收敛了自己的嚣张气焰，转而向马五爷示好，随后悻悻然地退到一旁坐下。

在这一幕中，马五爷仅用简短的七个字"二德子，你威风啊"，便足以压制二德子的气焰。在话剧排演过程中，扮演马五爷的演员认为这句台词的力度不足，建议老舍先生将其改为"二德子，你好威风啊"，认为增加一个"好"字能更加强化马五爷对二德子的厌恶和讽刺。然而，老舍先生坚决拒绝了这一建议，并阐述了他的理由：在地位悬殊的马五爷面前，二德子的威风是完全不被允许的，他根本不应有任何存在感，只能默默地退到后方。因此，"你威风啊"比"你好威风啊"更贴切，更符合剧中人物的实际关系和情感状态。

老舍先生的这一决定得到了演员和导演的认同，体现了文学创作中对语言准确性的严格要求。在文学创作中，每一个字的增删都可能影响到语言的表现力和准确性，进而影响到作品的艺术效果和传达的深度。这不仅是对语言的精心挑选，也是对人物形象和情感状态的精准刻画。通过这种精细的语言处理，文学作品能够更加生动地展现人物性格和社会关系，使读者能够深刻感受到作品中的情感冲突和社会矛盾。

在文学中语言呈现的表现性是指语言要有表现力，要生发出一种与表现对象艺术魅力相协同的表达效果。语言的表现性与语言的形象性、准确性相一致。语言只有具备形象性、准确性，才会具有表现性。相对于语言的形象性、准确性而言，表现性是一种更高的要求。但高明的作家往往善于发挥语言的表现力，使自己的语言也内在地具有一种表现性，使得读者在阅读作品时通过语言就获得了一种隐隐的形象感，进入作品的形象世界就更自然，对作品形象世界的体验更全面、更投入。

第二节 文学创作的心理机制

文学创作是一个深具创造性的精神探索过程,它涉及作家在创作旅程中经历的一系列复杂而个性化的心理活动,这些心理活动包括艺术直觉的闪现、艺术想象的飞扬以及艺术体验的深化等。然而,文学创作中的审美把握又超越了单纯的认知过程。与一般认识主体的心理活动不同,作家在捕捉生活之美的同时,情感始终是其心理活动中不可或缺的一部分。情感的深度参与,是文学创作中一个显著的心理特征,这一点在创作过程中尤为重要。

在文学创作的心理机制中,情感不仅与认知过程并行,而且常常是推动创作发展的核心动力。情感的介入,使得作家能够以一种更为深刻和个性化的方式体验生活,进而在作品中表达出对生活的独特理解和感悟。这种情感的积极参与,让文学作品不仅仅是对外在世界的冷静描述,更是内心世界的热烈抒发。因此,文学创作的心理机制是一个涉及多方面心理功能的综合性过程,它要求作家不仅要有敏锐的感知和丰富的想象力,还要有深刻的情感体验和高度的理解力。正是这些心理机能的共同作用,使得文学作品能够呈现出独特的艺术魅力和深远的思想内涵。在这一过程中,情感的积极介入是激发创作灵感、丰富作品内涵的关键因素,也是文学创作区别于其他认知活动的重要标志。

一、文学创作的艺术直觉

直觉是一种独特的认知能力,它允许个体在不经过逻辑推理的情况下,直接通过某些片面的或个别的印象来把握事物的本质规律或深层含义。在艺术创作领域,艺术直觉显得尤为重要。艺术直觉是指创作主体在创作活动中,通过对创作客体的个别性特征的感知，迅速领悟其内在的丰富意蕴，并在此基础上构建起艺术形象的能力。

艺术直觉的瞬时性是其显著特点之一，它往往突如其来，让人难以追溯其起源，直觉是独立于理智之外的，它不受日常经验的约束，也不受实在性、空间和时间的限制。这些因素都是在直觉之后才被意识到的。在艺术创作中，当创作主体处于直觉状态时，他们会展现出极其敏锐的感受力、丰富的想象力和充沛的创造力，以惊人的速度和完美度完成审美形象的创造。例如，诗人在看到一片茂密的森林时，可能会立刻感受到自己化身为林中一只羽毛绚烂的小鸟，或是一朵散发着迷人香气的娇嫩花朵。这种由艺术直觉激发的想象，不仅丰富了诗人的情感体验，也为其创作提供了独特的视角和灵感。同样，作家在街头看到一位面容憔悴的妇人，可能会情不自禁地联想到古代因外族入侵而引发的战争灾难，这种直觉性的联想能够激发作家深刻的同情心和创作冲动。艺术直觉的创造性和魅力在于它能够突破常规思维的局限，使创作主体能够从全新的角度感知世界，并在瞬间捕捉到事物的内在美。这种能力是艺术创作中不可或缺的，它不仅丰富了文学作品的内涵，也提高了艺术作品的表现力和感染力。

在文学创作中，艺术直觉的运用是多方面的，它不仅可以帮助作家在人物塑造、情节构建和环境描写中获得新颖的视角和深刻的洞察力，还可以在主题深化和思想表达上提供独特的思路和创意。艺术直觉的培养和运用，要求作家具备敏锐的观察力、丰富的情感和高度的创造力，能够在日常生活中捕捉到那些细微而深刻的美，并将它们转化为具有艺术价值的文学作品。

艺术直觉是作家在创作过程中对现实世界的一种神秘而深刻的把握能力。这种能力，虽然难以用逻辑和理性来完全解释，但其根源在于作家对现实世界的审美体验和长期积累的创作经验。正如一位经验丰富的侦探能够通过嫌疑人的一个眼神洞察其内心，作家的艺术直觉也是其在长期的创作实践中逐渐形成的心理经验的体现。作家的艺术直觉来源于对人性的深刻追问，对历史中人的存在状态和情感样式的探索，以及对人类梦想的洞察。通过对人的幽微心理的体贴和对人所携带的历史经验的体察，作家能够迅速地把握人物、发现人性，并在脑海中构建起一个形象世界。陈忠实在创作《白鹿原》时的艺术发现，就是其艺术直觉的生动体现。他在创作中篇小说《蓝袍先生》时，对白鹿原南原街镇上徐家旧门楼及宅第的观察，触发了他内心深处的艺术直觉，促使他创作出长篇小说《白鹿原》。

二、文学创作的艺术灵感

在文学创作的浩瀚领域中，灵感被视为一种神秘而强大的力量，它与艺术直觉紧密相连，却又更加普遍地被人们所认识和讨论。灵感体现为创作者在创作活动中的一种思维高度活跃的状态，它赋予了创作者在构建意象、编织情节、运用语言等方面以超常的能力，使其作品仿佛被赋予了生命，跃然纸上。

灵感的到来常常是出其不意的，它能够在瞬间破解那些长期困扰创作者的难题，给人一种超越自身智慧的感觉，这种神秘性自古以来就是文学创作讨论中的一个核心议题。灵感的这种不可捉摸的特性，在中国古代文学中也有所体现。魏晋时期的陆机在《文赋》中对灵感进行了生动的描绘，他将灵感比喻为一种来去无踪、无法抗拒的力量，它如同自然界中的风一样，既能够畅通无阻地激发创作，也能突然停止，让创作陷入停滞。

现代作家郭沫若的创作实践，更是直观地展示了灵感的突然性和对作者产生的深刻影响。在创作《凤凰涅槃》时，郭沫若体验到了灵感的强烈来袭，他迅速地将诗的前半部分记录下来，而晚上临睡前，诗的后半部分又突然涌现，他在枕上用铅笔快速地捕捉这些灵感。这种灵感的降临，不仅具有不可预测的突发性，还给作者带来了一种强烈的迷狂状态，仿佛他被某种超自然的力量所引导。

需要注意的是，灵感与艺术直觉虽然在表现形式上有所相似，但它们在文学创作中扮演的角色和出现的频率有所不同。艺术直觉往往更多地体现在经验丰富、技巧成熟的作家身上，它们在创作过程中表现为一种稳定而深刻的洞察力。而灵感则具有更强的偶发性，它不仅在艺术构思阶段发挥作用，更在具体的写作过程中，如细节的设计、对话的创造以及语言的运用等方面，展现出其独特的价值。

灵感是文学创作中一种不可或缺的心理现象，它以其独特的神秘性和创造力，激发了无数作家的创作热情和想象力。无论是在艺术构思的宏观层面，还是在遣词造句的微观层面，灵感都为文学作品的创作提供了源源不断的动力和灵感。正是这种对灵感的深刻理解和把握，使得文学作品能够超越时空的限制，成为人类文化宝库中不朽的篇章。

三、文学创作的艺术想象

艺术想象在文学创作中占据着举足轻重的地位，它是指创作主体在心理层面上重新构建现实形象世界或创造一个全新的形象世界的能力，这种能力对创作成功与否具有决定性的影响，因为现实表象无法直接为文学创作提供一切所需，创作主体也不可能简单地复制现实。作家的想象力从创作的起始阶段便开始发挥作用。历史上的文学巨匠无不重视想象力的作用，将其视为文学创作的宝贵财富。

中国古代文学传统中，想象力的运用一直受到推崇，从《庄子》的奇异幻想到屈原、李白、龚自珍等人的诗作，无不展现了想象力的奇丽。刘勰在《文心雕龙》中专门讨论了艺术想象，其"神思"篇中的名句"思接千载""视通万里"等，至今仍被人们称道。西方诗人如雪莱、拜伦等人的诗歌，以浪漫的想象闻名于世，波德莱尔更是宣称，没有想象力，一切能力都等于无。

艺术想象可以分为再造性想象和创造性想象两种类型。

第一，再造性想象。再造性想象是一种以创作主体对现实表象的记忆为基础，通过联想作用将其在心理层面上完整化和丰富化的过程。这种想象活动要求作家在记忆中搜寻与创作相关的表象，并以此为基础，通过内心的联想，将这些表象进行重组和扩展，形成一个更加完整和生动的形象世界。例如，李商隐的《夜雨寄北》便是再造性想象运用的典型。在这首诗中，诗人通过夜雨的景象，联想到与妻子共剪西窗烛的温馨场景，尽管身处异地，但通过对往昔记忆的再现和对未来团聚时刻的想象，诗人的情感得到了深刻的表达。这种对过去和未来的想象，不仅让读者感受到诗人对家乡的深切思念，也展现了再造性想象在文学创作中强化情感表达的力量。

第二，创造性想象。创造性想象是一种更为自由、更富有创造性的心理功能。它要求创作主体在情感或思想的激发下，创造出现实中不存在的新形象或新世界。与再造性想象不同，创造性想象不受限于现实世界的约束，它可以超越现实，创造出一个充满奇幻色彩的虚构世界。在西方文学中，"乌托邦"就是一个经典的例子，它描绘了一个理想化的社会，反映了人类对于完美社会的向往和追求。中国的"桃花源"同样是一个创造性想象的产物，它通过描绘一个与世隔绝、人人自得其乐的理想境界，表达了人们对于和谐生活的渴望。《聊斋志异》中的鬼神世界和科幻小说中对未来世界的设想，都是创造性想象的重要体现。这些作品通过对超自然现象的描绘或对未来科技的设想，不仅丰富了文学的内涵，也激发了读者的想象力，拓宽了文学的表现空间。

创造性想象在文学创作中的应用，不仅体现了作家的想象力和创造力，也反映了作家对于现实世界的深刻思考和对于理想境界的追求。通过对现实中不存在的形象或世界的创造，作家能够更自由地表达自己的思想和情感，同时也为读者提供了一种超越现实的精神体验。创造性想象要求作家具有丰富的情感、深厚的思想和高度的创造力，能够将个人的情感和思想转化为具有普遍意义的文学形象。通过创造性想象，文学作品能够展现出独特的艺术魅力，激发读者的思考，引导读者探索更广阔的精神世界。

需要注意的是，艺术想象并非天生，而是需要后天的生活经验积累。一个作家的生活经验越丰富，其想象力就越丰富。因此，作家要培养想象力，既要注意想象思维的训练，也要注意积累生活经验，从长远培植自己的想象力土壤。刘庆邦的《鞋》和曹雪芹的《红楼梦》都是生活经验与想象力结合的产物，它们展现了作家如何通过想象力，将生活经验转化为文学创作中的生动形象。

四、文学创作的艺术体验

艺术体验是文学创作中的核心环节,它涵盖了创作主体对创作客体的审美感知和理性观照。审美感知让作家对创作对象进行美感的把握和情感的体验,而理性观照则是对创作对象意蕴的深入发掘和情感的客观评价。这两者在创作过程中相辅相成,共同构成了艺术体验的完整内容。

在审美感知的过程中,作家需深入对象的内在生命,对其产生情感共鸣,从而创作出具有"生气"的生动形象和场景,这种"生气"是文学作品打动人心的关键。作家的敏感心灵使他们能够"登山则情满于山,观海则意溢于海",从而积累丰富的素材和情感,为创作提供源泉。然而,如果作家对所描写的事物缺乏熟悉度和真挚情感,其作品往往会显得笼统而干枯,无法在读者心中留下深刻印象。

与审美感知相对的是理性观照,这一过程要求作家能够从创作对象中超脱出来,对自己的情感进行理性的审视和评价。这种"高致"是创作出具有普遍感动力量的佳作的必备条件。缺乏对情感的审视和评价,作品可能会沦为自我宣泄,难以触动更广泛的读者群体。作家在创作中应该避免将情感狭隘化,而应将其升华为具有超越性和永恒性的普遍情感意蕴。

王国维在《人间词话》中所提出的"入乎其内"与"出乎其外"的理念,恰如其分地描述了艺术体验的两个方面。"入乎其内"要求作家深入对象的生命状态,生发情感,创作出具有感染力的作品;而"出乎其外"则要求作家能够超越个人情感,从更高的视角审视和评价作品,赋予其更深远的意义。

朱自清的《背影》便是艺术体验深度运用的典型。朱自清通过自身的父亲身份,深刻理解了文中父亲的心态和行为,将个人的情感体验与对父亲脾性变化的思考相结合,创作出了具有普遍性的人子之情,感动了无数读者。《背影》的成功,在于朱自清既展现了对父亲生命状态的深刻理解,又对自身关于父亲的复杂情感进行了深入的评价和表达。

在艺术体验中,审美感知与理性观照的结合是创作出高质量文学作品的关键。作家需要在充分投入的审美感知中,不忘进行理性观照,以确保作品既具有生动的情感表达，又拥有深刻的思想内涵。只有当作家能够在创作中平衡这两方面，才能创作出既具有个性又能够引起共鸣的文学作品，从而提升作品的艺术价值和传播力。

第三节　文学创作的主体素养

文学创作是一项富有创造性的精神劳动，要求创作主体具备丰厚的生活体验、深厚的文化素养和深切的社会责任感。只有具备了这些条件，创作主体才可能创作出优秀的文学作品。

一、文学创作主体素养——丰厚的生活体验

生活体验是指创作个体对于社会生活的感知和体会，生活体验的丰厚与否决定着作品的质量。文学艺术来自作家的生活体验，没有生活体验，文学艺术就如同无根之木、无源之水。文学史上的名篇佳作，都彰显着创作者们真切而又丰厚的生活体验。

作家获取生活体验的方式多种多样，其中无意获得的体验是在日常化的生活经验中，作家不知不觉地积累起来的，这种体验往往携带着作家自己的情感和思考，它们可能源自作家的个人记忆、经历的人和事，或是对周围环境的自然感受。由于这些体验与作家的个人生活紧密相连，因此在创作时能够更顺畅自然地表达出来，无须刻意雕琢。这种自然流露的情感和思考，常常成为文学作品中最具感染力和真实感的部分。

有意获得的生活体验则是一种更为主动的创作准备过程。作家可能通过采风、访查、挂职或下放等途径，深入到自己日常生活之外的领域，去体验和观察不同的生活形态。这种有意识的体验获取，使得作家能够跳出自己的

舒适区，拓宽视野，从而获得更为丰富和多元的生活素材。这些素材在经过作家的思考和艺术加工后，能够转化为文学作品中独特的情节和深刻的主题。

20世纪五六十年代，中国文学史上出现了一批被称为红色经典的长篇小说，这些作品的创作往往基于作者的亲身经历。例如，《红岩》《红旗谱》《苦菜花》《青春之歌》《林海雪原》《高玉宝》《小城春秋》等，这些小说的作者不仅亲身经历了革命的风雨，而且亲眼目睹或参与了许多富有传奇性的革命故事。这些作者丰厚的生活体验，不仅为作品提供了真实感人的情节，也为作品的深度和力度奠定了基础。他们通过自己的笔触，将个人经历与时代背景相结合，创作出了具有强烈历史感和生活气息的文学作品，这些作品因而能够深入人心，成为影响深远的文学经典。

无论是无意获得的日常体验，还是有意获得的深入体验，对于作家而言，都是宝贵的创作资源。它们共同构成了作家对生活的深刻理解和感悟，为文学创作提供了丰富的素材和灵感。通过这些体验，作家能够更真实、更深刻地描绘人物，展现生活，表达思想，从而创作出具有艺术感染力和思想深度的文学作品。

取材于现实生活的作品需要作家有丰厚的生活体验，取材于历史或者主要依靠想象的作品也需要作家有丰厚的生活体验。因为书写历史，需要理解历史，理解历史中人的爱恨情仇，理解历史环境对人的塑造和限制，这些需要作家对社会人生有着丰富的体会和认知；同样，想象性所造就的世界总是现实生活的折射，其中的一些情节总是对现实问题的想象性解决，没有丰富的人生阅历，没有对世界的深入理解，是不可能创作出引人瞩目的作品的。姚雪垠写作《李自成》，熔铸了他半个多世纪的革命生活体验，也熔铸了他对革命阶段性以及兴衰成败等问题的长期思考；刘慈欣写作《三体》，包含了他对人类问题的体验、对人性弱点的省察，也包含了他对当今世界高歌猛进、盲目发展的深沉忧思。总之，生活体验对于创作主体而言异常重要，既决定了作家创作的质量，又决定着作家创造力的可持续发展。

二、文学创作主体素养——深厚的文化素养

作家的创作过程远非生活经验的简单文字化，而是一种深刻的艺术实践。优秀的文学作品所呈现的，不仅是作者所见所闻的现实场景，更重要的是通过这些场景，传达出作者对现实的深刻思考、对美的独特领悟以及对人类心灵的深切关怀。这样的作品，需要作家具备深厚的文化素养，对社会历史有深入的认识，对生活的人文意蕴有深刻的见解，对人心人性有深切的体会。

鲁迅先生在短篇小说《祝福》中，通过对鲁四老爷书房内对联的描写，巧妙地揭示了封建理学的虚伪性和空洞性。对联的脱落和松散状态，暗示了鲁四老爷并未真正按照理学家的要求进行自我修养，而只是将其作为摆设。这一细节不仅展示了鲁四老爷的内心世界，更反映了近代社会封建理学的衰败和对弱势群体的压迫。鲁迅先生以其博学多思、阅世甚深的素养，通过一个小细节，深刻揭示了人物的思想状态和乡村社会的精神处境。茅盾先生在创作《子夜》时，凭借其丰富的社会科学知识和对民族资本家的理解，塑造了吴荪甫这一具有丰富历史文化含蕴的形象。曹禺先生的《雷雨》则通过对周朴园、繁漪、周萍等人物内心世界的深刻刻画，展现了强烈的时代情绪，反映了曹禺对时代精神的把握和对人物心灵状态的关注。陈忠实的《白鹿原》、阿来的《尘埃落定》以及王安忆的《长恨歌》等作品，都以其丰厚的人文内涵，引发了读者的深思和怀想。这些作品不仅呈现了不同地域、不同民族在时代变迁中的社会历史风云，也深刻揭示了人物的心灵世界和精神追求。这些杰作的诞生，很大程度上归功于作者们深厚的文化素养和对生活的深刻理解。

对于致力于历史题材作品的作家而言，深厚的文化修养是创作成功的关键。缺乏足够的文化修养，作家笔下的历史作品可能会漏洞百出，难以引起读者的共鸣，产生误导公众、破坏历史真实性的作品。只有当作家具备深刻的历史见解和丰富的历史知识，尤其是对历史细节的精准把握，才能创作出能够征服读者、流传久远的佳作。

姚雪垠先生在创作《李自成》时，对明代社会历史的精通程度堪比专家。唐浩明先生在创作《曾国藩》《张之洞》《杨度》等长篇小说前，已通过编

辑《曾国藩全集》积累了深厚的历史学识。二月河先生则是在深入研究《红楼梦》的基础上，逐步成为清史专家，进而创作出广受欢迎的"落霞"系列。这些作家的成就，证明了历史小说创作中严肃求真态度的重要性。

然而，并非所有历史小说的作者都具备相应的史学修养。一些作者忽视了自身在史学知识方面的不足，单纯追求市场效应，创作出了大量忽视历史真实性的作品。历史小说的创作并非要求作家像历史学家那样对每个细节都严格考证，但它确实要求作者具备一定的历史文化修养，并进行专门的历史学习和知识准备。没有这些基础，历史小说的创作就可能失去其应有的深度和真实性。

鲁迅先生和汪曾祺先生在对待历史小说创作的态度上，为后来者树立了榜样。鲁迅先生曾计划创作《杨贵妃》，为此做了大量准备工作，但最终因史料不足而放弃。汪曾祺先生也因对汉武帝的复杂性和汉代文化细节的深入考量，未能完成其长篇历史小说《汉武帝》的创作。这两位作家的严肃态度和自我要求，体现了对历史小说创作的尊重和对历史真实的坚守。可见，历史小说的创作不仅是一种艺术表达，更是一种对历史的尊重和传承。作家在创作过程中，应当以深厚的文化修养为基础，对历史进行严谨的学习和研究，以确保作品的真实性和深度。这种对历史和文化负责的态度，不仅是对自身创作的尊重，也是对读者和历史的尊重。通过这样的努力，作家才能创作出既有艺术魅力又有历史价值的作品，为文化的传承和发展作出贡献。

当然，作家的创作并非孤立的活动，其作品的深度与丰富性往往与其个人的文化艺术修养密切相关，即便不涉足历史小说的创作，深厚的文化艺术修养也能显著提升作家的创作水平，使作品如虎添翼，更加生动和立体。

铁凝作为一位作家，她的绘画学习经历和美术素养不仅丰富了她的艺术视野，也潜移默化地影响了她的文学创作。在她的小说中，对色彩和光线的细腻描绘，展现了她对美的敏感和独到见解。这种美术素养的融入，使她的作品在视觉艺术的表现上更加丰富和精准，增强了文学语言的感染力。王蒙作为当代著名作家，他多次强调作家要学者化，倡导作家应具备博学多闻的心智。王蒙本人在研究《红楼梦》和李商隐的诗等方面取得了突出成绩，这种深厚的学术修养在他的作品中得到了明显体现，成为其创作的一大特色。他的作品因此具有了更广阔的视野和更深的思想内涵，为读者提供了更为丰富的艺术启迪。

对于作家而言，广泛的阅读、勤奋的思考以及多方面知识和素养的积累，对于文学创作至关重要。只有不断地充实自己，才能使作品呈现出更广的视野、更强的精神力度和更深的思想深度。这样的作品能够触动人心，引发读者的共鸣，给人以持久的艺术享受和思考。

三、文学创作主体素养——深切的社会责任感

文学创作不仅是作家个人经验的抒发，更是对社会现象、人类精神的深刻反思和积极引领。文学作品对社会的发展和人类精神的提升具有不可替代的作用。历史上，文学始终扮演着匡扶正义、维系世道人心的角色。无论是中国古代的"文以载道"传统，还是西方文学对道德伦理的弘扬，都强调了文学在塑造社会价值观方面的重要性。即便在文学审美独立思想兴起的近代，文学对人心的滋润、对道义的担当依旧是其核心功能。因此，作家在进行文学创作时，必须具备深切的社会责任感。文学不是纯粹的个人情绪宣泄，而是承载着启迪思想、传递价值的使命。在当代社会，文学艺术被视为重要的文化事业，倡导"文艺为人民服务、为社会主义服务"的方针，要求作家具有关注社会、关心人民的责任感，对民族复兴、公平正义持有积极的担当。

具体到文学创作，作家是否关心人民，不仅决定了作品的艺术感染力，更决定了作品的品质。巴金先生通过自己的作品，表达了对人民深深的爱和责任，他的笔触激浊扬清，感动了无数读者。徐迟的《哥德巴赫猜想》以笔为旗，呼吁全社会关心知识分子的境遇和民族的振兴。优秀作品中，总是体现着作家对公平正义的追求、对爱与美好的呼吁、对弱势群体的关怀。

作家的社会责任感可以通过多种方式体现，其中关心小人物、为弱者仗义执言是尤为重要的一种。在中外文学史上，杜甫、蒲松龄、巴尔扎克、狄

更斯、莫泊桑、鲁迅、老舍等都曾通过自己的笔触，为小人物发声，为弱者争取公平正义。

作家的社会责任感与其创作自由、文学独创性并不矛盾。要求作家具有深切的社会责任感，并不意味着要求作家对所有既定的社会问题、精神问题发言，也不限定统一的表达方式。作家的社会责任感，更多地体现为一种情怀，一种对生命的尊重。作家可以自由选择对何种问题发言，以及发言的时间和方式。

实际上，完全不关心世事的作家是不存在的。如果一个作家避世远遁，恐怕也就失去了创作的原动力，难以创作出有深度的作品。因此，鼓励作家将艺术理想融入更广阔的事业之中，不仅是正当的，也是符合文学创作规律的。这样的创作态度，既能保持文学的独立性和独创性，又能使文学作品具有更深远的社会意义和价值。

第四节　文学创作的不同风格

"文学风格是指作家的创作个性在文学作品的有机整体中通过言语组织所显示出来的、能引起读者持久审美享受的艺术独创性。"[①]这个定义的要点有：①创作个性是风格形成的内在根据；②主体与对象、内容与形式的统一是风格存在的基本条件；③语言组织和文体特色是风格呈现的外部特征。

一、风格类型的划分

在中国古代，风格理论的丰富性与独特性是不容忽视的。古人在审美风格上的分类与描述，往往采用形象化的比喻和描述性的方法，避免严格明确的规定，以激发欣赏者的审美联想。他们强调通过体悟和比较来识别不同的风格，这种方法虽然看似缺乏逻辑，却更贴近多数人的审美经验。

第一，简分法的影响与应用。简分法在中国风格分类中占有重要地位，其核心在于将风格分为两大对立类别，从而简化和清晰化对文学风格的理解。最常见的简分法是将风格分为"刚"与"柔"两类。这一分类方法在中国文学批评史上产生了深远的影响，并衍生出多种具体的应用和延伸，如"豪放"与"婉约""沉着痛快"与"优游不迫"等，都是对刚柔概念的具体化和细化。

刚柔分类最早可以追溯到先秦时期的文学理论。在《周易》中，"刚"与"柔"被用来描述天地万物的两种基本特质，并被引入到文学批评中。刚柔之分不仅影响了文学作品的创作和评价标准，还渗透到文化的方方面面，形成了一种具有普遍意义的美学观念。刚，通常被描述为具有阳刚之美，表现为力量、勇气、豪迈和崇高的气质；柔，则被认为是阴柔之美，体现为柔和、

---

① 童庆炳. 文学理论教程（第5版）[M]. 北京：高等教育出版社，2015：304.

细腻、婉约和优雅的特质。

清代桐城派古文家姚鼐在《复鲁絜非书》中明确采用了阳刚和阴柔的二分法，以生动的比喻来描述这两种风格的特征。他将阳刚之美比作雷霆、长风、崇山、峻崖，而阴柔之美则如初日、清风、云霞。姚鼐强调，文学作品不应偏向于单一的风格，而应刚柔相济，互为补充。这种观点体现了中国古代文论中对中庸和谐之道的追求，认为两者的平衡和互补能够达到最佳的审美效果。

刚柔分类法不仅在文学批评中有重要应用，还在其他艺术形式和文化领域中发挥了影响力。例如，在书法、绘画和音乐中，刚柔之分也被广泛应用，形成了独特的艺术风格和审美标准。在书法中，刚劲有力的笔画和柔美流畅的线条被认为是衡量书法艺术水平的重要标准；在绘画中，雄浑壮丽的山水与清新淡雅的花鸟相互映衬，构成了中国传统绘画的基本风格；在音乐中，刚健有力的旋律和柔美细腻的曲调相互融合，创造出丰富多样的音乐作品。

第二，繁分法的细致与系统性。与简分法相比，繁分法在风格分类上更加细致和系统。刘勰在《文心雕龙·体性》中提出了文学风格的"八体"分类法，包括典雅、远奥、精约、显附、繁缛、壮丽、新奇和轻靡，这八种风格两两相对，形成了一个完整的风格类型系统，隐含了八卦的图像。这种分类法不仅涵盖了文学作品的各种风格，还为后世的风格理论提供了重要的参照。

刘勰的"八体"分类法不仅是一种风格的简单划分，更是一种对文学作品内在特质的深刻洞察。典雅之体，注重作品的优美和高雅；远奥之体，强调作品的深远和奥妙；精约之体，追求简练和精致；显附之体，注重表现力和附丽；繁缛之体，强调作品的丰富和华丽；壮丽之体，注重宏伟和壮观；新奇之体，追求创新和独特；轻靡之体，注重轻盈和靡丽。刘勰通过这八种风格的分类，为我们提供了一种系统化的方法来分析和理解文学作品的多样性。刘勰的"八体"分类法不仅具有理论上的重要性，也在实际的文学批评和创作中得到了广泛应用。通过这种分类方法，文学批评家和作家能够更加准确地描述和评价作品的风格特点，从而促进文学创作的繁荣和发展。这种分类法也为后世的风格理论研究提供了重要的参考，使得风格分类成为一种具有系统性和科学性的方法。

需要注意的是，文学风格的多样性与生成性使得任何分类法都难以达到完善。风格的分类可以根据不同的角度进行，它们为读者提供了一个参照系，但读者应根据具体作品的审美特点灵活掌握，不必拘泥于固定的分类。在古代中国，风格理论的发展与应用，不仅仅是文学创作的一部分，更是一种审美文化的体现。古人通过对风格的细致分类与描述，展现了他们对美的独特理解和追求。无论是简分法的刚柔并济，还是繁分法的八体分类，或是司空图的二十四诗品，都反映了古代文人对文学艺术的深刻洞察和高度概括。这些风格理论的提出与应用，不仅丰富了文学艺术的表现形式，也为后世提供了宝贵的审美资源。它们教会我们，审美不应受限于固定的框架，而应根据作品的具体情况，灵活地进行识别与欣赏。在今天，这些古代的风格理论依然具有启发性，引导我们在审美的过程中，既要注重形式的多样性，也要追求内在的和谐与统一。

二、文学风格的审美价值

文学风格作为文学作品的表现形式之一，其审美价值是多维的。不同的文学风格能够激发读者的情感、启迪思维，甚至影响人的性格和情操。雄浑刚劲、清新俏丽、飘逸疏野、沉着含蓄等各具特色的文学风格，为读者提供了丰富多彩的审美体验。这些风格并无高下之分，各有千秋，满足了不同读者的审美需求和心理期待。

（一）风格与情感共鸣

文学风格能够直接影响读者的情感体验。例如，雄浑刚劲的风格通常通过豪边的笔触和磅礴的气势，唤起读者内心的激昂与豪情。这样的风格在史诗和英雄主义作品中尤为常见，如《荷马史诗》中的壮丽景象和英雄气概，通过生动的语言和宏大的叙事，激发了读者的崇高情感和历史意识。

与此相对，清新俏丽的风格则以优美细腻的笔触描绘自然风光和人情美景，带给读者一种清新的感官享受和心灵慰藉。例如，中国古典诗词中的田园诗，如陶渊明的《归园田居》系列，以质朴的语言和细腻的描写，传达了对自然和宁静生活的向往，使读者在喧嚣的世俗生活中找到一片心灵的净土。

飘逸疏野的风格则通过自由奔放的表达方式和独特的意境，给读者带来一种超脱现实的审美体验。这类风格在浪漫主义文学中得到了极大的发挥，如李白的诗歌，以其豪放不羁的风格，表达了诗人对自由生活的追求和对现实社会的不满，深深感染了历代读者。

沉着含蓄的风格则以深沉内敛的方式表达情感，往往通过隐喻和象征，营造出丰富的内涵和深刻的思想。这种风格在现代主义文学中尤为常见，如卡夫卡的小说，通过冷静克制的叙述和隐喻性的情节，揭示了现代社会的荒诞和人类存在的困境，使读者在阅读过程中不断反思和探究人类的生存状态。

（二）风格与思维启迪

文学风格不仅能够激发情感，还能够启迪思维。不同的风格以其独特的表达方式和审美特征，引导读者进行深层次的思考。例如，现实主义文学风格通过细致入微的描写和真实的情节，揭示社会现实和人性的复杂性，引发读者对社会问题和人生真理的思考。托尔斯泰的《战争与和平》以其宏大的叙事和细腻的描写，展现了战争与人性的多面性，使读者在阅读过程中不断思考战争与和平、个人与历史的关系。

象征主义风格通过象征和暗示的手法，超越了现实的表象，揭示了更深层次的精神和哲学问题。艾略特的《荒原》以其复杂的象征体系和晦涩的语言，表达了现代社会的精神危机和文化断裂，促使读者在解读文本的过程中不断探索和反思人类文明的根本问题。

后现代主义风格则通过解构传统的叙事方式和打破文本的连贯性，挑战了读者的思维定式，鼓励读者以多元化的视角看待世界。博尔赫斯的《小径分岔的花园》通过虚构的叙事和复杂的结构，打破了传统的时间和空间观念，引发了读者对现实和虚构、时间和存在的深刻思考。

（三）风格与性格塑造

文学风格不仅能够影响读者的情感和思维，还能潜移默化地塑造人的性格和情操。不同的文学风格通过其独特的表达方式和审美特征，对读者的性格发展和道德修养产生深远的影响。雄浑刚劲的风格往往鼓励读者培养勇敢、坚定的品格和积极进取的精神。清新俏丽的风格则引导读者追求纯洁、高雅的生活态度和审美情趣。飘逸疏野的风格鼓励读者追求自由、独立的精神和宽广的视野。沉着含蓄的风格则培养读者沉稳、深思的性格和内敛、含蓄的美德。

例如，阅读《水浒传》这样的英雄传奇小说，可以激发读者的豪情壮志和侠义精神，塑造出勇敢无畏的性格。阅读陶渊明的田园诗，可以培养读者对自然和简朴生活的热爱，塑造出宁静淡泊的性格。阅读李白的诗歌，可以激发读者对自由生活的向往，培养出不拘一格、追求独立的精神。阅读卡夫卡的小说，可以引导读者进行深刻的自我反思，培养出冷静理性、思维深邃的性格。

（四）风格的多样性与包容性

文学风格的多样性反映了文学艺术的丰富性和生命力。历史上的文学巨匠，如郎加纳斯、狄德罗、歌德、雨果以及中国的姚鼐，他们对不同风格的推崇和赞赏，体现了文学风格的包容性和多样性。例如，郎加纳斯在《论崇高》中强调了崇高风格的审美价值，狄德罗在《论戏剧》中提倡自然主义风格，歌德在《浮士德》中融合了多种风格，雨果在《巴黎圣母院》中展现了浪漫主义风格，姚鼐在《古文辞类纂》中推崇清新俏丽的风格。这种多样性不仅表现在文学创作中，也体现在读者的审美偏好和选择上。

不同的读者由于其审美心理基础、文化背景和个人经历的不同，对文学风格的偏好也各不相同。例如，有的读者偏爱朦胧、新奇、怪诞等风格，追求独特的审美体验和感官刺激；有的读者倾向于清新、优美、平和的风格，追求宁静的心灵慰藉和情感共鸣。这种多样性是文学艺术生命力的体现，也是文学批评和鉴赏的重要基础。作为一个有修养的读者，尤其是鉴赏家和评论家，应当广泛涉猎，不拘泥于个人喜好，以开放的心态去体验和欣赏各种风格的美。风格的批评可以推崇某种风格，也可以批评另一种风格，关键在于言之有物，持之有故。然而，如果将个人偏好奉为至高无上的标准，对其他风格嗤之以鼻，那就失去了文学批评的公正性和客观性。

（五）风格的文化与个性

文学风格不仅是作家个性和艺术创造力的体现，也是文化传统和社会环境的产物。不同文化背景下形成的文学风格，具有独特的文化内涵和审美价值。例如，中国古代文学中的诗词，以其独特的语言形式和艺术手法，反映了中国文化的审美趣味和思想内涵。唐诗宋词以其精炼优美的语言和深厚的文化底蕴，成为中国文学的瑰宝。

西方文学中的小说以其丰富的叙事技巧和深刻的人性描写，展现了西方文化的多样性和复杂性。法国的浪漫主义小说、俄罗斯的现实主义小说、美国的现代主义小说，各自以其独特的风格和内容，反映了不同文化背景下的人类生活和思想观念。

文学风格的多样性不仅体现在文化差异上，也体现在作家的个性差异上。不同的作家由于其个性、经历和创作理念的不同，形成了各具特色的文学风格。例如，卡夫卡的小说以其冷峻的风格和荒诞的情节，表达了对现代社会的深刻反思；海明威的小说以其简洁有力的语言和硬汉形象，展现了人类在困境中的坚韧和勇气；张爱玲的小说以其细腻的笔触和苍凉的情感，描绘了中国现代社会中的人情冷暖和命运多舛。

（六）风格的教育与传播

文学风格的审美价值不仅在于其自身的艺术特征，还在于它对读者的教育和启迪作用。通过阅读不同风格的文学作品，读者可以开阔视野，丰富知识，培养审美能力和人文素养。例如，通过阅读古典文学作品，读者可以感受古代社会的风土人情和文化传统，增强对历史和文化的理解；通过阅读现代文学作品，读者可以了解现代社会的变迁和人类的精神状态，增强对现实生活的感悟和思考。

文学风格的传播不仅依赖于书籍和文字媒介，还可以通过戏剧、电影、电视等多种形式进行。例如，莎士比亚的戏剧不仅在剧场上演，还被改编成电影和电视节目，扩大了其影响范围和受众群体；中国的《红楼梦》也被改编成电视剧和电影，使更多的人了解和欣赏这部文学经典。通过多种形式的传播，文学风格的审美价值得以广泛传播和传承，成为人类文化遗产的重要组成部分。无论是通过文字阅读，还是通过视听媒介，读者都可以从中感受到不同风格的文学作品所带来的审美享受和思想启迪，增强对文学和艺术的热爱。

三、文学风格与文化

文学风格与文化的关系是文学研究中一个极为重要且复杂的课题。文学作品不仅是作家个人才情和创作技巧的结晶，更是其所处时代和文化背景的反映。文化作为一个民族或群体共有的观念体系，深刻影响着文学的创作和接受。文学风格作为文学作品的重要特征，必然深受文化的影响，并在一定程度上反映和传递文化的内涵。

（一）文学风格与时代

文学风格总是深深植根于其所处的时代。作家生活在特定的历史时期，其思想观念、创作主题和表达方式不可避免地受到时代文化的影响。所谓文学的时代风格,就是作家作品在总体特色上所具有的特定时代的特征。这种特征不仅是该时代的精神特点、审美要求和审美理想的表现,更是作家在创作过程中对时代的回应和反思。

第一,文学的时代风格体现了时代精神的特点。例如,先秦诸子散文的感情激越、设想奇特、辞采绚烂,富有论辩性,正是与当时群雄割据、学派林立、富有创造力的时代特征密切相关。诸子百家的作品不仅在内容上充满了对现实政治和社会问题的思考和批判,在形式上也体现了"百花齐放、百家争鸣"的特点。这一时代的文学风格,既是时代精神的产物,又是时代精神的催化剂和发酵剂。

第二,文学的时代风格是文学创作的整体特征,具有独特的历史和社会高度。以建安文学为例,曹操、曹丕、曹植、孔融、王粲、刘桢等作家的作品,尽管风格各异,但都在面对世积乱离、风衰俗怨的时代背景下,继承和发扬了汉乐府缘事而发、为时而作的文学精神。《文心雕龙》在《明诗》和《时序》篇分别概括为"梗概以任气"和"志深而笔长"的特点,这些特点共同构成了建安文学的"建安风骨"。这一风骨不仅反映了建安时代的精神风貌,也对后世文学产生了深远的影响。

第三,文学的时代风格随着时代的变迁而发展。不同历史时期的文学风格,往往因应时代的变化而呈现出不同的面貌。在欧洲文学史上,古典风格、哥特式风格、文艺复兴风格和巴洛克风格等,都是特定时代精神和审美取向的表现。古典风格追求理性和秩序,哥特式风格强调神秘和崇高,文艺复兴风格彰显人文主义精神,巴洛克风格追求激情和夸张。这些风格的演变,不仅反映了不同历史时期的文化变迁,也体现了文学对时代精神的深刻反思和回应。

(二)文学风格与民族

文学风格不仅与时代密切相关,也深受民族文化的影响。不同的民族有不同的文化传统,这些传统在文学创作中得以体现和传承。文学风格作为文学作品的重要特征，往往渗透着民族文化的基因，表现出鲜明的民族性。

第一，文学风格反映了民族文化的特点。民族文化作为一个民族在长期历史发展中形成的独特观念体系，深刻影响着作家的思想和创作。例如，中国古典文学中的诗词，以其独特的语言形式和艺术手法，反映了中国文化的审美趣味和思想内涵。唐诗宋词以其精炼优美的语言和深厚的文化底蕴，成为中国文学瑰宝。唐代的边塞诗、宋代的词，分别反映了唐代的开疆拓土和宋代的婉约情思，这些都是民族文化在文学中的具体体现。

第二，文学风格体现了民族精神的特点。每个民族在其历史发展过程中，都形成了独特的民族精神，这种精神在文学作品中得以体现。例如，俄罗斯文学中的悲悯情怀和对人类命运的深刻思考，反映了俄罗斯民族的历史苦难和信仰。托尔斯泰、陀思妥耶夫斯基等作家的作品，以其深刻思想内涵和独特艺术风格，表现了俄罗斯民族对生命意义和人类灵魂的追问。

第三，文学风格在民族文化的传承中发挥了重要作用。文学作为文化的重要载体，通过其独特的风格和表现形式，传递和保存着民族的文化记忆和历史经验。例如，中国的古典文学通过其独特的风格和表达方式，记录和传承了中华民族的历史和文化。儒家文化中的伦理观念、道家文化中的自然思想等，都是通过文学作品得以传承和弘扬的。文学风格作为文化载体，既是民族文化的表现形式，又是民族文化的传播媒介。

（三）文学风格与地域

文学的风格与地域文化紧密相连，构成了文学研究中一个关键的探讨领域。地域文化，作为一个包含历史、习俗、自然景观等元素的复杂体系，对文学作品的创作和演变产生了深远的影响。作家们在特定的地域环境中孕育其作品，这些作品不可避免地反映出当地的自然景观、社会结构以及文化传承，从而展现出独特的地域色彩。

清末民初的学者刘师培在《南北文学不同论》中，提出了中国文学南北差异的观点。他认为，北方的地理特征——高旷的地势、肥沃的土地、丰富的水资源——塑造了北方人务实的性格,这在北方文学中体现为注重记叙和逻辑分析。而南方的地理环境——低洼的地形、发达的水系——则孕育了南方人对抽象和情感的偏好,使得南方文学更倾向于表现个人情感和抒情。

地域文化的形成不仅仅受到自然条件的塑造,还与当地的社会环境—包括经济活动、社会结构和制度安排—紧密相关。文学作品的地域特色往往是在自然与社会环境的双重作用下形成的,它们带有鲜明的地域标签。以《诗经》和《楚辞》为例,前者大多源自黄河流域,代表了北方文学,其内容经过儒家的整理,反映了中原地区的文化特色和社会生活。而《楚辞》则源于长江流域,属于南方文学,其风格深受楚地文化的影响,展现了独特的艺术风格和民间信仰。

刘师培在《南北文学不同论》中进一步指出,楚地文化及其文学作品,如老子、庄子、列子的哲理散文,都属于南方文化系统,它们在思想和风格上有着共通之处。这些作品语言深邃,充满了哲学思考和奇异的想象,与屈原作品中的悲怆情感和宏大风格形成了共鸣,进一步证实了地域文化对文学风格的影响。

研究文学的地域风格,需要综合考虑自然环境和社会环境的影响。不同的自然环境塑造了人们的生活方式和心理特征,而社会环境则通过经济基础和社会制度进一步塑造了地域文化和文学风格。《诗经》与《楚辞》的对比不仅揭示了自然环境的差异,也反映了社会环境和文化背景的不同。此外,南北朝时期的民歌差异,以及现代文学中京派与海派的不同,都是地域文化影响文学风格的生动例证。南北朝时期,北方民歌的豪放与南方民歌的婉约,现代文学中京派的典雅与海派的创新,都鲜明地体现了地域文化的差异。

在当代文学中,尽管全球化的趋势对地域文化产生了冲击,但许多作家的作品中依然保持着鲜明的地域特色和民族风情。这不仅是对地域文化的一种传承,也是文学成熟发展的体现。文学的地域风格不仅展现了作家的个性和文化认同,也为读者提供了多元的审美体验,丰富了文学的内涵和外延。

第四章　文学接受与文学批评探究

在文学的浩瀚星空中，文学接受与文学批评犹如双子星，交相辉映，共同构建了文学价值实现的桥梁。本章深入剖析文学接受过程中主客体的互动机制，探讨其从初步感知到深度共鸣的发生、发展直至高潮的微妙变化，揭示这一动态过程如何塑造文学作品的多元解读空间。同时，本章将审视文学批评的本质属性与评判标准，探讨如何在尊重文本独立性的同时，运用科学的原则与方法，促进文学批评的健康发展，为文学作品的深度挖掘与广泛传播提供理论支撑与实践指导。

第一节　文学接受的主客体

"从事文学接受活动，需要主客体双方具备一定的条件。"[①]就主体而言，读者不仅需要具备读、会读的能力，即有语言文字的阅读能力和情感与形象的感受能力，二者统一在一起，即所谓读者的审美能力之外，从接受理论的角度讲，还需要读者具备明确、宽泛且具有可塑性的期待视野，以及一种正常的接受心境；就客体而言，除了需要文本具备可读、耐读的特性，具备包

---

① 张孝评. 文学概论新编（修订本）[M]. 西安：西北大学出版社，2007：330.

括语言的审美形态、情感与形象的审美形态在内的总体审美形态之外，从接受理论的角度讲，还需要文本具有充满空白与未定性的召唤结构。下面分别就读者的期待视野与接受心境、文本的召唤结构，以及读者和文本二者的相互关系，展开分析。

一、读者的期待视野与接受心境

接受理论认为，读者在接触新的文本之前，其大脑并非如洛克所言，是一块意识的"白板"。通过对以往包括阅读经验在内的种种经验的积累，读者已经内在地形成了某种审美的趣味、需求、理想、观念和标准，已经内在地具有了某种自觉不自觉的审美倾向性。这种先于阅读而存在的审美倾向性，可以称为期待视野。期待视野之于读者，固然是人皆有之，但此种期待视野的明确程度、广阔程度、可塑性程度，则是区分读者成熟程度的一个标尺。当新的文本出现于成熟读者的期待视野，通常有三种情况：完全符合、完全不符合、又符合又不符合。完全符合者，说明文本没有任何创新，所有内容都在读者的预料之中，期待视野与文本之间的审美距离等于零。在这种情况下，读者当然无法从文本获得应有的审美享受。反之，完全不符合者，说明文本要么创新过于超前于读者的期待视野，令读者观后不知所云；要么文本不具任何文学性，根本算不上文学文本，期待视野与文本的审美距离趋于无限大。在这种情况下，读者对文本自然显得淡漠。只有第三种情况，即又符合又不符合的情形，期待视野与文本保持在一种恰当的审美距离之间，才能调动起读者投入的积极性，或者以自己的期待视野将文本同化，或者让自己的期待视野受文本调节，通过同化或调节，最终达到期待视野与文本之间的所谓视野融合。

在接受心境方面，在一个读者那里，期待视野作为主体应具备的条件，有相对稳定性的特点；而接受心境作为主体应具备的另一条件，则往往因时、因地而异，有随机性的特点。现实生活中的人，总是处于一定的情绪状态。

这种情绪状态，会伴随读者进入阅读过程，从而影响文学接受的效果。我们把影响文学接受的读者情绪状态称为接受心境。从情绪色调看，接受心境可以分为欢悦、抑郁和虚静等三种状态。一般而言，欢悦心境容易激起读者的阅读兴趣，抑郁心境可能败坏读者的阅读兴趣。而超越于以上二者的虚静心境，因其情绪状态的冲淡平和、清静自然，与生活中的功利是非拉开了距离，是最适于阅读活动进行的、最理想的接受心境。

虚静一词源于《老子》："致虚极，守静笃。万物并作，吾以观其复。"其原意是指清静无为的人生态度。之后庄子作了补充，把虚静视为高超技艺赖以发挥的无功利状态。自魏晋以后，刘勰、苏轼等对虚静多有论述，虚静成了文学创作论的重要术语。古人主要用虚静来形容创作心态，以这一概念表示接受心境也是完全合适的。创作需要虚静，接受也需要虚静。读者在面对一个文本时，只有保持无功利的虚静状态，才能摆脱纷繁俗务的干扰，真正做到全神贯注，用情专一，也才能充分地体味文本的内涵和旨趣。

二、文本的召唤结构

文本在未经读者阅读之前，以一种充满空白和未定性的图式结构，即所谓召唤结构存在。召唤结构之所以被称为召唤结构，关键在于空白与未定性。空白主要指文本内容方面的某些空缺，某些没有写出或没有明确写出，但在已经写出的部分作了暗示的东西。它们存在于诗歌的意象、小说的人物、情节和环境以及戏剧冲突等各个环节之中。各种文学体裁都讲空白，其中，诗的空白最多、最好。李白的七绝《送孟浩然之广陵》中，融情于景，以景写情，景语皆情语也。诗中隐含的情感作为文本的结构性空白，李白未在诗中点明，必须让读者自己"思而得之"。惟其如此，情感才显得更加真挚而且深厚。

作为形成文本召唤结构的另一特征，未定性主要指文本意义的含混、朦胧和多解，包括在词语、意象、主题等方面存在的进行多种理解和阐释的可能性。文本作为充满空白与未定性的图式结构，类似于秘书为正式文件起草的提纲、建筑设计师绘出的蓝图、作曲家写就的总谱。它们因本身所具有的空白与未定性，是向读者发出的无声邀请，构成了对于读者的召唤，故伊瑟尔称之为召唤结构。文本的召唤结构，只有在读者投入之后，以各自的想象填补了空白，使未定之处得以确定，读者对文本做了具体化的工作，才能称之为作品或第二文本。按伊瑟尔的观点，文本是由作家单独创造的，而作品或第二文本则是由作家和读者共同创造的。

三、读者与文本的相互关系

读者与文本的相互关系是文学接受过程中的关键。只有当文本适应读者的期待视野和接受心境，读者也适应文本的召唤结构时，才能形成审美关系。审美关系的形成意味着读者对文本的具体化和视野的融合。这种相互适应性是文学接受的基础。

当读者与文本缺乏相互适应性时，即便读者是合格的读者，文本是合格的文本，也无法形成审美关系，无法完成文学接受。例如，郭沫若喜欢李白的诗而不喜欢杜甫的诗，主要是因为他与杜甫的诗缺乏审美关系。毛泽东喜欢戏曲而不喜欢话剧，也是因为戏曲与他的期待视野和接受心境更为契合。

综上所述，文学接受的过程是一个复杂的主客体互动过程。读者的期待视野和接受心境与文本的召唤结构之间的相互适应性，是形成审美关系和完成文学接受的关键。在这个过程中，读者与文本共同创造了作品，实现了视野的融合。

第二节　文学接受的发生、发展与高潮

"文学活动既包括文学创造，也包括文学接受。如果说在文学创造阶段文学活动的主体是作家，那么，在接受阶段，文学活动的主体则已转变为读者。"[①]与其他艺术形式相比，文学作品独具特性，它通过文字符号的组合呈现于读者面前。只有在读者的接受过程中，这些符号才能转化为具有审美价值的对象，并实现作品的真正意义。读者的文学接受过程，通常可以分为三个阶段：发生、发展和高潮。每一个阶段都有其独特的作用和意义，共同构成了读者对文学作品的完整体验，使得作品的价值得以充分体现。

一、文学接受的发生

文学接受的发生，虽然集中体现为读者对文本的阅读，但这种发生又是读者在特定阅读经验期待视野的基础上，在特定接受动机的支配下，在特定接受心境的影响下展开的。

（一）期待视野

在文学阅读的过程中，读者的心理往往受到个人经验和社会文化背景的影响，形成一定的阅读期待。这种期待反映了读者对于文学作品的预期，包括文体、形象和意蕴等层次的期待，被称为期待视野。

1. 期待视野的层次

期待视野的层次在具体的文学阅读活动中，主要分为文体期待、形象期

[①] 童庆炳. 文学理论教程（第5版）[M]. 北京：高等教育出版社，2015：350.

待与意蕴期待三个层次。

（1）文体层的期待视野。文体层的期待视野是指读者对文学作品形式和结构的预期。不同文体的作品有其独特的格式和风格，比如诗歌、小说、散文等。读者在阅读之前，往往会根据作品的文体类型形成一定的心理准备和期待。例如，阅读诗歌时，读者可能期待简洁的语言、富有韵律的节奏和浓缩的情感表达。而在阅读小说时，读者可能期待连贯的情节、丰富的人物形象和详细的环境描写。文体层的期待视野帮助读者在阅读过程中更好地理解和欣赏作品，同时也为作者提供了创作的框架和参考。

（2）形象层的期待视野。形象层的期待视野涉及读者对作品中人物形象、场景描写和情节发展的预期。在阅读之前，读者会根据个人的经验和文化背景，对作品中的人物形象和情节走向形成一定的预期。例如，在阅读历史小说时，读者可能期待看到鲜明的人物形象、逼真的历史场景和紧凑的情节发展。而在阅读科幻小说时，读者则可能期待见到奇幻的场景、创新的科技元素和复杂的故事情节。形象层的期待视野帮助读者在阅读过程中更好地代入和理解作品中的世界，同时也为作者提供了塑造人物和设计情节的方向。

（3）意蕴层的期待视野。意蕴层的期待视野是指读者对作品所传达的思想、情感和主题的预期。文学作品不仅仅是语言的艺术，更是思想和情感的载体。读者在阅读之前，往往会根据作品的题材和作者的风格，对其所表达的意蕴形成一定的预期。例如，在阅读抒情诗时，读者可能期待感受到浓烈的情感和深刻的思想。而在阅读社会题材的小说时，读者可能期待看到对现实生活的深刻反思和批判。意蕴层的期待视野帮助读者在阅读过程中更好地理解和体会作品的内涵，同时也为作者提供了表达思想和情感的路径。

2. 期待视野的形成

期待视野的形成是一个复杂的心理过程，受到多种因素的影响。首先，个人经验是形成期待视野的重要因素。读者的生活经历、教育背景和阅读习惯都会影响其对文学作品的期待。例如，一个经常阅读古典文学的读者，可能会对现代文学作品有不同于普通读者的期待。其次，社会文化背景也对期待视野的形成起着重要作用。不同文化背景下的读者对文学作品的期待可能存在差异，例如，西方读者和东方读者在对待文学作品的态度和理解上可能存在显著的不同。最后，文学传统和风格的影响也是形成期待视野的重要因素。某一时代或地区流行的文学风格和创作理念，会对读者的阅读期待产生深远的影响。

3. 期待视野的作用

期待视野在文学阅读过程中起着重要的作用，对读者和作者都有深远的影响。

（1）对读者的影响。期待视野帮助读者更好地理解和欣赏文学作品。在阅读之前，读者往往会根据作品的文体类型、人物形象和主题思想形成一定的心理准备，这种准备帮助读者在阅读过程中更快地进入作品的世界。例如，阅读一部科幻小说时，读者可能已经对其奇幻的场景和复杂的情节有了初步的期待，这样在阅读时能够更好地理解和欣赏作品。期待视野还能够激发读者的阅读兴趣和热情。在阅读过程中，读者会不断验证和调整自己的期待，这种过程本身就是一种积极的阅读体验。

（2）对作者的影响。期待视野对作者的创作也有重要影响。了解读者的期待视野，能够帮助作者更好地把握作品的结构和风格，从而创作出更加符合读者预期的作品。例如，在创作一部历史小说时，作者需要了解读者对历史背景和人物形象的期待，从而在作品中注重历史细节的描写和人物形象的塑造。作者还可以利用期待视野，通过打破读者的预期来制造悬念和惊喜，增强作品的吸引力和感染力。

4. 期待视野的动态调整

期待视野并不是固定不变的，而是在阅读过程中不断调整和变化的。读者在阅读过程中，随着对作品的深入理解和体验，会不断调整自己的期待视野。例如，在阅读一部小说时，读者可能一开始对情节的发展和人物的命运有一定的预期，但随着故事的展开和人物的成长，这种预期可能会不断调整和变化。期待视野的动态调整不仅丰富了读者的阅读体验，也为作者提供了创作的灵活性和可能性。

（二）接受动机

在文学接受这一复杂而深邃的精神活动中，接受动机作为驱动读者深入文本、探索意义的内在力量，其多样性与丰富性构成了文学接受活动的重要特征。不同读者因个人背景、文化素养、情感需求及时代背景的差异，形成了各具特色的期待视野，进而催生了多样化的接受动机。

1. 审美动机

审美动机是文学接受中最直接且普遍的动力源泉，它源于人类天性中对美的追求与向往，是读者在文学作品中寻找美感、体验艺术魅力的内在需求。文学作品以其独特语言艺术、巧妙情节构思、深邃思想内涵，构建了一个超越现实的美学世界，吸引着读者沉浸其中，享受审美愉悦。

在审美动机的驱使下，读者不仅关注作品的文字之美，如语言的音韵、节奏、修辞等外在形式，更深入挖掘作品所蕴含的情感美、意境美、哲理美等内在价值。他们通过想象与联想，将文字转化为生动画面与深刻感悟，实现心灵净化与升华。审美动机还促使读者在比较与鉴赏中不断提升自己的审美能力和审美趣味，形成独特的审美观念和审美标准。

2. 求知动机

求知动机是读者在文学接受过程中追求知识、探索真理的重要动力。文学作品作为人类文化的重要载体，蕴含着丰富的历史、社会、哲学、科学等多方面的知识信息。读者通过阅读文学作品，不仅能够了解不同时代、不同地域的社会风貌、文化习俗和思想观念，还能在作品中发现人性的复杂多面、社会的矛盾冲突以及自然的奥秘规律。

在求知动机的推动下，读者往往带着问题阅读，渴望从作品中找到答案或启发。他们通过深入分析作品的情节、人物、环境等元素，理解作者的创作意图和时代背景，进而拓宽视野、增长见识、丰富知识储备。文学作品中的隐喻、象征等修辞手法也激发了读者的思考与探索，促使他们在解读过程中不断发现新的意义和价值。

3. 受教动机

受教动机是读者在文学接受中寻求道德教化、精神成长的内在需求。文学作品以其深刻的道德内涵和崇高的精神追求，成为读者道德教育和精神成长的重要资源。通过阅读文学作品，读者可以接触到各种正面或反面的人物形象，了解他们的命运遭际、道德选择和价值追求，从而受到启发和警示。

在受教动机的引导下，读者不仅关注作品所传递的道德观念和价值判断，还深入思考这些观念对自身行为和社会生活的指导意义。他们通过比较与反思，不断提升自己的道德水平和精神境界，形成积极向上的生活态度和价值观念。文学作品中的英雄主义、牺牲精神、爱国情怀等崇高品质也激励着读者勇于担当、追求卓越，为实现个人价值和社会进步贡献力量。

4. 批评动机

批评动机是读者在文学接受中积极参与文学批评、推动文学发展的动力。随着文学素养的提高和审美趣味的成熟，部分读者不再满足于被动接受文学作品，而是开始主动参与到文学批评中来，以理性的眼光审视和评价作品的价值与意义。

在批评动机的驱使下，读者运用文学理论和批评方法，对作品的题材选择、主题思想、艺术特色等方面进行深入分析和评价。他们既关注作品的优点和长处，也敢于指出其不足之处和存在的问题。通过批评与讨论，读者不仅能够深化对作品的理解和认识，还能促进文学观念的更新和文学创作的进步。文学批评也为不同读者之间提供了交流思想、碰撞观点的平台,有助于形成多元、开放、包容的文学氛围。

5. 借鉴动机

借鉴动机是读者在文学接受中寻求创作灵感、提升创作能力的动力。对于许多从事文学创作或相关工作的读者而言,文学作品不仅是欣赏的对象,更是学习和借鉴的宝贵资源。通过阅读和分析优秀作品,他们可以从中汲取创作灵感、学习写作技巧、提升创作水平。

在借鉴动机的推动下,读者会特别关注作品中的情节构思、人物塑造、语言运用等方面,思考作者是如何巧妙地将这些元素融合在一起以形成独特的艺术效果的。他们还会尝试将所学到的知识和技巧应用到自己的创作中去,通过不断的实践和创新来提升自己的创作能力。借鉴动机还促使读者关注文学发展的最新动态和趋势,以便在创作中紧跟时代步伐、满足读者需求。

(三)接受心境

文学接受心境作为读者踏入文学殿堂的隐形门槛与内在引导,是连接作品与读者情感、思想的微妙桥梁。它不仅关乎读者在阅读某一文学作品时的即时心理状态,还深刻影响着阅读体验的深度、广度乃至最终的接受效果。这一过程复杂而细腻,涉及个人情感、生活经历、文化背景及审美趣味等多方面因素的交织与融合。

首先,文学接受心境的构建始于读者内心的宁静与开放。在快节奏的现代生活中,人们往往被琐碎的事务和纷扰的情绪所包围,而真正的阅读体验要求读者能够暂时抽离这些外在干扰,进入一种相对平和与专注的状态。这种内心的宁静,如同为心灵开辟出一片净土,让文字得以自由流淌,思想得以自由翱翔。开放的心态也是不可或缺的,它鼓励读者以无预设、无偏见的视角去接触作品,勇于接受新的思想、情感与视角的冲击,从而在碰撞中激发思考的火花。

其次，文学接受心境的形成深受个人情感与生活经历的影响。每个人的生活都是独一无二的，这些经历如同调色盘上的色彩，为阅读体验增添了丰富的层次与深度。当读者在阅读过程中遇到与自己生活经历相契合的情节或情感时，往往会产生强烈的共鸣，这种共鸣不仅加深了对作品的理解，也促使读者在情感上得到慰藉或启迪。反之，对于那些与自身经历相去甚远的作品，读者则可能以更加好奇与探索的心态去阅读，从中汲取新知，拓宽视野。

再次，文化背景与审美趣味在文学接受心境中扮演着至关重要的角色。不同的文化背景下，人们对于美的追求与表达方式存在显著差异。这种差异在文学作品中尤为明显，它们往往承载着各自文化的精髓与特色。因此，读者在接受文学作品时，不可避免地会受到自身文化背景的影响，对作品中的意象、隐喻、价值观等产生不同的解读与感受。审美趣味也是影响接受心境的重要因素。它决定了读者在阅读过程中的选择与偏好，引导着读者去追寻那些能够触动心灵、激发思考的作品。

最后，文学接受心境的深化与升华，离不开读者与作品之间的深度对话与互动。这种对话并非单向的接受与理解，而是双向的启发与创造。读者在阅读过程中，会不断地将自己的思考、情感与想象投射到作品中，与作者进行跨越时空的心灵交流。作品也会以其独特的魅力，激发读者的创造力与想象力，促使读者在解读与再创造中不断丰富和完善自身的文学接受心境。

（四）从隐含的读者到读者阅读

在文学创作的广阔天地里，作家与读者之间通过作品建立起一座桥梁，而这座桥梁的稳固与否，很大程度上取决于作家心中那个既具体又抽象的存在——隐含的读者。这一概念，虽非实体，却深刻影响着作家的创作过程、文本内容的构建以及最终作品如何被现实世界中的读者所接受与解读。

1. 作家的创作动机与隐含的读者

作家的创作动机如同创作之旅的起点，往往根植于内心深处对世界的感知、情感的积累以及对某种表达欲望的渴求。在这个过程中，隐含的读者如同一盏灯塔，指引着作家的创作方向。它不仅仅是作家想象中可能存在的读者群体，更是作家内心期望的对话者，是那些能够深刻理解其创作意图、共鸣其情感、领悟其思想深度的理想读者。

例如，当一位作家决定撰写一部反映社会现实的小说时，他的创作动机可能源于对社会问题的深切关注和对人性深度的探索。此时，他心中的隐含读者便是对这些问题抱有同样关切，渴望通过文学作品获得启示与反思的个体。这种创作动机与隐含读者的设定，促使作家在选材、构思、表达等各个环节都力求精准，以期达到与理想读者心灵相通的效果。

2. 作家的选材及文体特点与隐含的读者

选材与文体是作家构建作品世界的两大基石。它们不仅反映了作家的艺术追求和审美倾向，也深刻体现了作家对隐含读者的预设与期待。

在选材上，作家会根据隐含读者的兴趣、背景、认知水平等因素，精心挑选那些能够触动心灵、引发共鸣的素材。比如，面对一群对科幻充满幻想的年轻读者，作家可能会选择未来科技、星际旅行等主题，运用丰富的想象力和创新的叙事手法，构建一个既遥远又贴近心灵的科幻世界。这样的选材，既满足了隐含读者的好奇心，也激发了他们对未知世界的探索欲。

文体特点则进一步强化了作品与隐含读者之间的契合度。不同的文体，如散文的抒情性、小说的叙事性、诗歌的音乐性等，各自拥有独特的魅力，能够吸引不同类型的读者。作家在创作时，会根据隐含读者的阅读偏好和接受能力，灵活运用各种文体特点，使作品既具有艺术感染力，又易于被读者接受和理解。

3. 隐含读者向现实读者的转化

隐含读者作为作家心中的理想化存在，其最终目的是要转化为现实世界中活生生的读者群体。这一转化过程是作品从创作到接受的关键环节，也是文学价值得以实现的重要途径。首先，作品需要通过出版、发行等渠道进入市场，被广大读者所知晓。在这个过程中，出版社的营销策略、书评人的推荐、社交媒体的传播等因素都会影响到作品的曝光度和读者的关注度。当作品成功吸引到潜在读者的注意时，它便开始向现实读者转化。其次，读者在阅读过程中，会根据自己的阅读经验、文化背景、情感状态等因素，对作品进行个性化的解读和体验。这种解读既是对作品内容的再创造，也是对隐含读者预设的一种回应和验证。当读者的阅读体验与作家的创作意图相契合时，便会产生强烈的共鸣和认同感，从而促使隐含读者真正转化为现实读者。

4. 作家赋予文本的思想内涵与隐含的读者

作家在创作过程中，往往会在文本中赋予丰富的思想内涵，这些内涵既是对社会现实的深刻反思，也是对人性本质的深入探索。这些思想内涵，如同作品的灵魂，吸引着那些渴望精神食粮、追求思想深度的隐含读者。

作家通过细腻的笔触、深刻的洞察和独特的视角，将复杂的社会现象、微妙的心理变化、深邃的哲学思考融入文本之中，使作品成为一面镜子，映照出人性的光辉与阴暗、社会的光明与阴影。这种思想内涵的赋予，不仅提升了作品的艺术价值，也拓宽了读者的认知边界，激发了读者的思考欲望。

对于隐含读者而言，这些思想内涵如同宝藏，等待着他们去发现、去挖掘。在阅读过程中，他们会被作品所展现的深刻思想所吸引，进而产生强烈的共鸣和反思。这种共鸣和反思，不仅加深了他们对作品的理解，也促进了他们自我认知的提升和精神世界的丰富。

二、文学接受的发展

文学接受作为文学活动的重要环节，是读者在阅读文学作品过程中，通过感知、想象、情感、理解等多种心理功能的综合作用，对文本进行再创造的过程。这一过程不仅涉及读者与文本的直接交流，还深刻反映了社会文化、历史背景及个人经验对文学接受的影响。随着时代的变迁和文学理论的演进，文学接受展现出丰富的形态与发展轨迹，主要体现在填补、对话与兴味、还原与异变、理解与误解以及期待遇挫与艺术魅力等几个方面。

（一）填补、对话与兴味

第一，填补。文学作品作为一种符号系统，其意义并非固定不变，而是留有一定的空白和未定点，等待读者在阅读过程中通过想象和联想进行填补。这种填补是文学接受中不可或缺的一环，它使得作品的意义得以丰富和深化。例如，在诗歌中，诗人常常使用意象的跳跃和省略，留下广阔的想象空间，让读者根据自己的生活经验和审美趣味去填充这些空白，从而创造出独一无二的审美体验。这种填补的过程，既是对原作的补充和完善，也是读者自我表达和创造的体现。

第二，对话。文学接受不仅仅是对文本的单向解读，更是一种双向甚至多向的对话过程。读者在阅读时，会与作者、作品中的人物、情节乃至整个文化背景进行跨越时空的对话。这种对话促使读者不断反思自己的立场、观点和情感，同时也促使作品的意义在对话中得以生成和演变。在对话中，读者不仅理解了作品，也理解了自我，实现了心灵的成长和升华。

第三，兴味。文学接受中的兴味，源自作品本身所蕴含的艺术魅力和读者在阅读过程中产生的审美愉悦。兴味的产生，既需要作品具有足够的艺术感染力，能够激发读者的兴趣和好奇心；也需要读者具备相应的审美能力，能够捕捉到作品中的美点并产生共鸣。在兴味的驱动下，读者会主动投入更多的时间和精力去深入阅读和理解作品，从而获得更加丰富和深刻的审美体验。

（二）还原与异变

第一，还原。文学接受中的还原是指读者在解读作品时，努力回到作者创作的时代、社会环境和心理状态中去，力求理解和把握作品的原初意义和作者的真实意图。这种还原有助于消除因时空距离和文化差异而产生的误解和偏见，使读者能够更加接近作品的本真。然而，绝对的还原是不可能的，因为每个读者都是带着自己的前理解和文化背景去阅读作品的,这些因素不可避免地会影响读者的解读。

第二,异变是与还原相对应的,是指读者在解读作品时,由于个人经验、审美趣味、价值观念等方面的差异,对作品产生不同于作者原意或传统解读的新颖见解和独特感受。这种异变是文学接受中富有创造性的表现,它使得作品的意义不断得到丰富和拓展。异变不仅体现了读者的个性和创造力,也促进了文学作品的多样化和多元化发展。

(三)理解与误解

第一,理解在文学接受中的理解,是读者通过对文本的解读,把握作品的主题、情节、人物等要素,以及它们之间的关系和所蕴含的思想情感的过程。理解是文学接受的基础和前提,没有理解就没有真正的文学接受。理解的过程需要读者具备一定的阅读能力和审美素养,同时也需要读者投入足够的注意力和情感去体验作品。

第二,误解在与理解相对的是误解,即读者在解读作品时,由于各种原因(如语言障碍、文化背景差异、个人偏见等)而产生的对作品意义的歪曲或偏离。误解在文学接受中是难以避免的,但它并不总是消极的。有时,误解能够激发读者的想象力和创造力,促使读者从新的角度去思考和理解作品。当然,过度的误解或有意的曲解则会损害作品的艺术价值和社会意义。

(四)期待遇挫与艺术魅力

第一,期待遇挫在文学接受过程中,读者往往会根据自己的阅读经验和审美期待去预测和构想作品的内容、形式和风格。然而,当作品的实际呈现与读者的期待产生偏差或冲突时,便会产生期待遇挫的现象。期待遇挫虽然可能让读者感到失望或困惑,但它也是文学接受中一种重要的审美体验。期待遇挫促使读者重新审视自己的期待和作品的实际,从而发现新的审美价值和意义。

第二，艺术魅力。文学作品的艺术魅力，在很大程度上来源于其能够引发读者期待遇挫并进而激发读者深入探索和思考的能力。优秀的文学作品往往能够打破读者的常规期待，以独特的艺术手法和深刻的思想内涵吸引读者，使读者在期待遇挫后获得更加震撼和深刻的审美体验。这种艺术魅力是文学作品区别于其他艺术形式的重要标志之一，也是文学接受活动得以持续和深入发展的内在动力。

综上所述，文学接受的发展是一个复杂而多维的过程，它涉及填补、对话与兴味、还原与异变、理解与误解以及期待遇挫与艺术魅力等多个方面。这些方面相互交织、相互影响，共同构成了文学接受活动的丰富内涵和独特魅力。随着时代的变迁和文学理论的演进，文学接受将继续展现出新的形态和发展。

三、文学接受的高潮

在文学接受这一复杂而深邃的精神活动中，读者与作者或作品中的角色之间构建起一座无形的桥梁，通过这座桥梁，双方的思想与情感得以跨越时空的界限，产生深刻而强烈的共鸣。这一过程，不仅是文学作品生命力的展现，也是读者内心世界被触动与重塑的关键时刻，标志着文学接受活动进入了高潮阶段。

（一）共鸣

共鸣作为文学接受高潮的首要特征，是读者在阅读过程中与作品情感、思想乃至审美体验的高度契合与统一。它不仅仅是情绪上的共鸣，更是一种灵魂深处的交流与对话。当读者在阅读时，被作品中的人物命运、情感纠葛或深刻哲理所触动，内心深处便会响起与之相呼应的旋律，仿佛自己的经历、感受与作品中的一切融为一体，达到了"心有灵犀一点通"的境界。

具体而言，共鸣的产生源于多方面因素的共同作用。首先，文学作品作为情感与思想的载体，其本身的艺术魅力是引发共鸣的基础。优秀的作品能够巧妙地运用语言、结构、情节等元素,构建出一个既真实又超越现实的世界,让读者在阅读中感受到强烈的情感冲击和深刻的思考。其次,读者的个人经历、文化背景、审美趣味等也是影响共鸣的重要因素。不同的读者在阅读同一部作品时,可能会因为自身经历的不同而产生不同的共鸣点,这种个性化的共鸣使得文学作品具有了无限的可能性和解读空间。

共鸣的过程,实质上是一个双向的互动过程。一方面,读者通过作品中的文字符号,进入到一个由作者精心构建的想象世界,与作品中的人物同悲共喜,体验着他们的喜怒哀乐;另一方面,作品也在不断地被读者所解读、所重构,其意义和价值在不断地被丰富和深化。这种双向的互动,不仅使得文学作品具有了永恒的生命力,也使得读者的精神世界得到了极大的拓展和提升。

(二)净化

净化作为文学作品审美价值的体现,标志着文学接受进入高潮的又一重要表现。净化是读者通过阅读作品,达到"杂念去除,趋向崇高"的自我教育效果。文学接受过程中的净化作用主要表现在以下两个方面。

1. 进入虚幻的艺术境界

通过阅读文学作品,读者可以暂时脱离现实的困扰,进入一种虚幻的艺术境界,从而维持心灵的平衡。这种体验让读者在文学的世界中获得情感上的净化,暂时忘却世俗的烦恼。文学作品的艺术魅力在于其能将读者带入一个充满美好与诗意的世界,使读者在这种审美体验中获得心灵的慰藉。这种审美体验不仅是一种逃避现实的手段,更是对心灵的净化,使读者在虚幻的世界中得到情感的抚慰,维持内心的平衡。

文学作品通过其独特的艺术手法,将现实世界的复杂性和多样性进行艺术化处理,使读者在欣赏过程中,能够暂时忘却现实的困扰。文学作品中的情感描绘和情节设计,使读者在阅读过程中,与作品中的人物和情节产生共鸣，进入一种深层次的审美体验。这种体验不仅是一种情感的释放，更是一种心灵的净化，使读者在虚幻的艺术境界中，获得内心的平静和满足。

2. 情感宣泄与人格提升

文学作品中的某种情感力量能够震撼读者的心灵，使其情绪得以宣泄，心态得到矫正，人格变得纯正。这种情感的震撼不仅能够宣泄读者内心的压抑情绪，更能够使其心态得到调整，从而达到净化的效果。

文学作品通过其情感描写，使读者在阅读过程中，能够深刻感受到作品中人物的情感世界，从而引发自身情感的共鸣和震撼。这种情感的共鸣与震撼，使读者在阅读过程中，能够深刻感受到作品中的情感力量，从而达到情感的宣泄和心态的调整。通过这种情感的宣泄和心态的调整，读者能够获得内心的净化，使其人格得以提升。

（三）领悟

领悟是读者在阅读过程中由感性认知向理性思考的飞跃，读者开始更加深入地思考作品所蕴含的人生哲理、宇宙观念等深层次内容，进而达到一种超越自我、提升人格的精神境界。

领悟的过程是一个从具体到抽象、从感性到理性的升华过程。读者在阅读中，首先被作品中的故事情节、人物形象等具体元素所吸引，进而通过这些元素所传达的情感与思想，逐渐领悟到作品背后所蕴含的深刻哲理。这种哲理可能是关于人性的探讨、关于社会的批判、关于生命的感悟，也可能是关于宇宙奥秘的揭示。无论何种形式，它们都以一种独特而深刻的方式触动着读者的心灵，引领着读者走向一个更加广阔、深邃的精神世界。

在领悟的过程中，读者不仅要具备敏锐的感知力和深刻的思考力，还需要具备一定的文化素养和哲学修养。只有这样，才能更加准确地把握作品所传达的哲理内涵，更加深刻地理解作品所蕴含的人生智慧。领悟也是一个不断积累、不断深化的过程。随着读者阅读经验的增加和人生阅历的丰富，他们对作品的领悟也会越来越深刻、越来越全面。

（四）余味

在文学这片浩瀚无垠的海洋中，每一部作品都是一颗独特的星辰，它们以文字为舟，情感为帆，引领着读者穿越心灵的峡谷，探索人性的奥秘。当读者合上书本，或结束对一首诗的吟诵，那些鲜活的人物、细腻的场景、深邃的思想并未随之消散，反而在内心深处激起了层层涟漪，这便是文学接受活动中最为迷人且持久的现象——余味。

余味作为文学接受过程的高潮之后的心理延续，是作品与读者之间情感交流的深刻印记。它不仅仅是对作品内容的简单回忆，更是一种情感的共鸣与再创造。正如品茶之后，茶香久久不散，文学作品的余味也在读者的心田里生根发芽，滋养着精神的土壤。读者在作品中找到了自己的影子，或是被某种情感深深触动，这种体验在作品阅读结束后依然萦绕不去，成为心灵深处的一抹亮色。

文学作品之所以能够产生余味，首先在于其内容的丰富性和深刻性。优秀的作品往往能够通过细腻的笔触、生动的情节、深刻的哲理，让读者在阅读过程中获得丰富的情感体验和深刻的思考。这些体验与思考，在作品阅读结束后，并不会立即消失，而是会在读者的脑海中反复咀嚼，如同品味一杯陈年老酒，越品越有味。这种含英咀华的过程，正是余味产生的重要基础。文学作品中的情感意绪也会随着读者的生活经历、思想变化而不断发酵，产生新的理解和感悟。这种情感的延续，不仅丰富了读者的内心世界，也使得文学作品具有了超越时空的生命力。

余味的深远影响还体现在对读者审美趣味和精神气质的塑造上。文学作品以其独特的艺术魅力和思想深度，潜移默化地影响着读者的审美观念和价值取向。长期浸淫于优秀文学作品中的读者，其审美趣味往往会更加高雅，精神气质也会更加独特。这种影响是深远的，它不仅仅体现在对作品的欣赏能力上，更体现在对生活的态度、对世界的看法上。以郭沫若为例，他的浪漫气质和豪放文学个性，正是受到了庄子、屈原等古代文人的影响，以及歌德、拜伦、惠特曼等西方文学巨匠的熏陶。这些作品在余味层面上对他产生的深远影响，塑造了他独特的文学风格和人格魅力。

余味不仅仅局限于个体的审美体验和情感波动，它还具有广泛的社会效应。一部优秀的文学作品，能够通过其深刻的主题、生动的形象和感人的情节，激发读者的共鸣和反思，进而对社会产生积极的影响。例如，一些反映社会现实、呼吁公平正义的作品能够激发读者的正义感和责任感，推动社会的进步和发展。相反，一些消极有害的作品则可能让读者陷入颓废和迷茫之中，甚至对社会产生负面影响。这种负面余味的存在，也提醒我们要警惕不良文学作品的危害，积极倡导健康向上的文学风尚。

余味时间的长短及其效果性质，是评判一部作品价值高低的重要尺度。一部能够经受住时间考验、历久弥新的作品，往往具有深刻内涵和广泛共鸣力，能够在读者心中留下长久的余味。这种余味不仅是对作品本身的肯定，更是对作者才华和文学价值的认可。因此，在文学创作和接受过程中，我们应该注重作品的内在品质和思想深度，努力创作出能够引起读者共鸣、产生深远余味的优秀作品。作为读者，我们也应该积极培养自己的审美能力和鉴赏水平，善于从作品中汲取营养和力量，让文学余味成为我们精神世界中不可或缺的一部分。

第三节 文学批评的性质及标准

一、文学批评的性质

文学批评作为一个专业术语，具有其特定的含义和作用。与日常用语中的"批评"不同，它不仅仅是对负面因素的否定性判断，更注重的是对文学作品的分析与评论。在西方，文学批评一词源自希腊语，其原意为判断和评论，随后引申为批评和鉴定。而在汉语中，明清时期李贽、金圣叹等人的小说评点中，批评一词便已出现，主要用于对文学作品的评注和分析。到晚清时期，这一词汇作为现代学术术语被正式引入，形成了文学批评的概念。

文学批评的广义和狭义之分，进一步揭示了其内涵。广义的文学批评包括对作家作品、文学思潮和文学理论的分析研究，如同中国古代文学批评史中的各类著作一样，涵盖了对文学理论和思潮的研究。狭义的文学批评则主要是对具体作家作品的分析、研究与评价，强调在阅读和鉴赏的基础上进行深度解读。

二、文学批评的标准

文学批评的核心目的在于通过分析和探讨，揭示某一作家或作品的成功之处及不足，帮助读者提升文学鉴赏能力，协助诗人作家提高创作水平。在文学批评活动中，以下标准尤为重要。

（一）艺术水平

文学作为一门艺术，其价值首先体现在其艺术化程度上，包括语言的文学性、技巧的娴熟性与精当性等。文学艺术的独特之处在于其语言性，这种语言不同于日常交流语言、媒体广告语言或科学理论语言，而是一种具有情感性、内指性和陌生化特征的艺术化语言。文学创作通过特定的语言组合，创造出打动人心、激发想象的艺术形象。因此，评价一位作家或作品，首先要关注其语言的文学性。无论内容多么深刻有价值，若语言平庸刻板，便难以成为佳作。

技巧的娴熟性与精当性亦是评判的重要标准。优秀的诗歌通过恰当的意象组合及修辞手法创造出独特意境，和谐的节奏与韵律更增添其艺术魅力。小说的成功在于情节设计的出人意料又合情合理，人物形象的鲜明生动，散文则需情味悠长，舞台剧和影视剧剧本需符合表演或视觉需求。艺术性是文学艺术之为艺术的前提，缺乏艺术性的作品即使思想内容再重要，也无法称为有价值的文学。

（二）境界层次

文学批评注重作品意义的评价，但若仅从政治、道德等一般性视角出发，难以判定作品的真正价值。作品的价值与其达到的精神境界层次密切相关，境界层次反映了作家通过艺术手段对现实、人生、宇宙的体察、感悟与沉思。作品价值的高低，常见依次由低到高的自然、功利、道德、天地四重境界。

一些作品仅停留于对自然生命症状与感受的客观记录，文学意义不大。某些作品虽达到社会功利境界，在特定历史背景下产生重要影响，但时过境迁后，其艺术价值难以长久保存。另一些作品，如《牡丹亭》《三言》《二拍》中的部分篇目，虽然达到了批判封建礼教、向往个性自由的道德境界，但与天地境界相比，仍显不足。天地境界之作则超越了自然感官体验及政治、道德视野，以博大的宇宙襟怀体察万物，悲悯众生，如《哈姆雷特》《红楼梦》《卡拉马佐夫兄弟》等名著，展现出更为宏阔的诗性精神空间。

（三）历史贡献

评判作品价值还需将其置于特定历史坐标点上考察。一方面，考察其是否反映了某一历史时期的客观真实面貌，是否深刻描绘和揭示了这一时期人们的生活与精神世界，对时代问题是否有所回应和反思；另一方面，看其在艺术形式、人物形象、内在意蕴等方面，与前人及同时代人相比，有何独特创造与新贡献。

例如，莎士比亚作为西方人文主义杰出代表，他的创作体现了文艺复兴时期以人为本的精神价值，形式上突破了古典戏剧模式，语言富于诗意与哲理，创造出一系列不朽的人物形象，表达了文艺复兴核心思想。在中国，曹雪芹的《红楼梦》之所以伟大，不仅因其结构严谨、笔墨精粹，还因其创造了前所未有的鲜活人物形象，内含丰富的人生、社会、历史思想。鲁迅的现代文学成就则在于白话小说文体方面的开拓，个性化人物的创造，以及对国民劣根性的反思。

第四节 文学批评的原则与方法

一、文学批评的原则

（一）客观性与客观判断

文学批评的首要原则是确保客观性和客观判断的实施。这意味着评价文学作品时，批评者需要超越个人偏见和情感倾向，依据客观的标准进行分析和评判。客观性的实现涉及对文学作品中各种元素（如情节、人物、语言运用等）的客观描述和分析，避免主观臆断和情绪化的评价。

（二）文本分析与深度解读

文学批评强调对文本本身的深度分析和解读。这包括对作品结构、主题、象征意义等方面的细致探讨，通过系统化的方法揭示文本内在的意义和价值。文本分析不仅限于表面现象的描述，更关注背后的隐含信息和文学语言的多重层次解读。

（三）历史和文化背景的考量

文学批评的另一重要原则是考虑作品所处的历史和文化背景。文学作品往往反映了特定时代和社会的价值观念、思想风貌和文化氛围，因此理解和分析文学作品必须考虑到这些背景因素。历史和文化背景的考量有助于更全面地解读作品的意义，并将其置于更广泛的社会语境中。

(四)比较与对照分析

文学批评强调通过比较和对照分析来深化对作品的理解。这种方法可以通过将文学作品与其他作品、不同文学流派或文化背景中的作品进行比较,以揭示其共性和差异性。比较分析不仅拓展了对作品的视野,还有助于突出其独特之处和普遍性的价值。

(五)批评与创新的平衡

文学批评需要在传统批评方法和创新批评观念之间取得平衡。传统批评方法沿袭了长久的文学理论和批评实践,而创新批评则不断探索新的分析视角和批评框架。在文学批评的实践中,批评者需要灵活运用传统和创新的元素,以丰富和深化对文学作品的理解和评价。

二、文学批评的方法

(一)文学批评的理论方法

文学批评与文学理论密切相关。批评活动往往基于某一理论视角,按其相应的理论观念进行。具有代表性并被广泛应用的文学批评的理论方法有精神分析批评、文本批评、原型批评、读者反应批评、女性主义批评、生态批评等。

1. 精神分析批评

精神分析批评作为文学批评领域的一股重要力量,其根基深深扎根于西格蒙德·弗洛伊德的精神分析学说之中。这一理论框架不仅揭示了人类心理活动的复杂性与深邃性,更为文学解读开辟了一条通往作家潜意识世界的道路。在精神分析批评的视角下,文学作品不再仅仅是文字与情节的堆砌,而是作家内心无意识欲望、恐惧、冲突与梦想的镜像。

◎ 文学理论与文艺学研究

通过对文本中微妙象征的解读，如梦境的描绘、隐喻的运用以及反复出现的意象，精神分析批评家能够抽丝剥茧，揭示出隐藏于作品背后的深层心理结构。例如，对莎士比亚悲剧《哈姆雷特》的分析，可能会聚焦于哈姆雷特延宕复仇的行为，通过精神分析理论，解读为其内心深处"俄狄浦斯情结"与对死亡恐惧的交织体现。同时，该方法也鼓励对作品中人物的心理动机进行深度剖析，理解其行为背后的无意识驱动力，从而更加全面地把握作品的内在逻辑与情感张力。

2. 文本批评

文本批评或称新批评，是20世纪文学批评领域的一场革命，它强调文学作品本身的自足性与独立性。在这一理论框架下，文学作品被视为一个封闭而完整的艺术系统，其意义和价值完全蕴含在文本的字里行间，而非依赖于作者的创作意图或读者的主观感受。

文本批评家们运用精细的语言分析和结构剖析，探索作品内部的语言魅力、意象构建、修辞技巧以及叙事策略。他们相信，通过对文本语言的精雕细琢，作者能够创造出超越现实世界的艺术真实，而读者则需通过细致的阅读和深入的分析，才能领略到这种艺术真实的魅力。文本批评不仅提升了文学作品的审美价值，也促进了文学批评的科学性和客观性，使文学研究更加聚焦于作品本身的艺术成就。

3. 原型批评

原型批评作为文学批评的又一重要分支，其理论基础融合了卡尔·荣格的集体无意识学说与诺思洛普·弗莱的神话原型理论。这一方法认为，文学作品不仅仅是个人创作的产物，更是人类共同文化心理与集体记忆的传承载体。在漫长的历史长河中，某些人物、情节、主题等原型不断被重复与再创造，它们跨越时空界限，成为连接不同文化与时代的桥梁。

原型批评家通过挖掘文学作品中反复出现的象征与模式，揭示了这些原型背后所蕴含的人类共通心理模式和文化象征。例如，对《红楼梦》中"宝黛爱情"的原型分析，可能将其与古代神话中的"人神之恋"相联系，探讨其背后对于理想爱情与命运无常的深刻反思。原型批评不仅加深了我们对文学作品的理解，也拓宽了文学研究的视野，使我们能够从一个更为宏观和深邃的角度审视文学与文化的内在联系。

4. 读者反应批评

读者反应批评作为文学批评领域的一股重要力量，深刻揭示了文学作品的意义并非孤立地存在于文本之中，而是与读者的阅读过程紧密相连，是一个动态生成的过程。这一理论框架强调，每位读者都是独特的个体，他们带着各自的生活经历、文化背景、心理状态以及情感倾向进入文本，这些个人因素在解读过程中不断与作品对话，从而产生多元化的意义解读。

在读者反应批评的视角下，文学作品成为一个开放的、未完成的作品，等待着不同读者的填充和完善。例如，同一部小说，在不同年龄、性别、职业甚至同一读者在不同生命阶段的阅读下，可能会产生截然不同的感受和解读。这种批评方法鼓励读者积极参与文本的再创造，将个人体验融入对作品的理解中，从而丰富了文学作品的内涵和外延。

读者反应批评还强调了文学教育的意义，即通过引导读者关注自己的阅读体验，培养他们的批判性思维和同理心，使他们能够更加深入地理解文学作品，同时也更加理解自己和他人。这一过程不仅促进了文学作品的广泛传播和接受，还促进了社会文化的多样性和包容性。

5. 女性主义批评

女性主义批评自诞生以来，就以其独特的性别视角深刻影响了文学研究的格局。该方法不仅仅是对女性作家和女性作品的研究，更是一种对文学中性别偏见和不平等的全面审视与批判。它致力于挖掘文学作品中隐藏或显性的性别歧视，揭示女性在历史、社会和文化中的边缘化地位。

女性主义批评者通过对经典文学作品的重新解读，发现了许多被传统批评忽视或误读的女性形象。这些形象往往被塑造为附属品、牺牲者或反派，反映了当时社会对女性的偏见和限制。通过对这些形象的批判性分析，女性主义批评旨在打破这些刻板印象，恢复女性在文学中的主体地位，促进性别平等的文学表达。

女性主义批评还关注男性作家作品中的性别问题，指出即使是男性作家，在创作过程中也可能受到社会性别观念的影响，从而在作品中无意识地再现性别不平等。这种跨性别的视角使得女性主义批评更加全面和深刻，也为文学研究提供了新的方向和可能。

6. 生态批评

随着环境问题的日益严峻，生态批评作为一种新兴的文学批评方法，逐渐受到了学术界的广泛关注。该方法将文学作品视为反映人与自然关系的镜子，通过对作品中生态主题的深入挖掘，揭示人类活动对自然环境造成的破坏和威胁。

生态批评者关注文学作品中的自然景观描写、生态危机呈现以及环境伦理探讨等内容，通过这些元素的分析，批判了人类中心主义的思想观念，呼吁人们重新审视人与自然的关系，树立尊重自然、保护环境意识。生态批评还强调文学作品在生态意识培养中的重要作用，认为文学作品能够激发读者的环保情感，引导他们关注环境问题，积极参与环境保护行动。

在具体实践中，生态批评不仅关注自然环境的描写和呈现，还关注作品中人物与自然的互动关系，以及这种关系如何影响人物的性格、命运和道德选择。通过对这些复杂关系的分析，生态批评揭示了文学作品在传达生态观念、塑造生态人格方面的独特价值，为文学批评和生态保护事业提供了新的思路和方法。

总之，文学批评的理论方法是多样且不断发展的，每一种方法都有其独特的视角和关注点。在文学批评实践中，批评者可以根据具体的作品特点和研究目的，选择合适的理论方法进行分析。这些方法不仅丰富了文学批评的理论视野，也为文学研究提供了多样化的路径和工具。

（二）文学批评的实践方法

在文学研究的广阔领域中，文学批评作为一项重要的实践活动，不仅是对文学作品进行深入解读与评价的过程，也是促进文学理论与创作交流互鉴的桥梁。它要求批评者具备敏锐的洞察力、深厚的文学素养以及严谨的逻辑思维能力。以下阐述文学批评的三大实践方法：批评性阅读、确定批评观点以及进行理性分析。

1. 批评性阅读

批评性阅读是文学批评的基石，它超越了普通阅读的层面，要求读者在阅读过程中保持主动、质疑与反思的态度，深入文本内部，挖掘其深层含义与多重价值。这一过程不仅涉及对文字表面信息的接收，更强调对作品结构、主题、人物、语言风格等方面的全面剖析。

（1）初步感知与整体把握。批评性阅读的第一步是初步感知作品，通过快速浏览形成对作品的初步印象。这一阶段，读者应关注作品的体裁、背景、情节梗概等基本信息，为后续深入分析奠定基础。随后，通过仔细阅读全文，尝试构建作品的整体框架，理解其宏观结构与叙事逻辑。

（2）细读文本，捕捉细节。在整体把握的基础上，批评性阅读进入细读阶段。这一阶段，读者需放慢阅读速度，仔细品味作品中的每一个细节，包括人物对话、环境描写、象征隐喻等。这些细节往往是作者情感表达与思想传递的重要载体，通过捕捉这些细节，读者能够更深入地理解作品的深层意蕴。

（3）质疑与反思。批评性阅读的核心在于质疑与反思。读者在阅读过程中应不断提出问题，如"作者为何如此安排情节？""这一人物形象的塑造有何深意？"等，并通过与文本对话、查阅资料、对比其他作品等方式寻求答案。读者还需反思自己的阅读体验与理解过程，避免陷入主观臆断或盲目接受的误区。

2. 确定批评观点

在充分进行批评性阅读的基础上，批评者需要明确自己的批评观点。这一观点是批评者基于个人理解、学术背景及时代语境对作品作出的价值判断与解读。确定批评观点的过程，实际上是批评者将个人视角与作品内在价值相融合的过程。

（1）提炼主题与思想。批评观点的形成往往始于对作品主题与思想的提炼。批评者需深入剖析作品所探讨的核心问题、所表达的主要思想以及所蕴含的情感态度。通过提炼主题与思想，批评者能够把握作品的灵魂所在，为确定批评观点提供方向性指导。

（2）权衡多方因素。在确定批评观点时，批评者还需权衡多方因素。这包括作品的历史背景、文化语境、作者意图以及读者的接受情况等。不同的历史阶段、文化背景和读者群体可能会对同一作品产生截然不同的解读。因此，批评者需具备宽广的视野和包容的心态，充分考虑这些因素对批评观点的影响。

（3）明确表述与逻辑构建。最终，批评者需要将自己的批评观点以明确、清晰的方式表述出来。这要求批评者具备良好的语言表达能力和逻辑构建能力。在表述过程中，批评者需确保观点明确、论据充分、逻辑严密，以说服读者接受自己的解读与评价。

3. 进行理性分析

理性分析是文学批评的关键环节，它要求批评者运用科学的思维方法和专业的理论知识对作品进行深入剖析与论证。通过理性分析，批评者能够揭示作品的内在价值、艺术特色及存在问题，为文学理论的发展与文学创作的进步提供有力支持。

（1）结构分析。结构分析是理性分析的重要组成部分。批评者需关注作品的组织结构、情节安排以及叙事技巧等方面。通过分析作品的结构特点，批评者能够揭示作者如何运用结构来传达思想、塑造人物、营造氛围等。同时，结构分析还有助于批评者发现作品在结构上的创新之处或不足之处。

（2）人物形象分析。人物形象是文学作品中不可或缺的元素之一。批评者需对作品中的人物形象进行深入分析，包括人物的性格特征、行为动机、心理变化以及人物关系等方面。通过分析人物形象，批评者能够揭示作品所反映的社会现实、人性弱点以及作者的审美追求等。同时，人物形象分析还有助于批评者评估作品在塑造人物方面的成功与失败。

（3）语言风格与修辞手法分析。语言是文学作品的载体，其风格与修辞手法的运用直接影响到作品的表达效果与审美价值。批评者需对作品的语言风格进行细致分析，包括词汇选择、句式结构、修辞手法等方面。通过分析语言风格与修辞手法，批评者能够揭示作品的艺术特色、情感色彩以及作者的创作风格等。同时，语言风格与修辞手法分析还有助于批评者发现作品在语言表达方面的独特之处或存在的问题。

（4）比较研究与跨学科视角。在进行理性分析时，批评者还可采用比较研究与跨学科的视角来拓宽分析的深度和广度。

第一，比较研究。比较研究是将当前作品与其他相关作品进行对比分析的方法。这种对比可以是同一作者不同时期的作品对比，也可以是不同作者、不同文化背景下相似主题或体裁的作品对比。通过比较研究，批评者能够发现作品之间的异同点，揭示文学发展的脉络、流派特色以及作者个人的创作演变。同时，比较研究还有助于批评者更全面地理解当前作品在文学史上的地位与影响。

第二，跨学科视角。跨学科视角强调将文学批评与其他学科的理论与方法相结合，如心理学、社会学、历史学、哲学等。这种跨学科的融合能够为文学批评提供新的视角和理论支撑，使批评更加深入和全面。例如，运用心理学理论分析作品中人物的心理变化与动机；运用社会学理论探讨作品所反映的社会现实与阶级矛盾；运用历史学理论考察作品在历史语境中的意义与价值；运用哲学理论探讨作品所蕴含的哲学思想与人生哲理。跨学科视角的引入，不仅丰富了文学批评的内涵，也促进了文学与其他学科的交流与融合。

第五章 文学效果的深度解析

文学作为人类情感与智慧的结晶,其效果远不止于文字表面的叙述。深入解析文学效果是探索作品深层意蕴、理解作者创作意图的关键,这一过程不仅涉及对文本语言、结构、主题的细致剖析,还需结合时代背景、文化语境等多维度考量。鉴于此,本章主要围绕文学效果的基本范畴、文学效果的复杂性解读、文学效果的社会机制进行研究。

第一节 文学效果的基本范畴

一、文学效果的个体效果与群体效果

在文学研究的广阔领域中,探讨文学作品如何在不同层面上产生影响,是理解文学价值与社会功能的关键所在。文学效果作为衡量文学作品成功与否的重要标尺,其复杂性体现在它既能够深刻触及个体的内心世界,又能在更广泛的社会群体中引发共鸣与变革。

◎ 文学理论与文艺学研究

（一）文学效果的个体效果

1. 情感共鸣与心理投射

文学作品的个体效果体现在对读者情感的深刻触动上，优秀的文学作品往往能够精准捕捉人类共通的情感体验，如爱、恨、悲、喜、恐惧与希望等，通过细腻的文字描绘和生动的情节构建，使读者在阅读过程中产生强烈的情感共鸣，这种共鸣不仅加深了读者对作品内容的理解，还促使他们在情感上与作品中的角色或情境产生联系，实现心理投射，即将个人的情感、经历或愿望投射到作品中的人物或事件上，从而获得一种替代性的满足或释放。

2. 审美体验与心灵净化

文学作品的个体效果还体现在审美体验上。通过阅读，读者能够感受到文字背后的韵律美、意境美和情感美，这种审美体验不仅能够满足人们的精神需求，还能在潜移默化中提升他们的审美情趣和审美能力。文学作品中的正面价值观和道德观念，如善良、勇敢、正直等，能够引导读者向善向美，实现心灵的净化和升华。

（二）文学效果的群体效果

1. 社会共识与价值观塑造

文学作品在群体层面上的效果主要体现在对社会共识的形成和价值观的塑造上。文学作品作为社会文化的载体，往往承载着特定的时代精神和社会理想。通过广泛的传播和接受，文学作品中的思想观念和价值观念能够逐渐渗透到社会各个阶层和领域，形成广泛的社会共识，这种共识不仅有助于维护社会稳定与和谐，还能推动社会进步和发展。文学作品中的正面人物形象和道德典范，能够为社会树立榜样，引导人们树立正确的价值观和道德观。

2. 文化传承与身份认同

文学作品在群体效果上承担着文化传承的重要使命。文学作品是民族文化的重要组成部分，它们通过讲述历史故事、描绘风土人情、展现民族精神等方式，将民族文化的精髓传递给后代，这种文化传承不仅有助于保持民族文化的连续性和独特性，还能增强民族成员的身份认同感和归属感。在阅读文学作品的过程中，读者能够感受到自己与民族文化的紧密联系，从而更加珍视和传承这份宝贵的文化遗产。

（三）个体效果与群体效果的相互作用

文学效果的个体效果与群体效果并非孤立存在，而是相互关联、相互作用的。一方面，个体在阅读文学作品时产生的情感共鸣、认知拓展和审美体验等效果，会促使他们将这些感受和经验分享给周围的人或群体，从而引发更广泛的共鸣和讨论，这种个体向群体的传播过程，有助于形成更加广泛和深入的社会共识和价值观塑造；另一方面，群体效果中的社会共识、文化传承和变革推动等力量，也会反过来影响个体的阅读体验和认知过程。例如，当一种社会共识或价值观念被广泛接受时，它将成为个体阅读文学作品时的重要参考和评价标准；而当社会发生变革时，文学作品也会随之发生变化和调整以适应新的社会需求和审美趋势。

二、文学效果的审美效果与非审美效果

"作为文学的基本构成要素，文学语言是一种审美化的语言形式，其审美特征可概括为韵律性、蕴藉性、修辞性和陌生化。"[1] 文学语言的艺术表现是多元的，大体包括塑造间接性艺术形象、反映恢宏幽微的物质化世界、探求有意味的情感世界。文学作品的审美效果与非审美效果构成了两个既独

---

[1] 张晨霞. 文学语言的审美特征、艺术表现及当代意义 [J]. 长春大学学报, 2024, 34 (3): 36.

立又相互交织的维度，这两种效果不仅深刻影响着读者的阅读体验与心理认知，还广泛作用于社会文化的发展与变迁。

（一）文学效果的审美效果

1. 审美体验的深度与广度

审美效果是文学作品最直接且显著的影响之一，它关乎读者在阅读过程中获得的审美愉悦与心灵震撼。文学作品通过文字构建的艺术世界，以其独特的语言魅力、情节构思与意象营造，为读者提供了丰富而深刻的审美体验，这种体验不仅局限于感官层面的享受，更在于心灵层面的触动与启迪。读者在品味文学之美时，能够感受到作品所蕴含的情感力量、思想深度与艺术创造力，从而在精神层面得到升华与净化。

2. 审美标准的多样性与动态性

审美效果还体现在读者对文学作品审美价值的评判与接受过程中。由于个体审美经验的差异性和审美标准的多样性，不同读者对同一部作品可能产生截然不同的审美感受与评价，这种多样性不仅丰富了文学作品的审美内涵，也促进了文学艺术多元发展。审美标准并非一成不变，而是随着社会文化的变迁与读者审美需求的演变而不断发生变化。文学作品在经受历史与时间的考验后，其审美价值往往能够得到更为全面和深入的认识与评估。

3. 审美教育的功能与价值

审美效果还具有重要的教育功能与价值。文学作品作为审美教育的重要载体，通过展现人性的光辉与阴暗、社会的真善美与假恶丑，引导读者树立正确的审美观念与价值取向。在阅读过程中，读者不仅能够获得审美愉悦与心灵滋养，还能够提升自己的审美素养与批判性思维能力，这种审美教育不仅有助于个体全面发展与成长，还能够促进社会文化进步与繁荣。

（二）文学效果的非审美效果

1. 认知与知识的拓展

文学作品在产生审美效果的同时，也具备显著的认知与知识拓展功能。通过阅读文学作品，读者可以接触到不同的思想观念、文化背景和社会现象，从而拓宽自己的认知视野和知识储备。文学作品中的历史叙述、人物塑造与情节构建等元素，为读者提供了丰富的知识素材与思维启示，这种认知与知识的拓展不仅有助于提升读者的综合素质与思维能力，还能够为他们提供更加广阔的人生视野与思想空间。

2. 情感与心理的慰藉

文学作品还具有强大的情感与心理慰藉功能。在现实生活中，人们往往面临各种压力与挑战，需要寻找情感宣泄与心理安慰的途径。文学作品通过展现人性的复杂性与多样性、描绘生活的艰辛与美好等方式，为读者提供了情感共鸣与心理支持的场所。在阅读过程中，读者能够将自己的情感与经历投射到作品中的人物或情境上，从而获得一种替代性的满足与释放，这种情感与心理的慰藉不仅有助于缓解读者的心理压力与负面情绪，还能够提升他们的心理健康水平与生活质量。

（三）审美效果与非审美效果的相互关系

审美效果与非审美效果在文学作品中并非孤立存在，而是相互依存、相互促进的关系。一方面，审美效果是文学作品吸引读者、激发阅读兴趣的重要因素之一。只有具备较高审美价值的作品才能够吸引读者的关注与喜爱，进而产生更加深入和广泛的非审美效果。另一方面，非审美效果也是审美效果得以深化与拓展的重要保障。读者在获得审美愉悦的同时，也需要通过认知拓展、情感慰藉和社会批判等非审美效果来丰富自己的阅读体验与人生感悟。

三、文学效果的精神效果与经济效果

文学作品的精神效果与经济效果虽性质迥异，却相互交织，共同构成了文学作品在社会文化及经济领域中的综合影响力。

（一）精神效果的深度剖析

1. 认知拓展与价值观塑造

文学作品是认知拓展与价值观塑造的重要载体。通过阅读，读者能够接触到不同的文化背景、历史时期和社会现象，从而拓宽视野，增长见识。文学作品中的道德观念、价值取向等也影响着读者的思想观念与行为选择。例如，简·奥斯汀的《傲慢与偏见》通过对婚姻观念的探讨，传递了平等、尊重与真爱的价值观，对当时及后世读者的婚恋观产生了深远影响。

2. 审美体验与创造力激发

文学作品的精神效果体现在其提供的审美体验上，这种审美体验不仅能够提升读者的审美情趣与艺术鉴赏力，还能够激发其创造力与想象力，促进创新思维的发展。例如，卡夫卡的《变形记》以其荒诞不经的情节和深刻的象征意义，挑战了读者的传统认知，激发了人们对现实世界的重新思考与想象。

（二）经济效果的多元展现

1. 文化产业的推动

文学作品的经济效果体现在对文化产业的直接贡献上。随着文化产业的兴起与发展，文学作品作为文化产品的重要组成部分，其创作、出版、传播等环节均涉及庞大的经济链条。优秀文学作品的问世不仅能够带动图书出版业的繁荣，还能促进影视改编、游戏开发、周边商品销售等相关产业的发展，形成庞大的文化产业集群。例如,《哈利·波特》系列小说的成功,不仅让作者J·K.罗琳成为全球最富有的女性作家之一,还带动了电影、主题公园、玩具等一系列衍生产品的热销,为英国乃至全球的文化产业带来了巨大的经济效益。

2. 旅游经济的拉动

文学作品通过其独特的地理背景与人文景观描写,对旅游经济产生积极影响。许多文学作品中的场景成为读者心中的旅游首选地,吸引着大量游客前往探访,这种"文学旅游"现象不仅促进了当地旅游业的发展,还带动了餐饮、住宿、交通等相关行业的繁荣。例如,中国古典名著《红楼梦》中的大观园、荣国府等场景成为许多游客的必游之地,为当地旅游业的发展注入了新的活力。

3. 品牌价值的提升

一些经典文学作品通过其深厚的文化底蕴与广泛的影响力,成为品牌塑造与提升的重要资源。企业可以利用文学作品的知名度与美誉度,进行品牌命名、广告宣传等营销活动,以增强品牌的识别度与亲和力。例如,许多国际知名品牌都曾以文学作品中的元素为灵感进行品牌设计或宣传策划,成功实现了品牌价值的提升与市场的拓展。

(三)精神效果与经济效果的相互作用

文学作品的精神效果与经济效果并非孤立存在,而是相互依存、相互促进的。一方面,精神效果是经济效果的基础与前提。只有具备深刻思想内涵、独特艺术魅力与广泛社会影响力的文学作品,才能吸引更多读者的关注与喜爱,进而产生显著的经济效果。另一方面,经济效果为精神效果的传播与深化提供了有力支持。通过文化产业的发展、旅游经济的拉动以及品牌价值的提升等渠道,文学作品得以更广泛地传播与接受,其精神内涵与价值观念也得以更深入地影响社会大众。

四、文学效果的积极效果与消极效果

文学作品的效果能够展现出积极与消极两面性,这两种效果如同双刃剑,既为人类社会带来了丰富的精神滋养与深刻的社会变革,也可能在特定情境下引发争议、误导或甚至产生负面影响。

(一)积极效果的广泛体现

1. 心灵启迪与道德教化

文学作品的积极效果体现在其对读者心灵的启迪与道德教化作用上。优秀的文学作品往往通过生动的情节、鲜明的人物形象和深刻的主题思想,引导读者思考人生、道德、社会等重大问题,激发其内在的道德情感和责任感。例如,托尔斯泰的《战争与和平》不仅展现了拿破仑入侵俄国时期的历史画卷,更深刻探讨了人性的光辉与阴暗、爱与牺牲等主题,对读者产生了强烈的道德震撼和心灵洗礼,这种启迪与教化作用,有助于提升读者的道德水平,促进社会风气的净化。

2. 社会批判与变革推动

文学作品具有强烈的社会批判功能,能够揭示社会现实中的不公、腐败、压迫等问题,激发读者的正义感和改革愿望。许多文学作品通过虚构或纪实的方式,揭露了社会黑暗面,呼吁人们关注并改变现状。例如,鲁迅的短篇小说集《呐喊》以犀利的笔触批判了封建社会的种种弊端,激发了民众的觉醒和反抗精神,对中国社会的现代化进程产生了深远影响,这种社会批判与变革推动的积极效果,是文学作品不可忽视的重要价值。

(二)消极效果的潜在风险

1. 误导与偏见

尽管文学作品具有诸多积极效果,但其消极效果也不容忽视,文学作品中的某些内容可能存在误导性,尤其是当作者的主观偏见或时代局限性融入其中时,这种误导不仅可能误导读者对历史事件、人物形象等的认知,还可能加剧社会偏见和歧视。例如,某些文学作品中对特定群体的刻板印象和偏见描绘,可能加剧社会对该群体的误解和排斥。

2. 情感操控与心理影响

文学作品具有一定的情感操控能力,能够通过情节设置、人物塑造等手段影响读者的情绪和心理状态,这种情感操控在特定情境下可能产生消极效果,如引发读者的焦虑、抑郁等负面情绪,甚至导致心理问题的产生。例如,一些恐怖小说或悬疑作品通过营造紧张刺激的氛围和情节转折,让读者长期处于高度紧张状态,可能对心理健康造成不利影响。

3. 商业化与低俗化倾向

随着市场经济的发展和文学产业的商业化趋势加剧,文学作品也面临着低俗化、娱乐化等风险。一些文学作品为了迎合市场需求和读者口味,过分追求情节刺激和感官享受,忽视了文学作品的思想性、艺术性和审美价值,这种商业化与低俗化倾向不仅损害了文学作品的品质和社会形象,还可能对读者的审美观念和价值取向产生负面影响。

(三)积极效果与消极效果的辩证关系

文学效果的积极与消极两面性并非孤立存在,而是相互交织、相互影响的。在评价文学作品的效果时,应坚持辩证的观点和方法论原则,既看到其积极的一面,也认识到其潜在的消极影响;还应关注不同读者群体、不同社会背景下文学效果的差异性和复杂性。例如,对于同一部文学作品,不同读者可能因其个人经历、文化背景、价值观念等方面的差异而产生截然不同的阅读体验和效果评价。因此,在推广和传播文学作品时,应充分考虑读者的多样性和差异性,避免一刀切的做法和单一的评价标准。

五、文学效果的外显效果与潜隐效果

（一）文学效果的外显效果

1. 即时反馈与直接感知

外显效果是指文学作品在读者阅读过程中直接产生的、可观察或可测量的影响，这种效果往往通过读者的即时反馈和直接感知得以体现。例如，一部引人入胜的小说可能让读者在阅读时全神贯注，忘却时间流逝；一首动人的诗歌则可能触动读者的心弦，引发强烈的情感共鸣，这些即时反馈和直接感知是文学作品外显效果最为直观的表现，它们不仅增强了读者的阅读体验，也验证了文学作品的艺术魅力。

2. 社会反响与舆论导向

外显效果体现在文学作品在社会层面上的广泛影响。优秀的文学作品往往能够引起社会的广泛关注与讨论，形成一定的社会反响，这种反响可能表现为读者的热烈追捧、评论家的专业点评、媒体的广泛报道以及社会各界的热烈讨论。通过这些渠道，文学作品中的思想观念、价值取向和审美趣味得以广泛传播，进而影响整个社会的舆论导向和文化氛围。例如，一部反映社会现实的小说可能引发公众对某一社会问题的关注与讨论，推动相关政策的制定与实施；一首赞美英雄主义的诗歌则可能激发人们的爱国情怀和奋斗精神。

3. 行为改变与实践影响

在更深层次上，外显效果还可能导致读者行为上的改变和实践上的影响。文学作品通过其独特的艺术手法和深刻的思想内涵，能够激发读者的内在动力，促使他们采取行动去改变现状或追求理想。例如，一部励志小说可能激励读者勇敢面对困难与挑战，努力追求自己的梦想；一部环保题材的文学作品可能唤起人们对环境保护的重视与行动，这些行为改变和实践影响是文学作品外显效果最为深远的表现，它们不仅体现了文学作品的社会功能与价值，也彰显了文学在推动社会进步与人类文明发展方面的积极作用。

（二）文学效果的潜隐效果

1. 潜意识的激发与塑造

相较于外显效果的直接与明显，潜隐效果则更为微妙与深远，它主要作用于读者的潜意识层面，通过潜移默化的方式影响读者的心理结构与认知模式。文学作品中的语言、意象、情节等元素能够深入读者的内心世界，激发其潜意识中的情感、记忆与联想，进而塑造其独特的心理结构与认知模式。例如，一部富含象征与隐喻的文学作品可能让读者在潜意识中建立起对某种观念或价值的认同与追求；一个复杂多变的叙事结构可能激发读者的思维活力与创造力，这些潜意识的激发与塑造是文学作品潜隐效果的重要表现之一。

2. 长期影响与深远意义

潜隐效果的另一个显著特点是其长期性与深远性。与外显效果的即时性不同，潜隐效果往往需要经过时间的沉淀与积累才能逐渐显现其影响。文学作品中的思想观念、价值取向和审美趣味等要素可能在读者心中留下深刻的烙印，并在其未来的生活与工作中持续发挥作用。例如，一部经典的文学作品可能陪伴读者度过人生的多个阶段，成为其精神世界的重要支柱；一种独特的文学风格或表现手法可能影响一代甚至几代作家的创作实践，这些长期影响与深远意义是文学作品潜隐效果最为宝贵的价值所在。

3. 文化传承与精神遗产

在更广阔的文化背景下，潜隐效果还体现在文学作品对文化传承与精神遗产的贡献上。文学作品作为人类文化的重要组成部分，承载着丰富的历史记忆与文化传统，它们通过代代相传的方式将人类文明的精髓传递给后人，成为连接过去与未来的桥梁。在这个过程中，文学作品的潜隐效果得以充分发挥其作用，它们不仅让读者在潜移默化中接受并认同某种文化传统或价值观念，还激发了他们对人类文明的敬畏与热爱之情，这种文化传承与精神遗产的积累与传承是文学作品潜隐效果最为崇高的使命与担当。

（三）外显效果与潜隐效果的相互关系

外显效果与潜隐效果在文学作品中并非孤立存在而是相互依存、相互作用的。一方面，外显效果为潜隐效果提供了表现的舞台与载体。文学作品通过其直接而明显的艺术效果吸引读者的关注与喜爱，进而为其潜隐效果的发挥创造有利条件。另一方面，潜隐效果为外显效果提供了深厚的底蕴与支撑。文学作品中的思想观念、价值取向和审美趣味等要素通过潜隐的方式深入读者的内心世界，为其外显效果的产生提供了内在动力与源泉。

六、文学效果的直接效果与间接效果

文学作品作为人类情感、思想及经验的艺术化表达，其影响力远不止于文字表面的叙述，而是深入读者的内心世界，乃至对整个社会文化环境产生潜移默化的作用，这种影响可以细分为直接效果与间接效果两大层面，它们相互交织，共同构成了文学作品多维度的社会与文化价值。

（一）文学效果的直接效果

1. 情感共鸣与心理体验

文学作品的直接效果体现在读者情感层面的即时反应上。优秀的文学作品能够精准捕捉并细腻描绘人类情感的细微变化，使读者在阅读过程中产生强烈的情感共鸣，这种共鸣不仅限于快乐、悲伤、愤怒等基本情绪，更包括了对人性深刻洞察后的复杂情感体验，如同情、怜悯、敬佩等。通过文字构建的场景与人物命运，读者仿佛亲历其境，体验着故事中人物的喜怒哀乐，进而实现了一次心灵的旅行与情感的净化。

2. 认知启迪与知识增长

直接效果体现在文学作品对读者认知能力的促进作用上。文学作品往往以独特的视角和深刻的洞察力揭示社会现实、历史变迁、人性本质等深层次问题，为读者提供了丰富的知识信息与独特的思考角度。通过阅读，读者不仅能够了解到不同文化背景下的社会风貌、风俗习惯，还能在故事中学习到智慧与哲理，提升个人的思维水平与认知能力。

（二）文学效果的间接效果

1. 社会文化批判与反思

与直接效果相比，文学作品的间接效果更为深远且持久，文学作品作为社会文化的一面镜子，往往通过对现实社会的艺术再现，揭示社会矛盾，批判不良现象，激发公众对社会问题的关注与思考，这种批判与反思不仅促进了社会意识的觉醒，还推动了社会文化的进步与发展。例如，许多经典文学作品都以其深刻的主题与独特的视角，对社会制度、道德观念、人性弱点等进行了深入剖析与批判，引发了广泛的社会讨论与反思。

2. 价值观塑造与道德引导

文学作品的间接效果体现在对读者价值观与道德观的塑造与引导上。文学作品通过塑造丰富多彩的人物形象与展现复杂多变的社会关系，传递出积极向上的价值观与道德观，这些价值观与道德观在潜移默化中影响着读者的思想与行为，促使他们形成正确的世界观、人生观与价值观。例如，许多文学作品中的英雄人物以其高尚品德与英勇行为激励着读者追求真善美，抵制假恶丑；而一些反面角色则以其悲惨的结局警示读者远离堕落与犯罪。

3. 文化传承与创新

文学作品的间接效果体现在对文化的传承与创新上。文学作品作为文化的重要载体，承载着民族的历史记忆、文化传统与价值观念。通过阅读文学作品，读者能够深入了解本民族的文化精髓与独特魅力，增强文化自信与民族认同感。同时，文学作品也是文化创新的重要源泉。作家们在继承传统文化的基础上，不断融入新的时代元素与创作理念，创造出具有鲜明时代特色的文学作品，推动了文化的繁荣与发展。

4. 人际关系与社交能力的促进

文学作品的间接效果体现在对人际关系与社交能力的促进上。文学作品通过描绘不同人物之间的交流与互动，展现了丰富多样的人际关系模式与社交技巧。读者在阅读过程中能够学习到如何处理复杂的人际关系、如何进行有效的沟通与协商等实用技能。

（三）直接效果与间接效果的相互关系

在文学作品中，直接效果与间接效果相互依存，共同编织着作品深邃的艺术空间。直接效果为间接效果铺设了感知的基石，使读者能够初步沉浸于作品构建的世界；而间接效果则是对直接效果的深化与升华，引领读者跨越文字表面，触及作品灵魂，这种相互关系，不仅丰富了文学作品的层次与内涵，也促使读者在享受阅读愉悦的同时，进行深刻的自我反省与精神探索，实现了文学艺术审美与思想启迪的双重价值。

七、文学效果的轰动效果与常态效果

在文学领域，作品的传播与影响往往呈现出多样化的形态，其中最为引人注目的莫过于轰动效果与常态效果的并存，这两种效果不仅反映了文学作品在不同社会环境下的接受程度，也揭示了文学影响力的多层次、多维度特性。一方面，轰动效果为文学作品带来了短期的关注度与影响力，为其后续的传播与接受奠定了基础；另一方面，常态效果通过长期的积累与沉淀，使作品在文学史上留下深刻的印记并持续发挥积极作用。因此，在评价文学效果时，应全面考虑其轰动效果与常态效果的相互关系及整体影响。

（一）文学效果的轰动效果

轰动效果是指文学作品在发布后迅速引起社会广泛关注、热议乃至争议的现象，这种效果通常伴随着媒体的大量报道、公众舆论的激烈讨论以及社会现象的广泛映射，使作品在短时间内成为社会文化关注的焦点。轰动效果的产生往往与作品的创新性、争议性、时代契合度等因素密切相关，能够迅速激发公众的情感共鸣与思想碰撞。文学效果的轰动效果主要表现在以下方面。

第一，媒体聚焦。轰动效果的文学作品往往能够吸引各大媒体的关注，成为新闻报道、专题访谈、评论文章等的热点话题。媒体的广泛报道不仅扩大了作品的影响力，还加剧了公众对其的关注度与讨论度。

第二，社会热议。随着媒体的聚焦，文学作品所引发的社会热议也随之而来。公众通过社交媒体、论坛、博客等渠道发表自己的看法与观点，形成多元化的舆论场，这种热议不仅促进了思想的交流与碰撞，还可能引发社会现象的广泛映射与反思。

第三，文化现象。在某些情况下，轰动效果的文学作品还会成为一种独特的文化现象。例如，作品中的角色、台词、情节等元素被广泛引用与模仿，形成独特的文化符号与语言风格，这种文化现象不仅加深了作品的影响力，还促进了文化的传播与交流。

（二）文学效果的常态效果

与轰动效果相比，常态效果则更为持久而稳定。常态效果是指文学作品在长时间内持续影响读者、塑造文化观念、推动文学发展等方面的效果。常态效果往往体现在作品的经典性、教育性、审美价值等方面,通过潜移默化的方式影响着一代又一代的读者,成为社会文化传承与发展的重要组成部分。常态效果的形成需要作品具有深厚的思想内涵、独特的艺术魅力以及广泛的社会认可度。文学效果的常态效果主要表现在以下方面。

第一,经典传承。常态效果的文学作品往往具有经典性特征,能够跨越时空界限,被不同时代的读者所接受与传承,这些作品通过其深刻的思想内涵、独特的艺术魅力以及广泛的社会认可度,成为文学史上不可磨灭的经典之作。

第二,教育启迪。常态效果的文学作品还具有重要的教育意义,这种教育启迪作用不仅有助于提升读者的综合素质,还促进了社会文化的进步与发展。

第三,审美享受。常态效果的文学作品还提供了丰富的审美体验,它们以其独特的语言艺术、结构布局和意象创造,为读者构建了一个个丰富多彩的审美世界,这种审美享受不仅提升了读者的审美情趣与艺术鉴赏力,还促进了文学艺术的创新与发展。

(三)轰动效果与常态效果的相互关系

轰动效果以其独特的魅力吸引大众目光,为文学领域注入新鲜血液,同时也为常态效果的累积提供了可能。随着时间的推移,那些经受住时间考验的轰动之作,最终会沉淀为文学经典,以常态效果持续影响后世。而常态效果所积累的深厚文化底蕴,又为新的轰动之作的诞生提供了土壤与灵感。因此,文学作品的轰动效果与常态效果在相互交织中共同推动着文学的发展与进步,它们既是对立的又是统一的,共同构成了文学繁荣的多元景观。

八、文学效果的及时效果与长远效果

（一）文学效果的及时效果

1. 情感共鸣与即时体验

文学作品的及时效果体现在读者阅读过程中的即时反应上，尤其是情感层面的共鸣。当读者沉浸在作品中时，文字如同桥梁，连接着作者与读者的情感世界。通过细腻的人物刻画、生动的场景描绘以及深刻的情感表达，文学作品能够迅速激发读者的情感共鸣，使其在短时间内经历喜怒哀乐等多种情绪变化，这种即时的情感体验不仅丰富了读者的内心世界，也增强了文学作品的感染力和吸引力。

2. 认知启迪与思维激活

文学作品的及时效果体现在对读者认知能力的即时提升上。文学作品往往蕴含着丰富的思想内涵和哲理思考，通过独特的叙事手法和深邃的主题探讨，激发读者的思考欲望，促进其思维能力的活跃。在阅读过程中，读者需要不断解读文本中的隐喻、象征等元素，这一过程不仅锻炼了他们的逻辑思维和批判性思维能力，还拓宽了他们的知识视野和思维边界。

3. 审美享受与艺术鉴赏

文学作品的及时效果体现在审美层面的即时享受上。文学作品以其独特的艺术魅力，为读者提供了一场视觉与心灵的盛宴。无论是语言的韵律美、结构的精巧美还是意境的深远美，都让读者在阅读过程中感受到艺术的魅力和美感，这种即时的审美享受不仅提升读者的审美情趣和艺术鉴赏能力，还为他们带来精神上的愉悦和满足。

（二）文学效果的长远效果

1. 社会批判与思想启蒙

文学作品的长远效果体现在其对社会现实的批判与思想启蒙上。通过对社会现象、制度缺陷以及人性弱点的深刻剖析和批判，文学作品揭示了社会问题的根源和本质，为公众提供了思考和反思的空间，这种批判与反思不仅促进了社会意识的觉醒和进步，还推动了社会改革和制度完善。文学作品还以其独特的思想魅力激发读者的想象力和创造力，为社会的进步和发展注入了新的活力和动力。

2. 心理疗愈与情感慰藉

文学作品的长远效果体现在其心理疗愈与情感慰藉方面。在人生的不同阶段和境遇中，人们往往会遇到各种挫折和困境。此时，文学作品成为一种重要的情感寄托和心理慰藉方式。通过阅读文学作品中的经典故事和人物形象，读者可以找到共鸣和安慰，从而缓解心理压力和负面情绪。文学作品中的智慧和哲理也为读者提供了面对困境的勇气和智慧，帮助他们走出困境、重拾信心。

3. 社交能力与人际关系的促进

文学作品的长远效果体现在对读者社交能力和人际关系的促进上。文学作品通过描绘不同人物之间的交往方式和互动模式，为读者提供了丰富的社交经验和人际交往技巧，这些经验和技巧不仅有助于读者在现实生活中建立和谐的人际关系网，还提升了他们的社交能力和综合素质。文学作品中的故事和人物也激发读者的同理心和共情能力，使他们更加关注他人的感受和需要，从而促进了社会和谐与稳定。

（三）及时效果与长远效果的相互关系

文学作品，作为人类情感与思想的载体，其影响跨越时空，展现出一种独特的时间性效应，及时效果与长远效果之间的关系，既相互独立又紧密相连。及时效果为长远效果奠定了基础，提供了作品被后世铭记的初始动力；而长远效果则是及时效果的深化与升华，证明文学作品的永恒价值，这种相互关系，不仅体现文学创作的生命力与影响力，也深刻揭示文学作为一种精神文化的传承与发展机制，即在不断满足当下需求的同时，亦不断构筑着人类共同的精神家园。

九、文学效果的常规效果与特定效果

在文学研究的广阔领域中，文学效果作为衡量作品影响力与价值的重要标尺，其复杂性和多样性不容忽视。常规效果与特定效果作为文学效果的两大基本维度，不仅揭示了文学作品普遍性的审美与功能特性，也凸显了其在特定情境下产生的独特作用。

（一）文学效果的常规效果

常规效果是指文学作品在一般阅读情境下普遍具有的影响与作用，这些效果超越了作品的具体内容与形式，体现了文学作品作为艺术形式所共有的基本属性，如审美愉悦、情感共鸣、道德教育、文化传承等。常规效果是文学作品能够跨越时空界限，被不同读者群体广泛接受与认同的基础，也是衡量文学作品艺术价值的重要标准之一。常规效果的表现特征主要包括以下方面。

第一，审美愉悦。文学作品通过优美的语言、生动的形象、巧妙的构思等手法，为读者带来审美上的愉悦与享受，这种愉悦感是文学作品常规效果中最直接、最普遍的表现之一。

第二，情感共鸣。优秀的文学作品能够触及读者的心灵深处，引发其情感上的共鸣与共振，这种共鸣不仅加深了读者对作品的理解与感受，也促进了读者之间的情感交流与沟通。

第三，道德教育。文学作品往往蕴含着丰富的道德观念与价值观念，通过具体的故事情节与人物形象，对读者进行潜移默化的道德教育，这种教育作用有助于提升读者的道德素质与社会责任感。

第四，文化传承。文学作品是文化传承的重要载体之一。通过描绘特定历史时期、地域特色、民族风情等，文学作品帮助读者了解并认同自己的文化根源，促进了文化的传承与发展。

（二）文学效果的特定效果

与常规效果相对，特定效果是指文学作品在特定社会、历史、文化或个体心理等背景下产生的独特影响与作用，这些效果往往与作品的创作背景、主题思想、表现手法等因素紧密相连，体现了文学作品在不同情境下的灵活性与多样性。特定效果可能是正面的，如激发特定群体的社会行动、促进文化交流与理解；也可能是负面的，如引发社会争议、加剧社会分裂等。特定效果的存在，使得文学作品在特定条件下能够产生更为深远和复杂的影响。特定效果的表现特征主要包括以下方面。

第一，社会动员。在某些情况下，文学作品能够激发特定群体的社会行动与变革意愿。例如，革命文学作品通过描绘革命斗争的艰辛与伟大，激发了民众的爱国热情与革命精神，推动了社会变革的进程。

第二，文化交流。文学作品作为文化交流的桥梁，能够跨越语言与地域的界限，促进不同文化之间的交流与理解。特定文化背景下的文学作品，往往能够引发其他文化背景下读者的兴趣与关注，促进文化的交流与融合。

第三，心理影响。文学作品中的特定情节、人物形象或主题思想，可能对读者的心理状态产生深远影响。例如，恐怖小说中的惊悚情节可能引发读者的恐惧与焦虑情绪；而励志作品中的积极人物形象则可能激发读者的奋斗精神与自信心。

（三）常规效果与特定效果的相互关系

在文学研究的深邃领域中，文学效果的常规性与特定性呈现出一种既相互区分又紧密交织的复杂关系。常规效果为特定效果的展现提供了坚实的基础与广阔的舞台；而特定效果的探索与实现又不断丰富和拓展常规效果的内涵与外延，推动文学传统的传承与发展。两者在相互激荡中共同塑造着文学作品的独特风貌，深化了文学对人类精神世界的探索与表达。

十、文学效果的可预期效果与不可预期效果

（一）文学效果的可预期效果

1. 基于文本特性的预期

可预期效果体现在读者基于文学作品文本特性的预期上。文学作品作为一种艺术形式，其创作往往遵循一定的文学规律与审美原则，这些规律与原则包括作品的题材选择、主题表达、情节构思、人物塑造以及语言风格等方面。读者在阅读过程中，会根据自身的文学素养与阅读经验，对文学作品进行解读与预期。例如，一部以爱情为主题的小说，读者可能会预期到作品中会有关于爱情的甜蜜与苦涩、相遇与别离等情节；一首以自然为题材的诗歌，读者则可能会预期到作品中会有对自然美景的描绘与赞美，这种基于文本特性的预期是读者对文学作品初步认知与判断的基础。

2. 社会文化背景的影响

可预期效果受到社会文化背景的影响。文学作品作为社会文化的重要组成部分，其创作与接受都不可避免地受到当时社会文化背景的影响与制约。读者在阅读文学作品时，会将自己所处的社会文化背景作为解读作品的参照系，从而形成对作品内容的预期。例如，在特定历史时期，文学作品中的政治倾向、道德观念和价值取向等往往会受到当时社会主流意识形态的影响，

读者在阅读时也会根据这些背景信息对作品进行预期。此外，不同地域、民族和文化背景的读者对同一部文学作品的预期也可能存在差异。

3. 作者意图的引导

作者意图是影响可预期效果的重要因素。文学作品是作者情感、思想与艺术追求的结晶，作者在创作过程中往往会通过作品传达自己的意图与期望，这些意图与期望可能包括作品的主题思想、情感倾向、艺术风格等方面。读者在阅读过程中，会尝试理解并把握作者的意图，从而形成对作品内容的预期。例如，一位以批判现实为创作主旨的作家，其作品往往会揭露社会中的不公与黑暗，读者在阅读时也会预期到作品中会有对现实的深刻剖析与批判。

（二）文学效果的不可预期效果

1. 读者个体差异的影响

不可预期效果体现在读者个体差异对文学效果的影响上，每个读者都是独立的个体，具有独特的性格、经历、情感与认知模式，这些个体差异使得读者在阅读文学作品时会产生不同的感受与理解，从而导致文学效果的不可预测性。例如，同一部文学作品对于不同读者而言可能产生截然不同的感受与影响：有的读者可能深受感动，有的读者则可能无动于衷；有的读者可能从中获得了深刻的启示与感悟，有的读者则可能只是简单地消遣娱乐。

2. 文本解读的多元性

文学作品的文本解读具有多元性特点，这也是导致不可预期效果的重要原因之一。文学作品作为一种开放性的艺术形式，其意义往往不是固定不变的，而是随着读者解读方式的不同而呈现出多样化的面貌。读者在阅读过程中可以根据自己的理解与想象对作品进行解读与阐释，从而发现作品中潜藏的多重意义与价值，这种多元性的解读方式使得文学效果具有极大的不确定性与不可预测性。

3. 时代变迁的影响

时代变迁是导致文学效果不可预期的重要因素。文学作品作为特定历史时期的产物，其意义与价值往往与当时的社会文化背景紧密相连。然而，随着时代的变迁与社会的进步，文学作品所处的社会文化背景也会发生深刻的变化，这种变化可能导致读者对文学作品的解读方式、评价标准与审美趣味等方面发生相应的变化，从而使得文学效果呈现出不可预测的特点。例如，一些在当时备受推崇的文学作品可能在后世遭到质疑与批判；而一些在当时默默无闻的作品则可能在后世被重新发现与重视。

（三）可预期效果与不可预期效果的相互关系

可预期效果与不可预期效果在文学作品中并非孤立存在而是相互依存、相互作用的。一方面，可预期效果为读者提供了对文学作品初步认知与判断的基础，使得读者能够在阅读过程中形成对作品内容的预期与期待；另一方面，不可预期效果打破了这种预期与期待的限制，使得文学作品能够呈现出更加丰富多彩的面貌与意义。相互依存、相互促进的关系不仅丰富了文学作品的内涵与外延，也提升了其在社会文化领域中的影响力与地位。同时，值得注意的是，可预期效果与不可预期效果之间的界限并非绝对清晰，而是存在一定的模糊性与交叉性。在某些情况下，读者对文学作品的预期可能恰好与作品的实际情况相吻合；而在另一些情况下，读者的预期则可能与作品的实际情况大相径庭，这种模糊性与交叉性使得文学效果的研究更加复杂而有趣，也为人们提供了更多的探索空间与可能性。

十一、文学效果的滋养效果与治疗效果

（一）文学效果的滋养效果

1. 心灵的滋养与精神的丰盈

文学作品以其丰富的情感表达、深刻的思想内涵和独特的艺术魅力，成为滋养人类心灵的重要源泉。通过阅读，读者能够感受到作品中蕴含的情感力量，体验到不同的人生境遇和情感体验，从而丰富自己的内心世界，使精神得到滋养和丰盈，这种滋养不仅限于表面的感官愉悦，更深入灵魂深处，使读者在品味文字的同时，也能获得一种精神上的满足和升华。

2. 想象力的激发与创造力的培养

文学作品中的奇幻世界、独特情节和生动人物，为读者提供了广阔的想象空间。在阅读过程中，读者需要运用自己的想象力去构建作品中的场景、人物和情节，这种过程不仅锻炼读者的想象力，还激发他们的创造力。通过不断地想象和创造，读者能够突破现实的束缚，探索未知的世界，发现新的可能性和价值，这种创造力的培养不仅有助于个人成长和发展，还为社会文化的繁荣和创新提供了源源不断的动力。

3. 文化的传承与智慧的启迪

通过阅读文学作品，读者能够深入了解本民族的文化底蕴和精神追求，感受到文化的魅力和力量。文学作品中的智慧和哲理也为读者提供了思考和启示的源泉，这些智慧和哲理不仅有助于读者解决现实生活中的问题，还引导他们思考人生的意义和价值，提升个人的思想境界和人生智慧。

（二）文学效果的治疗效果

1. 心理治疗与情绪调节

文学作品在心理治疗方面展现出独特的优势。通过阅读文学作品，读者可以沉浸在作品所构建的情感世界中，体验不同的情绪变化，从而释放内心的压力和负面情绪。文学作品中的积极元素和正面力量也能够激发读者的积极心态和乐观情绪，帮助他们走出心理困境，重拾生活的信心和勇气。此外，文学作品中的故事情节和人物形象还能够为读者提供应对挫折和困难的范例和策略，使他们在面对现实挑战时能够更加从容和坚定。

2. 情感慰藉与心灵治愈

文学作品不仅是心灵的滋养剂,更是情感的慰藉所。在现实生活中,人们往往会遇到各种挫折和困境,导致情感上的失落和痛苦。此时,文学作品成为一种重要的情感寄托和心灵治愈方式。通过阅读文学作品中的经典故事和人物形象,读者可以找到共鸣和安慰,从而缓解内心的痛苦和不安。文学作品中的温情和关爱也能够温暖读者的心灵,使他们感受到人间的温暖和美好,这种情感慰藉和心灵治愈不仅有助于读者恢复心理健康和平衡,还促进了社会的和谐与稳定。

3. 社会问题的反思与解决

文学作品在揭示社会问题、引发公众关注和推动社会变革方面发挥着重要作用。通过描写社会现象、揭示社会矛盾和批判不良现象,文学作品引导读者深入思考社会问题的根源和本质,从而激发公众的社会责任感和使命感,这种反思不仅有助于促进社会意识的觉醒和进步,还推动了社会问题的解决和变革。例如,许多文学作品都以其深刻的主题和独特的视角揭示了社会不公、贫富差距、环境污染等问题,引发了广泛的社会关注和讨论,为政府和社会各界提供了解决问题的思路和方向。

4. 跨文化交流与理解

在全球化的今天,文学作品还成为跨文化交流与理解的重要桥梁。不同文化背景下的文学作品通过翻译和传播,让读者能够跨越语言和地域的限制,了解和感受不同文化的魅力和价值,这种跨文化交流不仅有助于增进各国人民之间的友谊和合作,还促进了世界文化的多样性和繁荣。通过阅读不同文化背景下的文学作品,读者能够拓宽自己的视野和思维方式,学会以更加包容和理解的态度看待不同文化之间的差异和冲突。

（三）滋养效果与疗愈效果的相互关系

滋养效果与治疗效果之间，存在着一种微妙的相互关系。滋养效果为治疗效果提供了必要的前提与基础，它使读者在获得精神滋养的同时，增强了对生活的感悟力与理解力，从而更容易接受并内化文学作品中的治疗信息。而治疗效果的显现，又进一步强化了滋养效果的深度与广度，使文学作品成为读者心灵成长与自我修复的重要助力。这种相互关系还体现了文学作为一种人文关怀的力量，它超越了简单的娱乐与消遣，深入人类精神世界的核心，关注人的情感需求、心理健康与精神成长。在这个意义上，文学效果的滋养与治疗作用，不仅是文学价值的体现，更是人类文化传承与发展中不可或缺的精神资源。

第二节 文学效果的复杂性解读

一、文学效果的双向性

文学效果的双向性揭示了文学作品在传播与接受过程中，不仅单向地作用于读者，也受到读者反馈、社会环境及文化语境等多重因素的影响，形成了一种动态的、相互作用的关系。

（一）文学作品的内在力量

1. 情感共鸣与心灵触动

文学作品以其深邃的情感表达和细腻的人物刻画，触动着读者的心灵。通过文字构建的虚拟世界，读者能够体验到与作品中人物相似的情感波动，从而产生强烈的共鸣,这种共鸣不仅限于表面的情感反应,更深入读者的内心世界,引发对人生、爱情、死亡等终极问题的思考。文学作品中的情感力量,如同一条隐形的纽带,将作者与读者紧密相连,实现了心灵的交流与对话。

2. 认知启迪与思维拓展

文学作品以其独特的叙事手法和深刻的主题探讨,启迪读者的认知,拓展其思维边界。文学作品往往通过寓言、象征、隐喻等手法,将复杂的社会现象、人性弱点以及哲学思考融入其中,引导读者进行深入的思考和反思,这种认知启迪不仅有助于读者形成更加全面和深刻的认知体系,还促进了其批判性思维和创造性思维的发展。

(二)文学作品的外在影响

1. 读者反馈与文学作品的再创造

文学作品的接受过程并非单向的灌输,而是读者与作品之间的一种互动关系。读者在阅读过程中,会根据自身的经验、情感和价值观对作品进行解读和阐释,形成独特的阅读体验和感受,这种解读和阐释不仅丰富作品的意义内涵,还促进文学作品的再创造。读者的反馈和评论也会通过社交媒体、学术论坛等渠道传播开来,影响更多人的阅读选择和审美倾向。

2. 社会文化语境对文学作品的塑造与解读

文学作品并非孤立存在的艺术品,而是深受社会文化语境影响的文化产物。不同的社会文化语境会对文学作品的创作、传播和接受产生深远的影响。例如,在特定的历史时期和社会背景下,文学作品往往会反映出当时的社会风貌、价值观念和文化取向。社会文化语境也会引导读者对文学作品进行特定的解读和阐释,形成具有时代特色的文学批评和理论体系。

3. 文学作品的跨文化传播与影响

在全球化的今天，文学作品跨文化传播的现象日益普遍。不同国家和地区的文学作品通过翻译、出版和影视改编等方式，跨越语言和文化的界限，在全球范围内传播开来，这种跨文化传播不仅促进了不同文化之间的交流与理解，还推动了世界文学的多样性和繁荣。文学作品在跨文化传播过程中也会受到不同文化语境的影响和改造，形成具有地方特色和时代特征的文学风格和流派。

（三）文学效果双向性的互动机制

文学效果的双向性体现在文学作品与读者、社会文化语境之间的相互作用和相互影响上。一方面，文学作品以其内在的力量作用于读者，引发情感共鸣、认知启迪和审美享受；另一方面，读者的反馈和社会文化语境又会对文学作品进行再创造和解读，形成新的文学意义和价值，这种相互作用和相互影响构成了一个动态的、循环的文学效果系统。在这个系统中，文学作品不再是静态的文本，而是具有生命力的文化现象，它随着时代的变迁和读者的变化而不断演变和发展，展现出无穷的艺术魅力和文化价值。读者也不再是被动接受者，而是具有主动性和创造性的阅读主体。他们通过积极的阅读和反馈，参与到文学作品的再创造和解读过程中，成为文学效果的重要推动者。

二、文学效果的多面性

（一）情感共鸣与心灵慰藉

文学作品通过细腻的情感描绘与深刻的心理剖析，触动读者内心深处的柔软地带，使其在阅读过程中产生强烈的情感共鸣，这种共鸣不仅让读者感受到作品中人物的情感波动与命运起伏，还促使他们反思自身的情感经历与生活状态。文学作品中的美好情感与正面价值观也如同温暖的阳光，照亮读者心中的阴霾，给予他们力量与勇气去面对生活中的困难与挑战。例如，一部描写亲情的小说可能让读者回想起自己与家人之间的温馨时光，感受到亲情的温暖与力量；一首赞美爱情的诗歌则可能激发读者对美好爱情的向往与追求。

（二）认知拓展与思维启迪

文学作品作为人类智慧的结晶，蕴含着丰富的知识与深刻的见解。文学作品中的复杂情节、多维人物与深刻主题也促使读者进行深入的思考与探索，锻炼其逻辑思维能力与批判性思维能力。例如，一部历史题材的小说可能让读者了解到某个历史时期的政治、经济、文化状况，从而对该时期的历史有更全面的认识；一部科幻作品则可能通过其独特的想象力与创造力，激发读者对未来世界的思考与想象。

（三）审美享受与艺术熏陶

文学作品作为一种艺术形式，具有独特的审美价值，其优美的语言、生动的形象、巧妙的构思与深刻的意境都让读者在阅读过程中获得美的享受与艺术的熏陶，这种审美享受不仅提升了读者的审美素养与审美能力，还丰富了他们的精神世界与情感体验。例如，一首优美的诗歌可能以其精炼的语言与深邃的意境让读者感受到诗歌的独特魅力；一部戏剧作品则可能通过其生动的表演与紧张的情节让观众沉浸在戏剧的世界中，享受戏剧带来的艺术震撼。

（四）社会批判与道德教化

文学作品作为社会现实的反映与写照，往往能够揭示社会中的不公与黑暗，批判不良的社会现象与价值观念。通过阅读文学作品，读者可以更加清醒地认识到社会问题的存在与根源，从而激发其社会责任感与正义感。文学作品中的正面人物形象与道德观念也如同灯塔一般照亮读者的道德之路，引导他们树立正确的道德观念与价值观念。例如，一部弘扬传统美德的文学作品则可能让读者在潜移默化中接受传统美德的熏陶与影响。

（五）文化传承与民族认同

通过阅读文学作品，读者可以了解到自己民族的历史渊源、文化特色与民族精神，从而增强对民族文化的认同感与自豪感。文学作品中的经典形象与故事也往往成为民族文化传承的重要载体与符号，被后世不断传颂与演绎。例如，中国古代的四大名著不仅是中国文学的瑰宝也是中华民族文化的重要象征；而一些具有民族特色的民间故事与传说则通过口耳相传的方式在民间广泛流传成为民族文化传承的重要途径之一。

三、文学效果的模糊性

在文学语境下，模糊性并非指作品内容的含混不清或逻辑混乱，而是指文学作品在表达意义、塑造形象、构建情节等方面所展现出的多义性、不确定性及开放性，这种模糊性不仅体现在文本的字面意义与潜在意义之间，还贯穿于文本与读者、文本与社会文化环境之间的复杂关系中。因此，文学效果的模糊性是一种内在的、动态的、多层次的特性，它要求读者在阅读过程中保持一种开放的心态，积极参与文本的解读与再创造。

（一）模糊性的生成机制

第一，语言的多义性。语言是文学作品的载体，而语言本身具有多义性。同一个词汇或句子在不同的语境下可能产生不同的意义，这种多义性为文学作品的解读提供了广阔的空间。例如，诗歌中的隐喻、象征等修辞手法往往利用语言的多义性来构建丰富的意象与情感层次，使得诗歌的意义变得模糊而深远。

第二，作者的主观意图与客观呈现。文学作品是作者主观情感的客观呈现，但作者的主观意图往往难以完全准确地转化为文本中的具体内容，这种主观与客观之间的张力导致了文学作品的模糊性。读者在阅读过程中需要根据自己的理解去填补文本中的空白，从而生成个性化的解读。

第三，读者的多元解读。不同的读者拥有不同的生活经历、文化背景与审美趣味，这些因素都会影响他们对文学作品的解读。因此，同一部文学作品在不同的读者眼中可能呈现出截然不同的面貌，这种多元解读不仅丰富了文学作品的内涵，也进一步加深了其模糊性。

第四，社会文化环境的影响。文学作品总是处于特定的社会文化环境中，其意义与效果受到时代精神、社会风气、文化观念等多种因素的影响。随着社会文化环境的变化，文学作品的意义也可能发生变化，呈现出更加复杂多样的面貌，这种动态性也是文学效果模糊性的一个重要方面。

（二）模糊性的表现形式

第一，意象的模糊性。文学作品中的意象往往具有丰富的内涵与象征意义，这些意象往往不是单一的、明确的，而是具有多重解读的可能性。例如，在诗歌中，一个"月亮"的意象可能既代表了思乡之情，又暗示了孤独与寂寞；在小说中，一个"迷宫"的意象可能象征着人生的复杂与困惑。

第二，情节的模糊性。文学作品的情节往往不是线性的、明确的，而是充满了曲折与悬念，这种情节的模糊性不仅增加了作品的吸引力，也促使读者在阅读过程中不断猜测与推理，从而生成个性化的解读。例如，侦探小说中的案件往往充满了扑朔迷离的线索与转折，读者需要通过自己的推理来揭开真相。

第三，主题的模糊性。文学作品的主题往往不是单一的、明确的，而是具有多义性与开放性。不同的读者可能从同一部作品中读出不同的主题意义。例如，一部关于爱情的小说可能既探讨了爱情的甜蜜与美好，又揭示了爱情的苦涩与无奈；一部关于人性的小说则可能从不同角度揭示了人性的复杂与多面。

第四，语言的模糊性。文学作品中的语言往往具有模糊性，这种模糊性不仅体现在词汇的多义性上，还体现在句式的模糊性、修辞的模糊性等方面。例如，诗歌中的模糊语言往往能够营造出一种朦胧美与意境美；小说中的模糊语言则可能通过省略、暗示等方式增加作品的深度与韵味。

（三）模糊性对读者的影响

第一，模糊性激发了读者的阅读兴趣与探索欲望。面对一个充满未知与可能性的文本世界，读者往往会产生强烈的好奇心与求知欲，从而更加投入地参与到阅读过程中来。

第二，模糊性促进了读者的思考与反思。在解读模糊性文本的过程中，读者需要不断地进行推理、判断与选择，这种过程不仅锻炼了他们的思维能力与批判性思维能力，还促使他们对自己的生活与价值观进行深刻的反思。

第三，模糊性增强了读者的审美体验与情感共鸣。模糊性文本往往具有更加丰富的情感层次与审美意蕴，读者在阅读过程中能够感受到更加细腻、深刻的情感体验与情感共鸣。

（四）模糊性在文学理论与批评中的位置

文学效果的模糊性在文学理论与批评中占据着重要的位置。模糊性挑战了传统文学批评的确定性与明确性框架，促使文学批评家们更加关注文本的多元解读与开放性意义。模糊性也为文学理论与批评提供了丰富的讨论空间与阐释可能，它鼓励批评家们从多个角度、多个层面去解读文学作品，挖掘其深层的意义与价值，这种多元化的解读方式不仅丰富了文学批评的视野，也促进了文学理论的创新与发展。

（五）模糊性与文学经典的构建

文学效果的模糊性还与文学经典的构建密切相关。一部作品之所以能够成为经典，往往是因为它具有超越时代、跨越文化的普遍价值与深刻意义。

而模糊性正是这些作品能够持久地吸引读者、激发思考的重要原因之一。模糊性使得文学作品的意义不再局限于作者的原意或某一时期的特定解读，而是能够在不同的历史语境与文化背景下被不断地重新阐释与解读，这种持续的生命力与影响力正是文学经典所具备的重要特征。

（六）模糊性与文学创作的艺术追求

对于文学创作而言，模糊性也是一种重要的艺术追求。许多作家在创作过程中故意留下一些模糊之处，以激发读者的想象力与创造力，引导他们参与到作品的再创造过程中来，这种模糊性不仅增加了作品的艺术魅力与感染力，也使得作品的意义与价值更加丰富与多元。模糊性也是作家表达复杂情感、描绘复杂人性的重要手段之一。通过模糊性的语言与情节设置，作家可以更加细腻地刻画人物的内心世界与情感波动，使得人物形象更加鲜明生动、真实可信。

（七）模糊性的局限与反思

文学效果的模糊性也并非全然无懈可击。一方面，过度的模糊性可能会让读者感到困惑与迷茫，影响他们的阅读体验与理解效果；另一方面，模糊性也可能成为一些作家逃避明确表达、推卸责任的工具。因此，在文学创作与批评中，需要对模糊性保持一种审慎的态度，既要充分利用模糊性来丰富作品的意义与层次，又要避免过度依赖模糊性而忽视了作品的基本逻辑与清晰表达。

四、文学效果的两面性

文学效果的两面性是指文学作品在传播与接受过程中，既可能产生积极、正面的影响，也可能带来消极、负面的效应，这种两面性并非绝对对立，而是相互交织、共同作用于读者及社会的复杂现象。正面效果主要包括审美愉悦、情感共鸣、道德教育、文化传承、社会动员等，它们能够提升读者的审美水平、增强道德意识、促进文化交流与理解；而负面效果则可能涉及误导读者、引发社会争议、加剧社会矛盾等方面，对个体心理、社会风气乃至文化生态造成不良影响。

（一）文学效果的正面因素

第一，审美愉悦。文学作品通过精妙的语言、生动的形象、巧妙的构思等手法，为读者构建了一个超越现实的艺术世界，这个世界充满了美感与想象力，使读者在阅读过程中获得心灵的放松与愉悦，这种审美愉悦不仅满足了读者的精神需求，也提升了他们的审美能力与鉴赏水平。

第二，道德教育。文学作品作为文化传承的重要载体之一，蕴含着丰富的道德观念与价值观念。通过具体的故事情节与人物形象塑造，文学作品能够对读者进行潜移默化的道德教育，这种道德教育有助于提升读者的道德素质与社会责任感，使他们在日常生活中更加注重道德行为的选择与践行。

第三，文化传承。文学作品是文化传承的重要媒介之一，这种文化传承不仅增强了读者的文化自信与民族认同感，也促进了不同文化之间的交流与融合。

（二）文学效果的负面因素

第一，误导读者。由于文学作品具有虚构性与艺术性特点，其内容与现实之间往往存在一定的差距。如果作品在描绘现实时过于夸张或扭曲事实真相，就可能误导读者对现实世界的认知与理解，这种误导不仅可能导致读者形成错误的价值观与世界观，还可能引发一系列社会问题与矛盾。

第二，引发社会争议。文学作品作为反映社会现实与人性复杂性的艺术形式之一，其主题思想与表现手法往往具有争议性。一些作品可能触及敏感的社会问题或价值观念冲突点，从而引发社会各界的广泛争议与讨论，这种争议虽然有助于促进思想交流与文化碰撞，但也可能加剧社会矛盾。

第三，加剧社会矛盾。在某些情况下文学作品可能通过描绘社会不公与人性扭曲等现象来揭示社会现实。然而如果作品在揭示这些问题时缺乏足够的批判性与建设性思考，就可能加剧社会矛盾与冲突。例如，一些过于悲观或绝望的作品可能让读者对社会失去信心与希望，从而可能引发一系列负面社会情绪与行为。

（三）文学效果两面性的成因与应对

1. 文学效果两面性的成因分析

（1）作品本身的特性。文学作品的主题思想、情节构思、人物形象等因素都可能影响其效果的正面或负面性。一些过于极端或片面的作品更容易引发争议与负面效应。

（2）社会环境与时代背景。社会环境与时代背景是影响文学效果的重要因素之一。不同社会环境下对文学作品的接受与评价标准存在差异；同时不同时代背景下人们的价值观念与审美取向也发生变化。

2. 文学效果两面性的应对策略

（1）加强作品创作的责任感与使命感。作家在创作过程中应树立高度的社会责任感与使命感关注社会现实与人性复杂性以客观公正的态度描绘社会现象与人物形象避免过度夸张或扭曲事实真相。

（2）提升读者的媒介素养与审美能力。通过教育引导与宣传普及等方式提升读者的媒介素养与审美能力使他们能够正确理解和评价文学作品中的信息避免被误导或产生负面情绪。

（3）多元化视角的批评。文学批评应当采用多元化的视角，既关注作品的艺术价值，也关注其社会影响。批评家应深入分析作品的主题思想、艺术手法、人物形象等方面，结合时代背景、社会环境等因素，全面评估作品的正面与负面效果。通过不同角度的批评，可以帮助读者更全面地理解作品，避免单一解读带来的片面性。

（4）建立科学的评价体系。为了更准确地评估文学作品的效果，需要建立一套科学的评价体系，这一体系应包括作品的艺术价值、思想深度、社会影响等多个方面，并结合读者的反馈与社会的认可程度进行综合评判。通过科学评价体系的建立，可以为文学作品的创作与接受提供更为客观、公正的标准。

（5）促进跨学科研究。文学效果的两面性涉及多个学科领域，如心理学、社会学、文化研究等。因此，促进跨学科研究，将不同学科的理论与方法引入文学批评与理论研究中，有助于更全面地揭示文学效果的本质与规律。通过跨学科的研究，可以更加深入地理解文学作品对读者心理、社会行为等方面的影响，为应对负面效果提供更为有效的策略。

（6）加强国际交流与合作。文学作为人类共同的精神财富，其效果的两面性也是全球性的问题。加强国际交流与合作，分享各国在文学批评与理论研究方面的经验与成果，有助于推动全球文学研究的深入发展。通过国际交流与合作，可以共同探讨文学效果两面性的成因与应对策略，为全球文学事业的繁荣与发展贡献力量。

五、文学效果的不确定性

（一）文本内部的多元解读空间

1. 语言符号的模糊性与多义性

文学作品作为语言艺术的结晶，其语言符号本身便蕴含着丰富的模糊性和多义性。同一个词汇、句子或段落，在不同的语境下可能产生截然不同的解读，这种语言上的模糊性为文学作品创造了广阔的解读空间，使得不同的读者能够根据自己的理解力和生活经验，对作品进行多样化的阐释。例如，莎士比亚的戏剧中常常出现双关语和隐喻，这些语言技巧不仅丰富了文本的表现力，也增加了读者解读的难度和乐趣。

2. 叙事结构的开放性与非线性

文学作品的叙事结构常常呈现出开放性和非线性的特点，这种叙事方式打破了传统的时间顺序和因果逻辑，使得故事情节的发展充满了不确定性和多种可能性。读者在阅读过程中需要自行拼接碎片化的信息，构建属于自己的故事线，这种叙事上的不确定性不仅增强了作品的吸引力和挑战性，也促使读者更加深入地参与到文本的解读和创造中来。

3. 主题与意象的隐晦与抽象

文学作品的主题和意象往往不像说明文那样直接明了，而是需要通过读者的感悟和联想来把握，这些主题和意象往往隐晦而抽象，具有多重含义和解读角度。读者在解读过程中需要调动自己的想象力、情感经验和知识储备，对作品进行深入的剖析和领悟，这种解读过程不仅充满了挑战和乐趣，也体现了文学效果的不确定性。

（二）读者个体差异的介入

1. 阅读经验的差异

每个读者都拥有独特的阅读经验和背景知识，这些差异会直接影响他们对文学作品的解读和感受。有的读者可能更擅长捕捉文本中的细节和隐喻，有的则更关注作品的整体结构和主题思想，这种阅读经验的差异使得同一部作品在不同读者眼中呈现出不同的面貌和效果。

2. 情感与认知的投射

读者在阅读文学作品时，往往会将自己的情感、价值观和认知模式投射到作品中的人物和情节上，这种投射不仅使得读者更加深入地理解和感受作品，也增加了作品解读的主观性和不确定性。不同的读者可能会因为自身情感和认知的差异，对同一部作品产生截然不同的解读和评价。

3. 文化与身份的认同

读者的文化背景和身份认同是影响文学效果不确定性的重要因素。不同的文化背景下，读者对文学作品的解读和接受方式可能存在显著差异。读者在解读作品时也会受到自身身份认同的影响，将作品中的某些元素与自身经历和情感联系起来，形成独特的阅读体验和感受。

（三）社会文化语境的动态变化

1. 历史背景的影响

文学作品往往是在特定的历史背景下创作的，其主题、风格和语言都深受当时社会环境的影响。随着历史的变迁和社会的发展，文学作品所处的社会文化语境也会发生变化，这种变化不仅会影响读者对作品的解读和接受方式，也会使得作品的意义和价值发生相应的变化。因此，文学效果的不确定性也体现在其随历史变迁而不断演变的特性上。

2. 文化多元性的冲击

在全球化的今天，文化多元性已成为不可逆转的趋势。不同文化之间的交流和碰撞不仅丰富了人类的文化宝库，也为文学作品的解读和接受带来了新的挑战和机遇。读者在接触来自不同文化背景的文学作品时，需要跨越语言和文化的障碍，以更加开放和包容的心态去理解和感受作品，这种跨文化的解读过程不仅增加了文学效果的不确定性，也促进了不同文化之间的理解和尊重。

3. 社会热点与公众情绪的波动

社会热点和公众情绪的波动也会对文学效果的解读产生重要影响。当文学作品中的某些元素与社会热点或公众情绪产生共鸣时，其解读和接受方式可能会受到广泛关注和讨论，这种关注和讨论不仅促进了作品的传播和影响力的扩大，也增加了作品解读的复杂性和不确定性。

第三节 文学效果的社会机制

一、文学效果的社会心理

文学效果的社会心理是指文学作品在传播与接受过程中，对个体及群体心理层面产生的直接或间接影响，以及这些影响如何进一步作用于社会心理结构，形成特定的社会文化心理现象，这一过程不仅涉及读者个体情感的共鸣、认知的拓展、价值观的塑造，还涵盖了社会群体间的情感交流、共识形成以及社会心理的变迁。"关注文学的社会效果，作为一种理论主张和作家艺术家的自觉追求，贯穿于整个人类艺术创作的过程。"①

（一）社会心理的产生机制

文学效果社会心理的产生，是多重因素共同作用的结果。

第一，文学作品作为艺术创作的产物，本身蕴含着丰富的情感、思想与意象，这些元素通过文字这一媒介得以传达，成为影响读者心理的直接因素。

第二，读者的个人背景、生活经历、文化素养等个体差异，决定了他们对文学作品的理解与接受程度，进而影响了文学效果社会心理的具体表现。

第三，社会文化背景作为宏观环境，为文学作品的传播与接受提供了土壤，同时也塑造了社会成员共有的心理基础与价值取向，使得文学效果能够在更广泛的社会层面上产生共鸣与影响。

---

① 胡山林.文学概论[M].郑州：河南大学出版社，2012：220.

（二）社会心理的表现形式

第一，情感共鸣。文学作品通过细腻的情感描绘与深刻的情感表达，引发读者内心深处的共鸣，这种共鸣不仅限于个人情感的宣泄与释放，还可能激发社会群体间的情感交流与共鸣，形成共同的情感体验与心理认同。

第二，认知拓展。文学作品往往蕴含着丰富的知识与智慧，能够拓宽读者的认知视野，提升他们的思维水平与判断力，这种认知拓展不仅有助于个体自我成长与发展，还能够促进社会整体知识水平的提高与文明进步。

第三，价值观塑造。文学作品中的价值观念与道德标准对读者具有深远的影响。通过阅读文学作品，读者可以接触到不同的价值观与道德观念，进而在潜移默化中形成自己的价值体系与道德判断标准，这种价值观塑造对于社会文化的传承与发展具有重要意义。

第四，行为引导。文学作品中的故事情节与人物形象往往具有一定的示范性与引导性。读者在阅读过程中会受到故事情节的启发与人物形象的感召，从而在现实生活中表现出更加积极、健康、向上的行为模式，这种行为引导对于社会风气的改善与道德风尚的提升具有积极作用。

（三）社会心理的作用机制

文学效果社会心理的作用机制复杂而微妙。一方面，文学作品通过情感共鸣与认知拓展等方式直接作用于读者的心理层面，激发他们的情感反应与思维活动；另一方面，这些心理层面的变化又会进一步影响读者的行为模式与价值观念，进而在社会层面上产生连锁反应。具体而言，文学效果社会心理的作用机制可以概括为以下方面。

第一，心理共鸣与情感传递。文学作品中的情感元素能够引发读者的共鸣与情感传递。当读者在阅读过程中感受到强烈的情感冲击时，他们往往会将这种情感体验分享给周围的人或群体，从而在社会层面上形成共同的情感氛围与心理认同。

第二，认知重构与价值引导。文学作品中的思想观念与价值观念能够引导读者进行认知重构与价值判断。通过阅读文学作品，读者可以接触到不同的思想观念与价值观念，进而在对比与反思中重构自己的认知体系与价值体系，这种认知重构与价值引导对于社会文化的传承与发展具有重要意义。

二、文学效果的社会传播

在人类社会发展的长河中，文学作为文化传承与思想交流的重要载体，其影响力远远超越了文字本身，深入社会生活的各个层面。文学效果的社会传播，是指文学作品通过特定渠道和方式，在广泛的社会群体中引起共鸣、激发思考、塑造价值观并促进文化交流的复杂过程，这一过程不仅关乎个体情感的触动与认知的拓展，更涉及社会文化的构建与变迁。

（一）文学效果的社会传播路径

1. 传统媒介传播

在历史长河中，文学作品主要通过书籍、报纸、杂志等传统媒介进行传播，这些媒介以其独特的传播方式和覆盖范围，对文学效果的社会传播起到了至关重要的作用。书籍作为文学传播的主要载体，具有保存时间长、传播范围广的特点，能够跨越时空限制，将文学作品的思想情感传递给后世读者。而报纸、杂志等则以其时效性强的优势，及时报道文学动态，引导社会舆论，促进文学作品的广泛传播。

2. 现代媒介传播

随着科技的飞速发展，现代媒介如互联网、数字电视、社交媒体等逐渐成为文学传播的重要渠道，这些新兴媒介以其传播速度快、互动性强、覆盖范围广等特点，极大地拓宽了文学效果的传播路径。互联网上的文学网站、博客、微博等平台为文学创作者提供了广阔的展示空间，使得文学作品能够迅速传播到全球各地。社交媒体上的分享、评论、转发等功能也促进了文学作品的口碑传播，增强了文学效果的社会影响力。

（二）文学效果的社会传播影响

1. 塑造社会价值观

文学作品作为思想文化的载体，具有强大的价值导向作用。通过塑造正面的人物形象、弘扬真善美的价值观念，文学作品能够潜移默化地影响读者的道德观念和行为准则，进而推动社会风气的向好发展。例如，鲁迅的作品以其深刻的批判精神和强烈的爱国情怀，唤醒了无数人的民族意识和社会责任感，对近现代中国社会价值观的塑造产生了深远影响。

2. 促进文化交流与融合

文学是跨文化交流的重要桥梁。不同国家和地区的文学作品通过翻译和传播，能够跨越语言和文化的障碍，增进彼此之间的了解和友谊，这种文化交流不仅有助于丰富各国的文化宝库，还能够促进不同文化之间的融合与创新。例如，中国古典文学作品的英译版在海外市场广受欢迎，不仅传播了中国传统文化，也促进了中西文化的交流与融合。

3. 提升公众审美素养

文学作品以其独特的艺术魅力和深邃的思想内涵，能够提升公众的审美素养和人文情怀。通过阅读文学作品，人们可以领略到不同地域、不同时代的文化风情和艺术特色，拓宽自己的审美视野和审美趣味。文学作品中的情感表达和思想启迪也能够激发读者的审美创造力和想象力，促进个人综合素质的全面提升。

三、文学效果的文学管理

文学管理是指对文学创作、出版、传播等全过程进行规划、组织、协调与控制的活动,旨在优化资源配置,提升文学作品的品质与影响力。文学管理不仅关注文学作品的内在质量,还重视其在社会中的传播效果与接受度,是文学事业发展的重要保障。

(一)文学管理的必要性

1. 应对市场挑战

在全球化与数字化的时代背景下,文学市场面临着前所未有的挑战。一方面,海量信息的涌现使得读者注意力分散,文学作品需具备更强的吸引力和竞争力才能脱颖而出;另一方面,市场需求的多元化要求文学作品在题材、风格、形式等方面不断创新。文学管理通过深入分析市场趋势和读者需求,为文学创作提供科学指导,帮助作品精准定位,有效应对市场挑战。

2. 提升作品品质

文学作品的品质是其产生良好文学效果的基础。文学管理通过建立健全的编辑审核机制、培养高素质的文学人才、引入先进的创作技术等手段,全面提升文学作品的内在质量。文学管理还注重作品的多样性和包容性,鼓励不同风格、不同题材的作品涌现,丰富文学创作的生态系统。

3. 促进文化传播

文学作品是文化传播的重要载体。文学管理通过优化传播渠道、拓展传播范围、增强传播效果等措施,促进文学作品在全球范围内的广泛传播,这不仅有助于提升国家文化软实力,增强民族自信心和凝聚力,还能够促进不同文化之间的交流与融合,推动人类文明的共同进步。

（二）文学管理的核心内容

1. 创作管理

创作管理是文学管理的核心环节，它涉及对文学创作者的选拔、培养、激励以及创作过程的指导与监督。文学管理机构应建立科学的选才机制，吸引具有潜力和创造力的文学人才加入；通过组织培训、交流研讨等活动，提升创作者的专业素养和创作能力；为创作者提供良好的创作环境和必要的资源支持，激发其创作热情和创造力。在创作过程中，文学管理机构还应关注作品的思想性、艺术性、创新性等方面，确保作品质量。

2. 编辑出版管理

编辑出版管理是文学作品从创作到面世的关键环节，它涉及对文学作品的筛选、编辑、校对、设计、印刷以及市场推广等多个方面。文学管理机构应建立严格的编辑审核制度，确保作品内容的健康性和艺术性；通过精细化的编辑加工，提升作品的文学价值和可读性；注重作品的装帧设计和市场推广策略，提高作品的吸引力和市场竞争力；加强与出版社、书店等渠道的合作，拓宽作品的传播渠道和覆盖范围。

3. 传播管理

传播管理是文学效果实现的关键环节，它涉及对文学作品传播渠道的选择、传播策略的制定以及传播效果的评估等多个方面。文学管理机构应充分利用传统媒体和新媒体的优势资源，构建多元化的传播渠道体系；通过制定精准的传播策略，提高作品的曝光度和关注度；建立科学的传播效果评估机制，及时收集和分析读者反馈意见，为优化传播策略提供依据；加强与其他文化机构的合作与交流，共同推动文学作品的广泛传播和深入影响。

（三）文学管理的实践策略

1. 注重市场调研与读者需求

文学管理应始终将市场调研和读者需求放在首位。通过定期开展市场调研活动，了解文学市场的最新动态和读者需求的变化趋势；建立读者反馈机制，及时收集和分析读者的意见和建议，这些信息将为文学创作的选题、风格、形式等方面提供重要参考依据，帮助作品更好地满足读者的需求和期待。

2. 加强文学人才培养与引进

文学人才是文学事业发展的核心资源。文学管理机构应加大对文学人才的培养和引进力度。通过设立专项基金、举办培训班、组织交流研讨等活动，为文学人才提供广阔的发展空间和良好的成长环境；积极引进国内外优秀的文学人才和创作团队，为文学创作注入新的活力和动力。

3. 推动文学创新与技术融合

创新是文学事业发展的不竭动力。文学管理机构应鼓励和支持文学创作者在题材、风格、形式等方面进行大胆尝试和创新；积极引进和应用先进的创作技术和手段，如数字出版、虚拟现实等，为文学创作提供新的可能性和发展空间，这些创新举措将有助于提升文学作品的吸引力和竞争力，推动文学事业的繁荣发展。

4. 强化版权保护与法律监管

版权保护是文学管理的重要任务。文学管理机构应加强对文学作品的版权保护力度，建立健全的版权保护机制；加强与相关部门的合作与协调，共同打击盗版侵权行为，维护文学市场的健康秩序；加强对文学创作的法律监管力度，确保作品内容的合法性和健康性。

第六章 比较文学研究视野与方法

比较文学研究作为文学研究的一个重要分支,以其独特的跨文化视野和多元化的研究方法,为人们揭示了不同文学现象之间的内在联系与差异。在全球化的今天,比较文学研究不仅促进了各国文学之间的交流与对话,还为人们理解人类文化的多样性和共通性提供了重要途径。鉴于此,本章主要研究比较文学的本质及特征、比较文学的研究对象、比较文学的研究范式、比较文学的学科理论。

第一节 比较文学的本质及特征

一、比较文学的本质

(一)比较文学的范畴

比较文学作为一门独特的学术领域,其定义蕴含了深刻的理论内涵与广泛的研究范畴,该学科通过运用比较的方法,跨越国界、民族与文化的界限,对文学现象进行深入的剖析与探讨,它不仅关注单一文学体系内的发展脉络与特征,更将目光投向了全球文学交流的广阔舞台,致力于揭示不同文学传统之间的内在联系与外在差异。

比较文学强调"比较"这一核心方法的应用,即通过对不同文学作品、文学理论及文学批评的对比分析,挖掘其背后的文化逻辑、历史脉络及审美价值,这种比较并非简单的类比或对照,而是基于深入文本解读与广泛文化考察之上的综合判断与阐释。因此,比较文学的研究不仅是对文学现象的直接描述,更是对文学本质与价值的深刻揭示。

比较文学的研究对象广泛而多元,它不仅涵盖了古典文学与现代文学之间的历史对话,也涉及了东方文学与西方文学之间的跨文化交流;不仅关注书面文学的经典传承,也重视口头文学的活态传统。随着全球化进程的加速与信息技术的飞速发展,比较文学的研究范畴还在不断扩展,如网络文学、影视文学等新兴文学形态也逐渐成为其关注的对象,这种多层次、多维度的研究体系,使得比较文学能够全面而深入地揭示文学现象的复杂性与多样性。

(二)比较文学的方法论探析

比较文学的研究方法多样且灵活,其核心在于"比较"这一核心方法的运用与拓展。比较文学的方法论主要包括以下方面。

1. 平行研究

平行研究是比较文学中最为基础且常见的研究方法,它强调对不同文学作品或文学现象进行独立评判与深度挖掘,以揭示它们之间在主题、结构、风格、意象等方面的相似性或差异性。在平行研究中,研究者需具备扎实的文学功底与敏锐的洞察力,能够深入文本内部,捕捉其独特的艺术魅力与思想内涵。研究者还需保持客观中立的态度,避免将个人偏见或文化成见带入研究过程之中。通过平行研究,可以发现不同文学传统之间的共通之处与独特之处,进而增进对文学多样性的认识与理解。

2. 影响研究

影响研究侧重探讨一个文学系统对另一个文学系统的实际影响，它通过分析文学作品之间的传承关系、翻译活动、文学交流等现象，揭示文学跨国界、跨文化的传播与接受过程。在影响研究中，研究者需具备丰富的历史知识与跨文化交流的经验，能够准确把握不同文学传统之间的历史联系与文化差异。同时，研究者还需运用科学的分析方法，如文本细读、历史考证等，以揭示文学作品之间的直接影响与间接影响。通过影响研究，可以更加深入地理解文学现象背后的文化逻辑与历史脉络，进而揭示文学发展的内在规律与外在动力。

3. 跨学科研究

随着学术研究的不断深入与发展，比较文学逐渐与其他学科如历史学、哲学、社会学、心理学等产生交集，形成了跨学科的研究趋势。跨学科研究旨在打破学科壁垒，将不同领域的知识与方法引入比较文学研究之中，以更加全面和深入的视角探讨文学现象的本质与规律。在跨学科研究中，研究者需具备跨学科的知识储备与综合运用的能力，能够将不同学科的理论与方法相互融合、相互借鉴。通过跨学科研究，可以从多个角度审视文学现象，发现其背后的多重意义与价值；也可以借助其他学科的理论与方法，为比较文学研究提供新的思路与工具，这种综合创新的研究模式，不仅推动了比较文学学科的繁荣发展，也为其他学科的研究提供了新的启示与借鉴。

4. 主题学研究

主题学关注不同文化背景下的文学作品中的共同主题和母题，探讨它们在不同文化语境中的表现方式和意义变化。通过主题学的研究，可以揭示人类共同的精神追求和文化价值观。例如，通过比较不同文化背景下的英雄主题，研究者可以发现不同文化对英雄的不同理解和诠释，揭示英雄主题在不同文化中的表现形式和意义变化。

5. 文类学研究

文类学关注不同文化背景下的文学作品的类型特征和分类标准，探讨它们在不同文化语境中的演变和发展规律。文类学的研究有助于理解文学作品的形式结构和创作技巧，揭示文学创作的普遍规律和特殊现象。例如，通过比较不同文化背景下的小说、诗歌、戏剧等文学类型，研究者可以揭示它们在不同文化中的表现形式和演变规律，从而深化对文学类型的理解。

6. 跨文化比较研究

跨文化比较研究是比较文学中的核心领域之一，它涉及对不同文化背景下的文学作品、文学现象及文学理论进行全方位的比较与分析。跨文化比较研究不仅关注文学作品本身的异同点，还深入探讨它们背后的文化动因、历史背景和社会环境等因素。通过跨文化比较研究，可以揭示不同文化之间的内在联系与差异，促进不同文化之间的交流与理解。例如，通过比较中西方文学中的家庭主题，研究者可以发现中西方文化对家庭的不同理解和诠释，揭示家庭主题在不同文化中的表现形式和意义变化。

跨文化比较研究需要采用多种方法，包括文本分析法、历史比较法、文化比较法、跨学科比较法等。通过这些方法，研究者可以深入分析不同文化背景下的文学作品，揭示它们之间的相似性和差异性。例如，通过文本分析法，研究者可以比较不同文化背景下的文学作品的语言、风格、结构等方面的异同；通过历史比较法，研究者可以探讨不同文化背景下的文学作品在历史背景上的差异和联系；通过文化比较法，研究者可以分析不同文化背景下的文学作品的文化内涵和社会意义。

（三）比较文学的理论基础与哲学背景

比较文学作为一门跨文化的学科，其发展根基深植于广泛而深刻的理论基础与哲学背景之中，这一领域不仅是对文学现象的简单对比或罗列，更是对人类思维模式中普遍性与特殊性、同一性与差异性之间复杂关系的深刻探索与哲学反思。

◎ 文学理论与文艺学研究

1. 理论层面的借鉴融合

在理论层面，比较文学展现出了高度的开放性与包容性，它广泛借鉴了来自不同学科领域的文学理论与方法论成果，形成了独具特色的研究体系。

（1）结构主义与后结构主义理论为比较文学提供了分析文本深层结构的工具，使研究者能够超越表面的文字差异，深入文学作品的内在逻辑与意义生成机制之中。解构主义则进一步挑战了传统文学批评中的权威与中心论调，鼓励研究者对文学现象进行多元化、多角度的解读，促进了文学研究的自由与开放。

（2）接受美学与读者反应理论等现代文学理论也为比较文学的研究注入了新的活力，这些理论关注文学作品的接受过程与读者反应，将读者视为文学活动中的重要参与者与创造者，从而打破了传统文学研究中作者中心论的局限。在比较文学的视野下，不同文化背景下的读者对同一文学作品的接受与解读方式成为研究的重要内容之一，这不仅丰富了文学研究的维度与深度，也促进了跨文化交流与理解的深入发展。

2. 哲学层面的思考

在哲学层面上，比较文学体现了人类对文化多元性与统一性的双重追求，它承认并尊重每一种文化传统的独特性，这些独特性不仅体现在语言文字、风俗习惯等表象层面，更深深根植于每个民族的历史记忆、价值观念与精神追求之中。比较文学又致力于在这些看似迥异的文学现象中寻找共通的语言、主题、叙事模式乃至审美体验，揭示出人类共同的精神追求与情感表达，这种对普遍性与特殊性的双重关注，构成了比较文学哲学思考的核心。进一步而言，比较文学所体现的哲学观念，还涉及了对真理、知识与文化相对性的深刻探讨，它挑战了传统上认为某种文化或文学传统具有绝对优越性的观念，转而强调不同文化之间的平等对话与相互理解，这种观念不仅促进了文化多样性的保护与发展，也为全球文化的和谐共生提供了可能。

（四）比较文学的实践价值

比较文学的实践意义与价值体现在多个方面，不仅促进了文化交流与理解、推动了文学理论与批评的发展，还丰富了文学教育资源、促进了文学创作与创新的多样性。

1. 促进文化交流与理解

在全球化的今天，文化交流与理解已成为时代的重要课题。比较文学通过对不同文化背景下的文学作品进行深入研究与比较，为不同文化之间的对话与理解搭建了桥梁，它帮助读者跨越文化障碍，深入了解其他文化的文学传统与特色，增进对不同文化背景下人们生活方式、价值观念与精神追求的理解与尊重，这种跨文化的交流有助于消除文化隔阂与误解，促进全球文化的多样性与和谐共生。

2. 推动文学理论与批评的发展

比较文学的研究方法与视角为文学理论与批评的发展提供了新的思路与方向，它鼓励研究者跳出传统的研究框架与思维模式，以更加开放和包容的心态去审视文学现象的本质与规律。通过引入不同文化背景下的文学理论与批评方法，比较文学促进了文学理论与批评的多元化与创新性发展也促使了研究者更加深入地思考文学的本质与价值所在，为文学研究的深入发展提供了有力支持。

3. 丰富文学教育资源

比较文学的研究成果在文学教育中具有广泛的应用价值。通过引入不同文化背景下的文学作品与理论观点，可以拓宽学生的文学视野与知识面，培养他们的跨文化意识与批判性思维能力，这种跨文化的文学教育不仅有助于学生更好地理解不同文化背景下的文学作品与文学现象，还能够激发他们的创新思维与创造力，为未来的文学创作与研究奠定坚实基础。

4. 促进文学创作与创新的多样性

比较文学的研究为文学创作提供了丰富的素材与灵感来源。作家们可以通过借鉴其他文化的文学传统与创作手法来丰富自己的创作内容与形式；也可以从比较文学的研究中汲取灵感与启示，推动文学创作的多样性与创新性发展。在全球化与信息化的时代背景下，文学创作面临着前所未有的挑战与机遇。比较文学的研究为作家们提供了跨越文化界限的视野与思维方式，使他们能够创作出更加具有时代特色与全球视野的文学作品，这些作品不仅丰富了世界文学的宝库，也为人类文化的传承与发展作出了重要贡献。

二、比较文学的特征

（一）跨文化特征

1. 跨文化视角的重要性

跨文化视角是比较文学的核心特征。通过对不同文化背景下的文学作品进行比较，研究者能够揭示这些作品在主题、风格、结构和语言等方面的相似性和差异性，这种视角不仅有助于打破文化隔阂和偏见，促进不同文化之间的交流和理解，还能深化对文学本质和文学创作规律的认识。例如，通过比较西方和东方文学中的爱情主题，可以发现不同文化对爱情的理解和表达方式的独特性和普遍性。

2. 跨文化方法的应用

跨文化方法是比较文学研究的重要手段。通过对不同文化背景下的文学作品进行系统的比较和分析，研究者可以揭示这些作品之间的深层次联系和文化内涵，具体方法包括对比研究、影响研究、平行研究等。例如，对比研究可以通过比较不同文化背景下的同一题材的文学作品，揭示其在文化、历史和社会背景上的差异；影响研究则通过探讨某一文学作品或文学现象对另一文化背景下的文学作品或文学现象的影响，揭示文学传播和接受的复杂过程及其背后的文化动因。

（二）多元性与包容性特征

1. 多元性特征

比较文学具有高度的多元性，这种多元性体现在其研究对象、研究方法和研究视角的多样性上。比较文学研究不仅涉及不同国家和民族的文学作品，还涵盖了不同历史时期、不同语言和不同文化背景下的文学现象，这种多元性不仅丰富了比较文学的研究内容，也拓宽了文学研究的领域。例如，通过比较古代中国和古代希腊的神话，可以发现不同文化对神话的不同诠释和理解。

2. 包容性特征

比较文学研究承认并尊重不同文化、不同语言、不同历史背景下的文学差异，鼓励研究者以开放的心态和包容的态度去接纳和理解这些差异。在比较文学的研究中，没有绝对的优劣之分，只有不同的视角和解读方式，这种包容性不仅丰富了文学研究的内涵，也促进了学术界的多元化发展。例如，在比较文学研究中，研究者可以同时采用西方文学批评的方法和东方文学批评的方法，从不同角度分析同一文学作品，揭示其丰富的内涵和多层次的意义。

（三）理论与实践结合的特征

1. 理论的探索

比较文学不仅关注文学作品的文本分析，还注重文学理论与批评方法的探讨与应用。通过将文学理论与批评方法应用于不同文化背景下的文学作品比较中，研究者能够验证和发展这些理论与方法的适用性和有效性。例如，形式主义、结构主义、解构主义等文学理论在不同文化背景下的应用，可以揭示不同文化对文学作品的不同解读和理解。

2. 实践的应用

比较文学不仅是一种理论探索，更是一种实践活动。研究者通过对具体文学作品的比较分析，探讨这些作品在不同文化语境中的创作、传播和接受过程，揭示其在不同文化背景下的意义和价值，这种理论与实践的结合不仅提升了比较文学研究的深度和广度，也为其他学科领域提供了有益的借鉴和启示。例如，通过比较不同文化背景下的小说，可以发现这些小说在叙事结构、人物塑造、主题表达等方面的异同，从而深化对小说这一文学形式的理解。

（四）跨学科性特征

比较文学不仅涉及文学学科内部的不同领域（如古代文学、现代文学、比较诗学等），还与其他学科领域（如历史学、哲学、社会学、心理学等）产生广泛的交叉与融合。通过跨学科的研究方法，比较文学能够更全面地揭示文学作品与社会、历史、文化等复杂因素之间的内在联系与互动关系。例如，通过将文学作品与历史背景相结合，研究者可以揭示文学作品中的历史叙述和历史意义。

跨学科方法在比较文学研究中具有重要作用。研究者可以通过结合历史学、哲学、社会学等学科的方法，深入分析文学作品的文化内涵和社会意义。例如，通过结合社会学的方法，研究者可以探讨文学作品中的社会结构和社会关系，揭示文学作品中的社会现实和社会矛盾；通过结合哲学的方法，研究者可以探讨文学作品中的哲学思想和哲学问题，揭示文学作品中的思想深度和思想价值。

第二节 比较文学的研究对象

一、文学文本的比较

在比较文学这一广阔而深邃的学术领域内，文学文本的比较占据了举足轻重的地位，它不仅是连接不同文化、语言和文学传统的桥梁，也是探索人类共同精神追求与独特文化表达差异的窗口。

（一）主题比较

主题作为文学作品的核心灵魂，是跨越时空界限、沟通不同文明的共通语言。在比较文学视角下，主题比较不仅仅是对相似或相异主题的简单罗列，而是深入挖掘这些主题在不同文化语境中的独特呈现方式及其背后的文化逻辑和心理机制。例如，爱情作为人类情感的永恒主题，在不同文化中的表现虽各具特色，却共同指向了对人性深处情感需求的探索。西方文学中的爱情往往伴随着对个体自由、情感表达及爱情至上的热烈颂扬，如莎士比亚笔下的罗密欧与朱丽叶，他们的爱情超越了家族仇恨，是对个人情感自由追求的极致表达。东方文学中的爱情则更多地融入了社会责任、家族伦理的考量，如《红楼梦》中贾宝玉与林黛玉的爱情悲剧，深刻反映了封建礼教对个体情感的压抑与束缚。

战争、死亡等主题同样在比较文学中展现出丰富的文化多样性。战争主题在不同文化中的书写，不仅是对历史事件的回顾，更是对人类战争心理、道德困境及和平向往的深刻反思。西方文学中的战争叙事，如海明威的《永别了，武器》，通过细腻的心理描写和残酷的现实描绘，展现了战争对个人精神的摧残与人性的扭曲；而东方文学，如《三国演义》，则更多地通过宏大的历史叙事和英雄主义情怀，强调战争的正义性与民族精神的弘扬。

（二）结构比较

文学作品的结构，是其内在逻辑与外在形式的统一体，是作者表达思想、构建世界的基石。结构比较通过对不同文学作品叙事方式、人物关系、情节安排等方面的细致考察，揭示了不同文化在叙事艺术上的独特追求与审美偏好。西方文学倾向于采用线性叙事结构，注重时间的线性推进和因果关系的清晰呈现，这种结构有利于读者跟随情节发展，逐步深入理解故事内涵。而东方文学，尤其是古典文学，则常常采用循环叙事或插叙手法，打破时间的线性束缚，强调时空的交错与事件的内在联系，如《红楼梦》中的"太虚幻境"与现实世界的交织，为读者提供了更为丰富的阅读体验和思考空间。人物关系的比较，则进一步展现了不同文化中人际关系的复杂性与多样性。西方文学中的人物，往往具有鲜明的个性特征和独立的行动能力，他们之间的关系更多是基于个人情感和利益的选择与冲突。而东方文学中，人物往往被置于更为广阔的社会背景之下，其行动与选择更多地受到家族、社会乃至宇宙秩序的影响，如《水浒传》中一百单八将的聚义，既是个人命运的交织，也是社会矛盾的集中体现。

（三）语言风格比较

语言作为文学作品的物质载体，其风格特色直接反映了特定文化的审美倾向和表达习惯。语言风格比较是指通过对不同语言文学作品语言特征的深入分析，揭示其背后的文化意蕴和历史积淀。诗歌作为语言艺术的巅峰，其语言风格在不同文化中呈现出截然不同的风貌。西方诗歌注重形式美与音乐性，通过押韵、节奏等手法构建出和谐悦耳的韵律美；而东方诗歌，尤其是中国古典诗词，则更注重意境的营造与象征的运用，以简洁凝练的语言传达深远的意境和情感。

散文与小说作为更加贴近日常生活的文学体裁,其语言风格也各具特色。西方散文常以其严密的逻辑性和深邃的哲理思考著称,如蒙田的随笔,以平易近人的语言探讨人生哲理与社会现象;而东方散文,如唐宋八大家的作品,则更多地展现出一种抒情与哲理并重的风格,通过细腻的情感抒发和深刻的哲理思考,引领读者进入一种超越现实的精神境界。小说作为叙事文学的代表,其语言风格在不同文化中同样展现出丰富的多样性。西方小说注重细节描写和心理刻画,通过细腻入微的笔触展现人物内心世界和社会现实;而东方小说,则可能更多地采用象征、隐喻等手法,以简洁的语言和深刻的意象,传达出更为复杂和深邃的思想内涵。

二、文学与其他艺术形式的比较

文学与其他艺术形式的比较是比较文学研究中的一个重要方向。通过对文学与电影、音乐、美术等其他艺术形式的比较,揭示其相互影响及其背后的文化和社会意义。具体而言,文学与其他艺术形式的比较包括以下方面。

(一)文学与电影的比较

文学与电影的比较是探讨文学作品在改编为电影过程中发生的深刻变化及其社会接受度的关键途径,这一过程不仅仅是文字向视觉图像的简单转换,更是叙事手法、审美观念乃至文化背景的综合再创造。

第一,从叙事结构而言,文学作品往往拥有更为灵活多变的叙事方式,如非线性时间线、多重视角叙事等,这些在电影的改编中常常需要进行大幅度的调整以适应电影的叙事逻辑和视觉表达。例如,一部具有复杂心理描写和内心独白的小说,在改编成电影时可能需要通过场景设置、角色互动以及视觉符号来间接传达这些内在情感,从而改变观众的感知方式。

第二,人物形象的塑造在电影改编中同样经历了深刻的变革。文学作品中的人物往往通过文字刻画得以丰满和立体,而电影则通过演员的表演、导演的镜头语言以及服装、化妆等造型手段来构建人物形象，这种转换不仅涉及外在形象的塑造，更关乎人物性格、心理活动的视觉化呈现。因此，电影中的人物形象往往与原作有所不同，甚至可能引发观众对原作人物的重新认识。

第三，主题的处理在文学与电影之间也展现出显著的差异。文学作品通常通过细腻的文字描绘和深入的思考来呈现主题，而电影则更倾向于通过直观的视觉和听觉冲击来传达主题，这种差异使得电影在呈现某些主题时更为直接和有力，但同时也可能简化了文学作品的复杂性和多义性。电影改编者需要权衡这种简化与直观表达之间的利弊，以找到最适合电影媒介的表达方式。

第四，电影作为一种大众传媒，其改编作品往往承载着更广泛的社会文化意义。电影改编不仅是对文学作品的再创造，更是对原作所蕴含的文化价值和社会意义的重新诠释和传播，这种传播过程往往受到社会文化背景、观众审美习惯以及市场需求等多种因素的影响，从而导致改编作品在不同时期、不同地域呈现出不同的风貌。

（二）文学与音乐的比较

文学与音乐的比较研究揭示了这两种艺术形式在情感表达和氛围营造方面的独特魅力及其相互渗透的深刻联系。文学作品中的音乐元素与音乐作品中的文学性表达共同构成了艺术表达的丰富层次。

第一，文学作品中的音乐元素往往通过文字描绘来呈现声音的韵律、节奏和旋律之美，这些音乐元素不仅增强了作品的情感表现力，还丰富了读者的想象空间。例如，在诗歌中，诗人常常运用音韵和谐、节奏鲜明的语言来构建音乐般的语言结构，使读者在阅读过程中能够感受到诗歌的韵律美和情感力量。而在散文和小说中，作者则可能通过对音乐场景、乐器演奏或歌声的细腻描写来营造特定的氛围和情感基调。

第二，音乐作品则通过歌词、曲调和编曲等元素来传达文学作品中的主题和情感。歌词作为音乐作品的重要组成部分，往往承载着深刻的主题思想和情感表达；曲调和编曲则通过声音的艺术形式将这些主题和情感进行强化和升华，这种结合不仅使得音乐作品更加具有感染力和震撼力，也加深了听众对文学作品的理解和感受。

第三，文学与音乐的结合还创造出了多种独特的艺术形式，如歌剧、音乐剧和朗诵音乐会等，这些艺术形式通过音乐和文学的互动和融合，不仅丰富了艺术表达的层次和内容，也促进了不同艺术形式之间的对话和交流。在歌剧中，音乐和文学相互依存、相互促进，共同构成了完整的艺术作品；在音乐剧中，音乐和戏剧元素相互交织、相互补充，为观众带来了更加丰富的艺术体验；而在朗诵音乐会上，文学作品则通过音乐的伴奏和朗诵者的演绎得以更加生动地呈现给听众。

（三）文学与美术的比较

文学与美术的比较研究深入探讨了文学作品中的视觉元素与美术作品之间的紧密联系及其相互影响。文学作品通过语言描写创造出丰富的视觉形象，而美术作品则通过视觉形象来传达文学的主题和情感，这种跨界交融不仅丰富了艺术表达的多样性和深度，也促进了不同艺术形式之间的对话和融合。

文学作品通过细腻的描写和象征手法呈现出丰富多彩的视觉形象，这些形象为美术创作者提供了丰富的素材和想象空间。美术创作者通过将这些视觉元素转化为具体的图像和造型，不仅实现了对文学作品的一种独特诠释和传承，也丰富了美术作品的内涵和表现力。例如，在插画和封面设计中，艺术家们常常根据文学作品中的情节、人物和场景来创作具有视觉冲击力的图像作品；在跨界合作中，文学与美术的结合更是创造出了许多令人耳目一新的艺术作品，如文学作品的绘本版、文学主题的画展等，这些作品通过视觉与文字的双重叙事，为观众提供了更加多元和深刻的艺术体验。

在文学作品中，视觉元素的运用往往超越了简单的形象描绘，它们承载着丰富的象征意义和情感色彩。作者通过细腻的笔触和巧妙的构思，将视觉形象与情节发展、人物性格以及主题思想紧密结合，创造出既具体又抽象的艺术效果，这些视觉元素在读者的脑海中形成独特的意象，激发读者的想象力和情感共鸣，使文学作品具有了更加深远的艺术感染力。而美术作品则通过色彩、构图、造型等视觉元素来直接呈现这些意象和情感。美术作品中的色彩不仅仅是自然色彩的再现，更是情感和氛围的传达者；构图则通过空间的布局和元素的组合来构建画面的节奏和张力；造型则通过线条、形状和体积的塑造来刻画形象和传达意义。美术作品中的这些视觉元素相互交织、相互作用，共同构成了具有强烈视觉冲击力和情感表达力的艺术作品。

当文学与美术相遇时，它们之间的跨界交融不仅体现在创作过程中的相互启发和借鉴，更体现在作品呈现时的相互映衬和互补。文学作品为美术作品提供了丰富的素材和灵感来源，而美术作品则为文学作品提供了直观的视觉形象和情感表达，这种跨界交融不仅丰富了艺术作品的内涵和表现力，也拓宽了观众的审美视野和感受方式。

此外，文学与美术的比较研究还揭示了不同文化背景下艺术表达的差异和共性。不同文化背景下的文学作品和美术作品往往具有独特的艺术风格和表现手法，它们通过不同的视觉元素和审美观念来呈现各自的文化特色和价值观念。在这些差异的背后，也能够发现它们之间的共性和普遍规律，这些共性和规律不仅反映了人类共同的文化追求和情感表达，也为人们理解和尊重不同文化提供了有益的视角和思路。

第三节 比较文学的研究范式

一、宏观比较文学的研究范式

（一）比较文学现象的普遍价值与文化共性

在宏观比较文学的广阔视阈下，文学不再局限于单一文化的疆域，而是成为跨越国界、民族与时代的全球性话语体系，这一研究范式深刻揭示了文学作为人类共同精神财富的本质，它超越了地域、语言与文化的界限，探寻那些在不同文学作品中反复出现、跨越时空的情感共鸣与哲学思考。爱情、死亡、自由等人类永恒的主题，在不同文化语境的文学作品中以多样化的形式呈现，却往往能触及读者内心最柔软的部分，引发对生命本质、存在意义及人类命运的深刻反思，这种普遍价值的挖掘，不仅促进了文化间的相互理解和尊重，也强化了人类作为一个整体的认同感。

具体而言，宏观比较文学通过对比分析不同文化中的文学经典与新兴作品，揭示了它们在表达人类共同情感与哲学观念时的异曲同工之妙。例如，莎士比亚的《罗密欧与朱丽叶》与中国古典戏剧《牡丹亭》虽在文化背景、叙事手法上大相径庭，但两者都深刻描绘了爱情的纯真与力量，展现了青年男女对自由爱情的向往与追求，体现了人类情感世界的普遍性与共通性。此外，通过比较不同文化对死亡主题的探讨，如日本文学的物哀美学与西方文学中的悲剧意识，可以发现尽管表达方式各异，但都触及了生命终结的深刻哲理，引发了对生死循环、灵魂归宿等问题的共同思考。

（二）比较文学的多元化发展与全球影响

全球化进程的加速使得文学作品的传播与交流达到了前所未有的广度和深度。宏观比较文学敏锐地捕捉到了这一趋势，将文学的多元化发展与全球影响置于研究的核心地位。在这一范式下，文学作品不再孤立存在，而是成为文化互动与交流的重要载体。不同文学体系间的碰撞、融合与互鉴，不仅丰富了文学的表现形式与内涵，也推动了文学创作的持续创新与发展。具体而言，宏观比较文学通过分析文学作品在不同文化中的接受、改编和再创造过程，揭示了文学的全球影响力和文化间的相互渗透。例如，中国古典文学名著《西游记》被多次改编为影视作品，并传播到世界各地，其影响力远远超出了原初的文化语境，成为全人类共有的文化财富。西方现代主义、后现代主义等文学思潮的兴起，也对全球范围内的文学创作产生了深远影响，促进了文学表达形式的多样化和文学观念的革新，这种跨文化的文学交流与互动，不仅展示了文学的全球影响力，也为文学的创新与发展提供了不竭的动力。

（三）比较文学与文化形态的表达方式

宏观比较文学还致力于揭示不同国家和民族的文化形态与文学表达方式的独特性及其背后的深层原因。每个文化都有其独特的文学传统、审美标准和价值观念，这些因素在文学作品中得到了充分体现。通过比较研究，可以深入理解不同文化在文学表达上的异同点，进而把握文化的多样性和复杂性。在这一方面，宏观比较文学特别关注文学作品中的文化符号、意象与叙事策略等要素。例如，中国文学中的"意境"追求，强调通过景物描写与情感抒发的融合来营造一种超越物质世界的艺术境界；而西方文学则更加注重情节构建与人物塑造的严谨性与逻辑性，这两种不同的文学表达方式，分别体现了东西方文化在审美取向上的不同侧重。通过对比分析，可以更加清晰地看到不同文化在文学表达上的独特魅力与相互借鉴的可能性。

二、微观比较文学的研究范式

（一）特定比较文学现象的深入剖析

微观比较文学更加注重对特定文学现象的深入剖析与细致研究。它从一个较小的切入点入手，如某个作家、作品、流派或文学现象等，通过对比分析不同史时背景、文化环境或同一时期不同地域的文学创作异同点，揭示出文学创作的内在规律与特点，这种研究范式有助于更加深入地理解文学作品的艺术价值与思想内涵。例如，"文学家族史"研究就是微观比较文学的一个重要领域，它通过对某个家族几代人的文学创作进行梳理与比较分析，揭示出家族文化、传统与时代背景对文学创作的影响与塑造作用。同样地，"作家主题研究"也是微观比较文学关注的重点之一。它通过对某位作家不同时期的作品进行深入研究与比较分析，揭示出作家在创作过程中的思想变化与艺术风格的形成过程，这些研究不仅有助于更加全面地认识作家与作品之间的关系，也有助于更加深入地理解文学创作的本质与规律。

（二）文体与写作风格的比较

在微观比较文学中，文体与写作风格的比较也是一个重要的研究方向。不同文化背景下的文学作品在文体与风格上往往存在显著差异这些差异不仅反映了不同文化的审美取向与创作习惯也展示了文学多样性的独特魅力。例如，中国古典诗词与西方诗歌在文体与风格上就有着显著的差异。中国古典诗词追求意境的深远与含蓄，通过精炼的语言和丰富的意象，营造出一种超越文字本身的审美体验；而西方诗歌则更倾向于直抒胸臆，通过强烈的情感表达和细腻的心理描绘，直接触动读者的心灵。通过微观比较文学的研究，可以更加清晰地看到这两种不同文体与风格之间的差异，进而深入理解它们背后的文化根源与审美追求。同一文化内部的不同作家或流派之间，在文体与写作风格上也可能存在显著差异。例如，在中国现代文学史上，鲁迅的犀利讽刺与巴金的深情叙述，就代表了两种不同的文学风格。通过对比分析这些作家的作品，可以发现他们在文体选择、语言运用、叙事技巧等方面的独特之处，进而理解他们各自的艺术追求和文学贡献。

（三）跨语境的语言比较

在微观比较文学中，跨语境的语言比较是一个不可忽视的研究维度。语言作为文学作品的载体，其差异对文学表达有着深远的影响。不同语境中的语言，在词汇选择、语法结构、修辞手法等方面都可能存在差异，这些差异又进一步影响了文学作品的风格、意蕴和接受效果。通过跨语境的语言比较，研究者可以探究作者在不同语境中运用语言的差异，以及这些差异如何影响文学作品的表达效果。例如，同一部作品在翻译成不同语言时，可能会因为语言的差异而出现语义的微妙变化或文化意象的失落与增益，这种变化不仅反映了语言之间的差异，也揭示了文化之间的交流与碰撞。跨语境的语言比较有助于理解文学作品在不同文化语境中的接受与解读。不同文化背景下的读者，由于语言习惯、文化背景和审美观念的不同，可能会对同一部作品产生截然不同的理解和评价。通过对比分析这些不同的解读和评价，可以更加深入地理解文学作品的文化内涵和普遍价值。

三、跨学科合作与比较文学研究

（一）比较文学与文化人类学的合作

比较文学的研究需要跨越学科界限，与文化人类学等相关学科进行深度合作。文化人类学通过田野调查、民族志研究等方法，深入探究特定文化群体的社会制度、政治意识等文化表现。与比较文学相结合，可以从文学作品中挖掘出这些文化表现的深层次内涵，进而揭示文学与文化之间的内在联系。例如，通过对某部反映特定文化习俗或信仰的文学作品进行深入分析，可以结合文化人类学的理论与方法，探讨该文化习俗或信仰的起源、发展及其在社会生活中的作用。这种跨学科的合作不仅有助于更加全面地理解文学作品的文化背景和社会意义，也有助于更加深入地认识特定文化群体的文化特性和价值观念。

（二）比较文学与语言学的合作

语言学作为比较文学研究的重要合作伙伴，为文学语言的解析提供了有力的理论支持和方法论指导。通过语言学的方法，研究者可以从语言结构、语系关系、历史变迁、语境影响等多个角度对文学语言进行深入分析。例如，运用语言学中的词汇分析、句法分析等方法，可以揭示文学作品中的语言特点和风格特征；通过对比不同语境中的语言运用情况，可以探究语言差异对文学表达的影响；借助语言学中的修辞学理论，可以分析文学作品中的修辞手法及其艺术效果。这种多维度的语言解析不仅有助于更加深入地理解文学作品的语言艺术魅力，也有助于更加准确地把握文学作品的思想内涵和情感表达。

（三）比较文学与文化研究的合作

比较文学与文化研究的合作则使比较文学研究能够从更广阔的社会文明、文化现象和人类社会的角度探讨文学的文化背景和发展规律。文化研究关注社会变迁、文化冲突与融合等宏观问题，而比较文学研究则侧重于文学在这些宏观背景下的具体表现。两者的结合有助于揭示文学与社会文化之间的复杂关系及其相互作用机制。例如，通过结合文化研究中的社会变迁理论和方法论指导，可以分析特定历史时期文学作品中的社会意识和价值观念变化；通过对比不同文化背景下文学作品的异同点及其社会影响，可以揭示文化冲突与融合对文学创作和接受的影响。这种跨学科的合作不仅有助于更加全面地理解文学作品的社会文化意义和价值功能，也有助于更加深入地认识文学在社会发展中的重要作用和地位。

第四节 比较文学的学科理论

"比较文学学科自发端以来一直保持着广阔的开放性和纵深的视野，其学科理论依据、逻辑支点、研究策略的每一次自我完善，无一不和变化的时代语境有着紧密的关系。"[①]比较文学的学科理论主要包括以下方面。

一、比较文学的媒介学理论

（一）媒介学的范畴

在比较文学的广阔领域中，媒介学作为一个重要的分支，致力于探讨外国作品如何跨越文化边界进入本国，以及这一过程中涉及的方式、途径、手段及其背后的因果规律，它不仅关注文学作品的物理传播过程，更深入文化、社会、历史等多个层面，揭示了文学交流背后的复杂机制和深远影响。比较文学的媒介学是一门研究文学交流媒介的学科，它关注外国文学作品及其思想如何通过各种媒介进入并影响本国文学和文化，这里的媒介可以是个人、组织、环境，也可以是文字、图像、声音等具体的传播手段。媒介学的研究范畴广泛，包括但不限于翻译、改编、评论、演出、人员往来、文学社团活动等，这些媒介在文学交流中扮演着不可或缺的角色。

（二）媒介的多样性与作用

在媒介学的视角下，文学作品的传播不再是一个单一的过程，而是由多

[①] 李桂全.数字时代比较文学研究的路径可能——在学科自律论与语境他律论之间[J].新疆大学学报（哲学社会科学版），2023，51（4）：114.

种媒介共同参与、相互作用的复杂网络。翻译作为文学交流中最直接、最重要的媒介之一，其重要性不言而喻。翻译不仅是语言之间的转换，更是文化之间的交流与碰撞。通过翻译，外国文学作品得以跨越语言的障碍，进入本国读者的视野，进而引发文化上的共鸣或冲突。除了翻译之外，改编也是文学交流中的重要媒介。改编者根据本国读者的审美习惯和文化背景，对外国文学作品进行再创作，使其更加符合本国读者的接受心理，这种改编过程往往伴随着文化的再解读和再创造，为文学作品的传播注入了新的活力和意义。文学评论和学术研究是不可忽视的媒介。评论家和学者通过对文学作品的深入分析和解读，揭示其背后的文化内涵和艺术价值，引导读者更好地理解和欣赏外国文学作品。他们的研究成果和学术观点不仅丰富了文学批评的理论体系，也为文学交流提供了重要的参考和借鉴。

（三）媒介学的运用方法

媒介学的研究建立在大量的文学史实基础之上，通过对文学交流过程中各种媒介的深入分析和比较，揭示其背后的因果规律和影响因素。在研究方法上，媒介学借鉴了多种学科的理论和方法，如传播学、文化学、历史学等，形成了自己独特的理论体系和分析框架。

媒介学强调实证性，它通过对具体文学交流案例的深入剖析，揭示媒介在文学传播中的实际作用和影响效果，这种实证性的研究方法使得媒介学的研究结果更加客观、可靠，具有较高的学术价值。

媒介学具有流动性，它关注文学交流过程中的动态变化和发展趋势，强调媒介在文学传播中的灵活性和适应性。随着科技的不断进步和社会的发展变化，文学交流的媒介也在不断演变和创新。媒介学的研究需要紧跟时代步伐，关注新的媒介形态和传播方式的出现，为文学交流的发展提供新的思路和方向。

媒介学还强调可见性，它要求研究者能够清晰地呈现文学交流过程中的媒介现象和影响因素，使读者能够直观地感受到媒介在文学传播中的作用和价值，这种可见性的要求使得媒介学的研究更加直观、生动，易于被读者接受和理解。

（四）媒介学的实践与影响

媒介学的研究成果在文学交流和文化传播中具有重要的应用价值：首先，媒介学为翻译和改编工作提供了理论指导和实践参考。通过深入研究不同媒介在文学交流中的作用和影响，翻译者和改编者可以更加准确地把握原作的精神实质和文化内涵，从而创作出更加优秀的译本和改编作品。其次，媒介学的研究有助于促进不同文化之间的交流与理解。通过揭示文学交流背后的媒介机制和影响因素，媒介学可以帮助人们更好地理解不同文化之间的差异和共通之处，增进文化之间的互信和尊重，这种跨文化的交流与理解对于推动全球文化的多样性与和谐共生具有重要意义。

二、比较文学的主题学理论

（一）主题学的内涵

在比较文学的广阔领域中，主题学作为其核心分支之一，承担着揭示不同文学作品中共同主题、意象、母题及其跨文化变体的重任。主题学的研究不仅限于对单一文学传统内部主题的挖掘与分析，更强调跨越国界、民族和文化的界限，探讨这些主题在不同文学体系中的表现形式、文化内涵及演变过程。

主题学是研究文学作品中反复出现、具有普遍意义及深厚文化内涵的主题、意象和母题的学科，它关注这些元素在不同文学作品中的呈现方式、相互关系以及它们所承载的文化、历史、社会等深层次信息。主题学的研究对象广泛，包括但不限于爱情、死亡、自然、权力、旅行、家庭、身份认同等跨越时空、普遍存在于人类文化中的主题。在比较文学的框架下，主题学尤为注重对不同文学体系中相同或相似主题的对比分析，这种对比不仅限于文本表层的相似性，更深入文化语境、历史背景、审美观念等多个层面，以揭示主题在不同文化土壤中的生长、变异与融合过程。因此，主题学的研究不仅是对文学现象的简单归纳与分类，更是对文学本质与文化多样性深刻理解的体现。

（二）主题学的研究方法

1. 文本细读法

文本细读是主题学研究的基础方法。研究者需对文学作品进行深入阅读与分析，细致观察作品中主题、意象、母题的具体表现形式及其与情节、人物、语言等元素的关联。通过文本细读，研究者能够准确把握作品的主题思想、情感倾向及艺术特色，为后续比较研究提供坚实的文本基础。

2. 跨文化比较法

跨文化比较是主题学研究的核心方法。研究者需将不同文学体系中的相同或相似主题置于同一平台上进行比较分析，探讨它们在不同文化背景下的表现形式、文化内涵及演变轨迹，这种比较不仅关注文本表层的相似性，更深入文化语境、历史传统、审美观念等深层次因素，以揭示主题在不同文化土壤中的独特风貌与共同规律。

3. 理论阐释法

理论阐释是主题学研究的重要辅助方法。研究者需运用文学理论、文化理论、哲学理论等多种理论工具对主题学的研究对象进行深入的阐释与解读，这些理论工具不仅能够帮助研究者更好地理解文学作品中的主题、意象、母题等元素，还能够为跨文化比较提供有力的理论支撑与逻辑框架。

（三）主题学的跨文化透视

1. 主题的普遍性与特殊性

许多主题具有普遍性，它们跨越时空界限，普遍存在于不同文化、不同时代的文学作品中，这些主题如爱情、死亡、自然等，反映了人类共同的精神追求与情感体验。这些普遍主题在不同文化背景下的具体表现形式却各具特色，呈现出明显的特殊性，这种普遍性与特殊性的结合，构成了主题学跨文化研究的重要基础。

2. 主题的传播与变异

在跨文化交流的过程中，主题往往通过翻译、改编、重写等多种方式在不同文学体系中传播与接受，这种传播不仅促进了文学作品的跨国界流通与影响，也导致了主题的变异与再生。主题在不同文化土壤中的传播与变异，不仅丰富了文学创作的素材与手法，也促进了不同文化之间的交流与融合。因此，主题的传播与变异是主题学跨文化研究的重要议题之一。

3. 主题的文化与价值观

主题学的研究关注主题所承载的文化内涵与价值观。不同文化背景下的主题往往蕴含着不同的文化意义与价值判断，这些文化意义与价值判断不仅反映了不同文化的独特风貌与精神追求，也揭示了人类文化的多样性与复杂性。通过对主题文化内涵与价值观的深入挖掘与分析，研究者能够更好地理解不同文化之间的差异与联系，增进对人类文化的全面认识与尊重。

三、比较文学的形象学理论

（一）形象学的基础概念

在比较文学这一广阔而深邃的学术领域中，形象学作为一门独特的分支，以其跨学科的性质和深刻的理论洞见，为理解和阐释不同文化背景下文学形象的生成、传播、变形及影响提供了有力的工具。形象学是研究文学作品中形象（尤其是异国、异族形象）的学问，它起源于法国学派的影响研究，后逐渐发展成为比较文学中一个独立而重要的研究领域。在形象学的语境下，"形象"不仅仅指涉文本中直接描绘的人物、场景或事物，更包括这些元素所承载的文化意义、意识形态、想象与偏见等复杂内涵，它既是作家对外部世界的认知与想象的产物，也是读者通过文本与作者进行跨文化对话的桥梁。

形象学的核心在于探讨"他者"形象的构建过程及其背后的文化逻辑，这里的"他者"，既可以指地理上遥远或文化上差异显著的异国、异族，也可以是同一文化内部不同群体间的相互凝视与想象。通过对这些"他者"形象的细致分析，形象学揭示了文学在促进文化交流、塑造民族身份、反映社会变迁等方面的重要作用。

（二）形象学的研究方法

第一，文本细读。形象学的研究依赖于对文本的深入阅读和细致分析。研究者需关注文本中形象的具体描绘、语言风格、修辞手法等，以捕捉作者塑造形象的意图与策略。

第二，跨文化比较。比较文学的本质在于跨文化性，形象学亦不例外。研究者需将特定文学作品中的形象置于更广阔的文化背景中，与其他文化体系中的类似形象进行比较，以揭示形象背后的文化差异与共性。

第三，历史语境分析。形象并非孤立存在，而是特定历史时期的产物。因此，形象学研究还需关注形象产生的历史背景、社会条件及文化语境，以理解形象的历史变迁与现实意义。

第四，读者反应研究。形象不仅由作者创造，还需通过读者的阅读活动得以实现其意义。因此，研究读者如何解读、接受并重构文本中的形象，也是形象学研究的重要方面。

（三）形象学的框架体系

第一，形象的生产与消费。形象学强调形象作为文化产品的生产与消费过程。作家作为生产者，通过文本创造形象；读者作为消费者，则根据自己的文化背景、审美趣味及阅读经验对形象进行解读与重构，这一过程涉及形象的创造、传播、接受与变形等多个环节。

第二，意识形态与权力关系。形象往往蕴含着特定的意识形态与权力关系。通过对异国、异族形象的塑造，作家不仅表达了对外部世界的认知与想象，还间接地反映了本民族的文化自信、焦虑或优越感。形象也是权力斗争与话语争夺的场所，不同文化体系间的形象互塑往往伴随着文化霸权的争夺与反抗。

第三，身份认同与文化交流。形象学还关注形象在身份认同与文化交流中的作用。通过对他者形象的塑造与解读，个体或群体得以确认或质疑自己的身份认同。形象也成为不同文化间交流与对话的媒介，促进了文化的相互理解与融合。

（四）形象学的应用实践

第一，跨国文学形象研究。在全球化的背景下，跨国文学作品中的异国形象成为形象学研究的重要对象。通过对这些形象的深入分析，可以揭示全球化进程中文化认同的复杂性、文化冲突的根源以及文化融合的可能性。

第二，民族文学中的他者形象。在民族文学中，他者形象往往是构建民族身份、强化民族认同的重要手段。通过对这些形象的研究，可以了解民族文学在塑造民族性格、传承民族文化方面的作用及其局限性。

第三，经典文学作品的再解读。经典文学作品中的形象往往具有丰富的文化内涵和深刻的象征意义。通过形象学的视角对经典作品进行再解读，可以挖掘出文本中隐藏的文化密码和时代精神，为经典作品的传承与创新提供新的思路和方法。

第四，现代传媒中的形象塑造。随着现代传媒技术的发展，文学作品中的形象不再局限于文字表达，而是通过各种媒介形式得以广泛传播和接受。因此，形象学的研究也需要关注现代传媒中形象塑造的特点、规律及其对社会文化的影响。

四、比较文学的文类学理论

（一）文类学的范畴

文类学作为比较文学的一个重要分支，专注于研究文学作品的类型或文类及其相关理论，它不仅仅关注文类内部的结构、特征和功能，还致力于探讨文类在不同历史时期、不同文化环境中的生成、变化和相互影响。文类学的范畴广泛，包括但不限于诗歌、小说、戏剧、散文等传统文类，也涵盖了现代文学中出现的各种新兴文类，如科幻小说、魔幻现实主义、后现代主义等。在比较文学的广阔领域中，文类学占据着举足轻重的地位，它不仅仅是对文学作品分类的简单研究，而是深入探索不同文化背景下文类形成、发展、演变及其相互影响的复杂过程。通过跨文化的视角，比较文学的文类学揭示了文类作为文学交流的重要载体，在不同文化语境中的独特表现与共同规律，为理解文学的多样性和统一性提供了有力的理论支撑。

（二）文类学的跨文化视角

比较文学的文类学特别强调跨文化的研究视角。在这一视角下，文类不再被局限于某一特定文化或文学传统之内，而是被视为跨文化交流的重要媒介。不同文化背景下的文类之间存在着复杂的相互关系和互动模式，它们既保持着各自独特的文化传统和审美标准，又在相互借鉴、融合和创新的过程中不断发展演变。通过跨文化的视角，比较文学的文类学能够揭示出文类在全球化语境下的新变化和新趋势。例如，随着国际文学交流的日益频繁，某些文类可能在全球范围内迅速传播并受到广泛欢迎，如科幻小说和侦探小说等；不同文化背景下的文类也可能在相互碰撞和融合中产生新的文类形态，如魔幻现实主义就是拉丁美洲文学在吸收欧洲文学传统的基础上形成的独特文类。

（三）文类学的分析方法

第一，文类定义与分类。文类学需要对文类进行明确的定义和分类，这涉及对文类本质特征的把握和对不同文类之间界限的界定。通过对比分析不同文化背景下的文类定义和分类标准，可以揭示出文类在不同文化语境中的独特性和多样性。

第二，文类历史与演变。文类学关注文类的历史发展和演变过程。通过梳理文类在不同历史时期、不同文化环境中的生成、变化和相互影响，可以揭示出文类发展的内在规律和外部因素，这种历史性的研究视角有助于更全面地理解文类的本质和功能。

第三，文类功能与审美。文类学还关注文类的功能和审美价值。不同文类在表达思想、传递情感、塑造形象等方面具有不同的功能和作用。不同文化背景下的文类也呈现出不同的审美标准和审美追求。通过对比分析不同文类的功能和审美价值，可以揭示出文类在跨文化交流中的独特魅力和吸引力。

第四，文类比较与互鉴。文类学强调文类之间的比较与互鉴。通过对比分析不同文化背景下的文类在结构、特征、功能等方面的异同点，可以揭示出文类之间的相互影响和融合趋势，这种比较与互鉴的研究方法有助于更深入地理解文类的多样性和统一性。

（四）文类学的应用实践

第一，文学创作与批评。文类学为文学创作和批评提供了重要的理论参考和实践指导。通过深入了解不同文类的特征和规律，作家可以更加灵活地运用文类进行创作；批评家也可以借助文类学的理论框架对文学作品进行更加深入和全面的分析评价。

第二，文学教育与传播。文类学在文学教育和传播中也具有重要作用。通过引入不同文化背景下的文类作品和理论观点，可以拓宽学生的文学视野和知识面；也可以促进不同文化之间的文学交流和传播，增进人们对不同文化的理解和尊重。

第三，文化遗产保护与传承。文类学还有助于文化遗产的保护与传承。不同文化背景下的文类作品是文化遗产的重要组成部分。通过深入研究文类的历史发展和演变过程以及其在当代社会中的价值和意义，可以更好地保护和传承这些宝贵的文化遗产。

五、比较文学的叙事学理论

（一）叙事学的理论基础

在比较文学的广阔领域中，叙事学作为一个交叉学科的分支，专注于探讨文学作品中的叙事结构、叙事技巧、叙事声音以及这些元素如何跨越不同文化、语言和时代界限而展现出独特的魅力与复杂性。叙事学作为一门独立的学科，主要研究叙事作品（如小说、戏剧、电影等）中的叙事结构、叙事方式、叙事视角、叙事时间等要素，它旨在揭示这些要素如何共同作用于文本的构建，以及它们如何影响读者对故事的理解和情感体验。在比较文学的语境下，叙事学不仅关注单一文学传统内的叙事现象，更强调跨文化的比较与分析，以揭示不同文化背景下叙事策略的异同及其背后的文化逻辑。叙事学的理论基础主要包括以下方面。

第一，叙事结构。叙事结构是指叙事作品中情节的组织方式，包括故事的开端、发展、高潮和结局等部分。叙事结构是文本的基础框架，决定了故事的整体走向和读者的阅读体验。

第二，叙事视角。叙事视角是指叙述者观察和讲述故事的角度和立场。不同的叙事视角能够产生不同的叙事效果，影响读者对故事真实性的判断和对人物性格的理解。

第三，叙事时间。叙事时间是指叙事作品中时间的呈现方式，包括时序、时距和频率等方面。叙事时间的操控能够打破现实时间的线性束缚，创造出独特的叙事节奏和时空感。

第四，叙事声音。叙事声音是指叙述者在文本中传达的个人态度、价值观和情感倾向。叙事声音是叙述者与读者之间沟通的桥梁，也是文本意义生成的重要因素之一。

（二）叙事学的体系构建

1. 跨文化的叙事策略比较

在比较文学的叙事学研究中，跨文化的叙事策略比较是一个重要的切入点。不同文化背景下的文学作品在叙事策略上往往呈现出鲜明的差异性和独特性。例如，西方文学中的线性叙事结构强调情节的连贯性和逻辑性，而东方文学中的非线性叙事则更加注重意境的营造和情感的抒发，这种差异不仅体现在叙事结构的安排上，还深入叙事视角的选择、叙事时间的操控以及叙事声音的传达等多个层面。通过跨文化的叙事策略比较，可以更深入地理解不同文化背景下文学叙事的特点和魅力所在。

2. 叙事技巧与文化身份的构建

叙事技巧作为叙事学的重要组成部分，在文学作品中扮演着至关重要的角色，它不仅关乎故事的讲述方式，还直接关系到文本意义的生成和读者接受的效果。在比较文学的叙事学研究中，可以发现叙事技巧与文化身份的构建之间存在着密切的联系。不同文化背景下的作家在运用叙事技巧时往往会受到其所属文化的影响和制约，从而呈现出不同的叙事风格和特点，这些叙事技巧不仅有助于作家表达个人情感和思想观点，还能够强化文本的文化身份认同和民族特色。因此，通过对叙事技巧与文化身份构建之间关系的探讨，可以更深入地理解文学作品中的文化内涵和价值取向。

3. 叙事声音与跨文化交流

叙事声音作为叙述者与读者之间沟通的桥梁，在文学作品中具有不可替代的作用，它不仅能够传达叙述者的个人态度、价值观和情感倾向，还能够引导读者的阅读体验和理解方向。在比较文学的叙事学研究中，可以发现叙事声音在跨文化交流中扮演着重要角色。不同文化背景下的读者在面对来自异域的文学作品时，往往会受到其叙事声音的影响和引导，从而产生不同的阅读体验和情感体验，这种跨文化的叙事声音交流不仅有助于增进不同文化之间的理解和尊重，还能够促进文学作品的国际传播和接受。

六、比较文学的阐释学理论

（一）阐释学的范畴

在比较文学的浩瀚领域中，阐释学作为一门核心理论工具，其重要性不言而喻，它不仅为文学作品的解读提供了多元的视角和方法，还促进了不同文化、不同文学传统之间的对话与理解。阐释学原指对古代文献的解释与翻译技巧，后逐渐发展成为一门研究理解与解释活动的哲学和人文科学。在比较文学的语境下，阐释学不仅关注文本内部的语言、结构、意象等要素，还强调文本与作者、读者、历史、文化等外部因素之间的相互关联与影响，它试图通过批判性的分析与解读，揭示文本背后的深层意义、文化价值及其在不同文化语境中的接受与变形。"比较文学阐释学是对阐发研究和比较文学变异学的进一步传承创新，主要以文明互鉴与世界文学多样性为基本立场，重点研究文本的横向阐释变异，从差异对话角度构建以阐释为特征的'不比较之比较'视域。"[①]

阐释学的范畴广泛，包括以下方面：①文本阐释，即对文学作品本身的

---

① 王超，曹顺庆. 比较文学阐释学的创新缘起、理论特征及实践方法[J]. 西南民族大学学报（人文社会科学版），2023，44（9）：155.

语言、结构、主题、意象等进行深入分析；②作者阐释，探讨作者的生平、思想、创作背景等对文本意义的影响；③读者阐释，关注读者在阅读过程中的主观体验、情感反应及文化认同；④历史阐释，将文本置于特定的历史语境中，考察其产生的时代背景、社会条件及文化意义；⑤文化阐释，分析文本所蕴含的文化符号、价值观念及跨文化交流中的意义变迁。

（二）阐释学的实践

在比较文学的研究中，阐释学发挥着至关重要的作用，它不仅是解读文学作品的基本方法，也是连接不同文学传统、促进文化交流与理解的桥梁。以下是比较文学中阐释学实践的主要方面。

第一，跨文化阐释。比较文学的本质在于跨文化性，而阐释学则为跨文化阐释提供了理论支撑。研究者需运用阐释学的方法，对不同文化背景下的文学作品进行深入的解读与比较，揭示其共性与差异，促进文化间的相互理解与尊重。例如，通过对比中西方文学中的爱情主题，可以探讨不同文化对爱情观念的理解与表达方式的异同。

第二，多视角阐释。阐释学鼓励研究者从多个角度、多个层面去解读文学作品。在比较文学的研究中，这意味着不仅要关注文本本身的语言、结构等内部要素，还要结合作者、读者、历史、文化等外部因素进行综合分析。多视角阐释有助于全面揭示文本的意义与价值，促进文学研究的深入与发展。

第三，动态阐释。文学作品的意义并非固定不变，而是随着历史、文化语境的变迁而不断变化的。因此，在比较文学的研究中，研究者需关注文本在不同历史时期、不同文化语境中的接受与变形情况，进行动态阐释，这种阐释方式有助于揭示文学作品在不同文化背景下的生命力与影响力。

第四，批判性阐释。阐释学强调批判性思维在解读文学作品中的重要性。在比较文学的研究中，研究者需运用批判性阐释的方法，对文本中的偏见、误读、刻板印象等进行批判与反思，以更加客观、公正的态度去解读文学作品，这种阐释方式有助于提升文学研究的学术价值与社会意义。

（三）阐释学的发展影响

阐释学的理论发展经历了从古典阐释学到现代阐释学的转变。古典阐释学主要关注文本的语言、语法、修辞等内部要素，强调对文本原意的追求与恢复；而现代阐释学则更加注重文本与读者、历史、文化等外部因素之间的相互关联与影响，强调文本意义的多元性与开放性，这一理论转变对比较文学研究产生了深远的影响。

第一，现代阐释学为比较文学研究提供了更为广阔的视野和更为灵活的方法，它鼓励研究者从多个角度、多个层面去解读文学作品，打破了传统阐释学中单一、固定的解释模式。

第二，现代阐释学强调读者在阐释过程中的主体性和创造性，它认为读者不是被动地接受文本的意义，而是积极地参与文本的解读与重构过程。这一观点在比较文学研究中尤为重要，因为它鼓励研究者关注不同文化背景下读者的阅读体验与主观感受，促进文化间的交流与理解。

第三，现代阐释学强调历史语境和文化背景在阐释过程中的重要性，它认为文本的意义并非孤立存在，而是与特定的历史、文化语境紧密相连。这一观点促使比较文学研究者将文本置于更广阔的历史、文化背景下进行解读与比较，从而揭示出文本在不同文化语境中的接受与变形情况，为跨文化交流与理解提供更为深入的洞见。

第七章　文艺学与美学的交融与探索

文艺学与美学各自承载着深厚的文化底蕴和哲学思考，又在不断的交融与碰撞中孕育出新的理论。本章深入探讨文艺学与美学这一领域，首先对文艺学与美学的关系进行辨析，明确两者在学术研究中的相互依存与独立性。其次，将追溯文艺美学学科的崛起与转向，分析其在现代学术版图中的地位与影响。最后，探讨文艺美学的规范化与开放性，以期在传统与创新之间找到平衡，为这一学科的未来发展提供理论支撑与实践指导。

第一节　文艺学与美学的关系辨析

文艺学与美学作为两个紧密关联的学科领域，虽各自独立却又相互交织，共同探讨艺术与美的本质和表现形式。二者之间的关系复杂且多层次，既有理论上的相互影响，又在研究对象和方法上具有独特性。

文艺学作为一门研究文学艺术现象及其规律的学科，关注文学艺术作品的创作、传播、接受及其社会文化功能，它不仅探讨文学艺术的形式与内容，还分析作品的文化背景、历史发展及其社会影响。文艺学的研究对象包括文学、戏剧、电影、音乐、舞蹈等各种艺术形式，旨在揭示这些艺术形式的内在规律和美学价值。

美学则是一门研究美和美的感知、美的创作及其规律的学科。美学不仅限于文学艺术领域，还涉及自然美、生活美和科技美等广泛的美学现象。美学关注的问题包括美的本质、美感的产生机制、美的标准和评价体系等。美学的理论渊源可以追溯到古希腊时期的柏拉图和亚里士多德，现代美学则在德国古典哲学的基础上，经过康德、黑格尔等思想家的发展，逐渐形成了系统的理论体系。

一、文艺学与美学研究范畴与方法论差异

文艺学的研究范畴主要集中在文学艺术作品的形式、内容和文化功能三个方面。形式研究涉及作品的结构、风格、语言、技法等；内容研究关注作品的主题、情节、人物、意象等；文化功能研究则探讨文学艺术在社会文化中的作用及其影响。文艺学的方法论包括文本分析、历史考察、比较研究、符号学分析、文化研究等，通过多角度、多层次的分析，揭示文学艺术作品的复杂性和多样性。

美学的研究范畴则更加广泛，涉及自然美、艺术美、生活美和科技美等不同领域。美学的研究方法包括现象学分析、符号学研究、心理学分析、文化研究等。现象学分析关注美的直接体验和感知，符号学研究则探讨美的符号系统及其意义构建，心理学分析则揭示美感产生的心理机制，文化研究关注美在不同文化背景下的表现形式和价值取向。

二、文艺学与美学的相互关系

第一，理论渊源的共通性。文艺学与美学在理论渊源上具有共通性。两者都受到了哲学、社会学、心理学等学科的影响。例如，康德的审美理论不仅对美学产生了深远影响，也为文艺学提供了重要的理论基础。美学中的形式主义、结构主义、现象学等理论，同样被文艺学广泛采用，用于分析文学艺术作品的形式和内容。

第二，研究对象的交叉性。尽管文艺学和美学在研究对象上各有侧重，但二者在具体研究中往往交叉重叠。文艺学关注文学艺术作品的美学价值和审美特征，而美学则通过对文学艺术作品的分析，探讨美的本质和美感体验。因此，文艺学和美学在具体的研究过程中，相互借鉴和融合，共同推动对文学艺术作品的深入理解。

第三，方法论的互补性。文艺学和美学在研究方法上各有所长，但二者的方法论具有很强的互补性。文艺学强调文本细读和历史背景分析，而美学则注重美感体验和符号系统分析。在具体的文学艺术研究中，文艺学和美学的方法论相互借鉴，可以更全面地揭示文学艺术作品的多层次内涵。例如，符号学分析可以帮助文艺学更好地理解文学作品中的象征意义，而现象学分析则可以为美学提供更细腻的美感体验描述。

第四，学科发展的相互促进。文艺学和美学的共同发展对彼此的学科建设具有重要意义。文艺学的发展为美学提供了丰富的研究素材和具体案例，而美学的发展则为文艺学提供了理论支持和方法指导。二者在学术研究中的互动与合作，不仅推动了对文学艺术和美的本质的深入探讨，也促进了学科自身的不断完善和创新。

三、文艺学与美学的独特性与融合

尽管文艺学与美学在理论渊源、研究对象和方法论上存在诸多交叉与互补，但二者仍然保有各自的独特性。文艺学的独特性在于其对具体文学艺术作品的细致分析和文化功能的深入探讨，而美学的独特性则体现在对美的本质、美感体验及其规律的哲学思辨。然而，文艺学与美学的融合趋势也日益明显。在现代学术研究中，跨学科的方法和视角越来越受到重视，文艺学和美学的相互融合成为必然趋势。例如，文艺学的文化研究方法和美学的现象学分析方法相结合，可以更全面地揭示文学艺术作品的文化内涵和审美价值；美学的符号学理论和文艺学的文本分析方法相结合，可以更深刻地解析文学艺术作品的象征意义和结构特征。

第二节　文艺美学学科的崛起与转向

"文艺美学是由中国学者倡导并积极建设的一门具有中国当代原创性的人文学科。"[①]文艺美学作为一门独立的学科，源于对文学与艺术美学的综合研究，其发展历程可以追溯到20世纪初，当时学者们开始关注文学作品中的美学价值，并尝试从美学角度解析文学作品的内在美学规律。这一时期的研究多集中于文学批评与艺术鉴赏，注重对文学作品形式与内容的审美分析。

一、新时期文艺美学学科的提出

在20世纪的中国学术史上，文艺美学作为一个新兴的学科领域，其提出与确立标志着中国文艺理论研究进入了一个新的阶段。这一学科的提出，不仅是对中国传统文艺理论的继承与发展，更是对西方文艺美学思想的吸收与融合，展现出中国学者在全球化语境下对于文艺美学的独特思考和贡献。

文艺美学的提出，有着深刻的时代背景和社会需求。20世纪的中国，经历了从封闭走向开放、从传统向现代的转型过程。在这一过程中，文学艺术作为社会精神生活的重要组成部分，其地位和作用日益凸显。然而，传统的文艺理论往往局限于对作品内容、形式及作者意图的分析，缺乏对文艺作品审美特性的深入探讨。随着西方文艺美学思想的传入，中国学者开始意识到传统文艺理论的局限性，并寻求新的理论视角和方法来解读和阐释文艺现象。

文艺美学作为一个学科概念，其引入和阐释经历了一个逐步深化的过程。最初，文艺美学被理解为文艺作品审美特性的研究，即探讨文艺作品如何给人以美的享受和情感体验。随着研究的深入，学者们逐渐认识到文艺美学不

[①]陶水平，徐丽鹃. 新时期文艺美学学科的崛起与转向[J]. 山西师大学报（社会科学版），2013，40（5）：95.

仅仅是对文艺作品审美特性的研究，更是对文艺创作、接受、传播等整个审美活动过程的全面考察。因此，文艺美学的概念被进一步拓展为：以文艺作品为研究对象，运用美学理论和方法，探讨文艺创作、接受、传播等审美活动过程中美的生成、表现、接受及其规律性的学科。

文艺美学的提出，对于中国文艺理论研究乃至整个社会科学领域都具有重要意义。首先，它打破了传统文艺理论的局限，为文艺研究提供了新的理论视角和方法。其次，它促进了中西文艺美学的交流与融合，推动了中国文艺理论研究的国际化进程。最后，它适应了社会发展的需要，为当代文艺创作和审美实践提供了有力的理论支持。

二、新时期文艺美学学科的确立

在新时期，文艺美学学科的确立经历了一个从无到有、从弱到强的过程。这一过程不仅是中国文艺理论研究发展的必然结果，也是中国学者在全球化语境下对文艺美学独特贡献的体现。

（一）文艺美学学科的确立过程

文艺美学学科的确立过程，可以大致划分为三个阶段：初步探索阶段、学科形成阶段和深化发展阶段。

第一，初步探索阶段。20世纪80年代初，随着改革开放的深入和西方文艺美学思想的传入，中国学者开始尝试将美学理论与文艺研究相结合，探索文艺美学的学科建设。这一阶段的研究主要集中在文艺作品的审美特性、文艺创作中的审美心理等方面，为文艺美学学科的初步形成奠定了基础。

第二，学科形成阶段。进入20世纪90年代后，随着文艺美学研究的深入和学术交流的加强，文艺美学逐渐形成了相对独立的学科体系。这一阶段的研究不仅涵盖了文艺作品的审美特性、文艺创作中的审美心理等方面，还拓展到了文艺接受、文艺传播等更广泛的领域。同时，一批具有代表性的学术著作和教材相继问世，为文艺美学学科的进一步发展提供了有力的学术支撑。

第三，深化发展阶段。进入21世纪以来，文艺美学学科在继承与创新的基础上不断深化发展。一方面，学者们继续深入挖掘中国传统文艺美学资源，探讨其在当代社会中的价值和意义；另一方面，学者们也积极吸收和借鉴西方文艺美学研究的最新成果，推动中西文艺美学的交流与融合。随着跨学科研究的兴起，文艺美学还与哲学、社会学、心理学等学科相结合，形成了新的研究方向和领域。

（二）文艺美学学科确立的标志

文艺美学学科的确立，可以从以下方面进行标志。

第一，学术体系的建立。文艺美学学科已经建立了相对完整的学术体系，包括基本理论框架、研究方法论、研究对象范围等方面的内容。这些内容的建立和完善，为文艺美学学科的进一步发展提供了坚实的学术基础。

第二，学术队伍的壮大。随着文艺美学研究的深入和学术交流的加强，越来越多的学者加入到文艺美学的研究队伍中来。他们来自不同的学科背景和专业领域，为文艺美学学科的发展注入了新的活力和动力。

第三，学术成果的丰富。近年来，文艺美学领域的学术成果不断涌现。这些成果不仅涵盖了文艺美学的各个方面和领域，还体现了中国学者在全球化语境下对文艺美学的独特思考和贡献。这些学术成果的丰富和积累，为文艺美学学科的进一步发展提供了有力的学术支撑。

（三）文艺美学学科对当代社会的贡献

第一，提升公众审美素养。文艺美学学科通过深入研究文艺作品的审美特性和审美价值，不仅丰富了人们的审美体验，还提升了公众的审美素养。它引导人们从更高的层面去理解和欣赏文艺作品，培养人们的审美感知力和审美创造力，从而推动社会整体审美水平的提升。

第二，促进文艺创作繁荣。文艺美学学科为文艺创作提供了坚实的理论支撑和创作灵感。它通过对文艺创作规律、创作心理、创作技巧等方面的研究，为文艺创作者提供了丰富的创作资源和创作方法。它也鼓励文艺创作者勇于探索和创新，不断突破传统束缚，创作出更多具有时代精神和审美价值的优秀作品。

第三，推动文化产业发展。在文化产业蓬勃发展的今天，文艺美学学科的作用日益凸显。它通过对文艺作品的审美分析和市场评估，为文化产业的规划和发展提供了科学依据。它也促进了文艺作品与其他产业的融合与创新，推动了文化产业的多元化和高质量发展。

第四，增强文化自信。文艺美学学科在传承和发展中国传统文艺美学思想方面发挥着重要作用。它通过对中国传统文艺美学资源的深入挖掘和整理，揭示了其独特的审美价值和文化内涵，增强了人们对中国传统文化的认同感和自豪感。它也促进了中西文艺美学的交流与融合，展现了中国文艺美学在世界文化舞台上的独特魅力和影响力，从而增强了中国的文化自信。

随着全球化的深入发展和科技的飞速进步，文艺美学学科面临着新的机遇和挑战。未来，文艺美学学科应继续坚持开放包容的学术态度，积极吸收和借鉴国内外优秀学术成果和先进经验；注重跨学科研究和实践应用，推动文艺美学与其他学科的交叉融合和协同创新；关注社会现实和时代需求，积极回应人民群众对美好精神文化生活的向往和期待，为构建人类命运共同体贡献中国智慧和力量。

三、新时期文艺美学学科的转向

在新时期，随着改革开放的深入和全球化的加速，文艺美学学科经历了显著的转向，这些转向不仅拓宽了学科的研究视野，也深刻影响了文艺理论的发展。以下从语言论转向、文化论转向、经验论美学以及文艺美学的交叉性和综合性四个方面进行详细阐述。

（一）语言论转向

20世纪以来，西方哲学界发生了语言学转向，这一转向深刻影响了文艺美学的研究范式。语言学转向强调语言在哲学、美学、文艺学中的核心地位，认为语言不仅是表达思想的工具，更是构成思想本身的重要元素。在文艺美学领域，这一转向促使研究者将文学视为一种语言艺术，关注文学作品的语言特性及其背后的文化意义。

文艺美学的语言论转向是指将文学研究聚焦于文学文本的语言层面，通过分析语言的结构、功能、意义等，揭示文学作品的审美特性和文化内涵。这一转向标志着文学研究从传统的外在因素（如社会、历史、政治等）分析转向内在的语言分析，强调了文学作品的自足性和独立性。

在语言论转向的影响下，文艺美学研究者运用现代语言学理论和方法，如结构主义、符号学、叙事学等，对文学作品进行了深入剖析。他们关注文学作品中的语言符号、能指与所指、叙事结构、修辞技巧等，揭示了文学作品如何通过语言创造审美意象、表达思想情感、构建文化意义。这些研究不仅丰富了文艺美学的理论体系，也推动了文学批评方法的创新。

（二）文化论转向

随着全球化进程的加速和文化研究的兴起，文艺美学逐渐从单一的语言分析转向更为广阔的文化研究。文化论转向强调文学作品与文化的紧密联系，认为文学作品不仅是语言艺术的结晶，更是文化的载体和表现。这一转向促使研究者将文学作品置于更广泛的文化语境中进行考察，关注文学作品如何反映和塑造文化身份、价值观念、社会制度等。

文艺美学的文化论转向是指将文学研究拓展为文化研究，通过分析文学作品中的文化元素、文化现象、文化冲突等，揭示文学作品的文化内涵和文化价值。这一转向打破了文学研究的学科界限，促进了文学与其他人文社会科学的交叉融合。

在文化论转向的推动下，文艺美学研究者运用文化理论和方法，如后殖民理论、女性主义、文化唯物主义等，对文学作品进行了多元解读。他们关注文学作品中的文化身份认同、性别政治、阶级矛盾、民族关系等议题，揭示了文学作品在文化传承、文化批判、文化创新等方面的作用。这些研究不仅深化了人们对文学作品的理解，也促进了文化多样性和文化包容性的发展。

（三）经验论美学

经验论美学强调审美经验在美学研究中的核心地位，认为审美经验是人们对美和艺术进行感知、体验、判断和评价的心理过程。这一理论基础源于西方古典美学和近代美学对审美经验的重视，并在现代美学中得到了进一步发展和完善。

在文艺美学领域，经验论转向表现为对审美经验的深入研究和重视。研究者不再仅仅关注文学作品的语言结构和文化意义，而是更加关注读者在阅读过程中产生的审美体验和心理反应。他们试图通过分析读者的审美经验，揭示文学作品的审美特性和审美价值。

经验论美学在文艺美学中的表现主要体现在以下几个方面：一是关注读者的审美心理过程，如感知、想象、情感、理解等；二是分析审美经验中的审美意象、审美情感、审美判断等要素；三是探讨审美经验对读者个体成长和社会文化发展的影响。这些研究不仅丰富了文艺美学的理论体系，也提高了人们对审美经验的重视和认识。

（四）文艺美学的交叉性和综合性

文艺美学的交叉性和综合性对于学科的发展具有深远的意义。首先，文艺美学的交叉性促进了学术研究的创新。通过与其他学科的融合，文艺美学能够引入新的理论视角和研究方法，从而拓宽研究思路，发现新的问题，提出新的见解。这种创新不仅丰富了文艺美学的理论体系，也推动了整个学术界的进步。其次，文艺美学的综合性有助于构建全面的文学观。文学作品作为人类文化的瑰宝，其内涵丰富多样，涉及语言、文化、历史、心理等多个方面。文艺美学的综合性研究能够全面把握文学作品的各个层面，揭示其深层的审美意蕴和文化价值，帮助读者更深入地理解和欣赏文学作品。再者，文艺美学的交叉性和综合性对于社会文化的发展也具有积极作用。在全球化背景下，文化交流与融合日益频繁，文艺作品成为不同文化之间沟通的重要桥梁。文艺美学的交叉性研究能够揭示不同文化背景下的文学作品的共性与差异，促进文化间的相互理解和尊重。同时，文艺美学的综合性研究也能够关注文学作品在社会文化中的功能和作用，为文化传承、文化创新和社会进步提供理论支持。

文艺美学的交叉性和综合性不仅在理论研究上具有重要意义，也在实践应用中展现出巨大潜力。在教育领域，文艺美学的交叉性和综合性能够促进学生综合素养的提升，帮助他们形成跨学科的知识结构和批判性思维能力。在文学创作与批评领域，文艺美学的交叉性和综合性能够引导创作者和批评家从更广阔的视角审视文学作品，挖掘其深层价值，推动文学艺术的繁荣发展。展望未来，随着科技的进步和全球化的深入发展，文艺美学的交叉性和综合性将呈现出更加显著的趋势。一方面，新技术如人工智能、大数据等将为文艺美学的研究提供新的工具和手段；另一方面，全球化背景下的文化交流与融合将促使文艺美学更加关注跨文化、跨学科的研究。这些变化将推动文艺美学不断向前发展，为人类社会文化的繁荣与进步贡献更多智慧和力量。

◎ 文学理论与文艺学研究

第三节 文艺美学的规范化和开放性

一、文艺美学的规范性

文艺美学作为一个学科,其起源可以追溯到古希腊时期。柏拉图和亚里士多德的哲学思想对文艺美学的发展产生了深远的影响。艺术是一种模仿,并且这种模仿与真理相隔甚远,甚至会引导人们远离真理。艺术模仿的对象是真实世界,并通过这种模仿达到了教化和净化的效果。到了文艺复兴时期,人文主义的兴起使得文艺美学得到了进一步的发展。文艺复兴时期的艺术家和思想家们强调人类的理性和个体价值,艺术不仅仅是对现实的模仿,更是对人类情感和精神世界的表达。在这一时期,艺术作品更加注重形式美和结构美,强调和谐、对称和比例的艺术原则。

(一)文艺美学的基本规范

文艺美学作为一门独立且深奥的学科,其独特性不仅体现在对艺术本质的深刻洞察上,更在于其构建了一套严谨而富有弹性的基本规范体系,这些规范为艺术作品的评价、创作与欣赏提供了坚实的理论基础。

1. 形式美与内容美的和谐共生

文艺美学强调的是艺术作品在形式美与内容美上的高度统一,这是评判艺术价值的核心标准之一。形式美作为艺术作品的外在表现,涵盖了结构布局的精妙、色彩运用的巧妙、节奏韵律的和谐等多个维度,它不仅是艺术家技艺的展现,更是艺术语言独特魅力的体现。一个成功的艺术作品,其形式应当能够引导观者进入一种视觉或听觉的享受状态,让人在直观感受中体验到美的冲击。

形式美并非孤立存在，它必须与内容美紧密结合，才能构成完整的艺术魅力。内容美即艺术作品所蕴含的思想情感、精神内涵及价值观念，是艺术作品的灵魂所在，它要求艺术家在创作过程中，不仅要有精湛的技艺，更要有深邃的思想和敏锐的情感洞察力。通过艺术形象、情节设置、语言运用等手段，艺术家将个人对世界的理解和感悟融入作品之中，使观众在欣赏过程中产生共鸣，获得心灵的触动和精神的启迪。

因此，形式美与内容美的和谐共生是艺术作品的理想状态，它们相互依存、相互促进，共同构成了艺术作品的双重奏，使观众在享受视觉或听觉盛宴的同时，也能获得深刻的思想启迪和情感共鸣。

2. 创新性与独特性的追求

文艺美学还强调艺术作品的创新性和独特性。在文艺美学看来，艺术创作不是对现实的简单模仿或复制，而是艺术家通过独特的视角和创意，对现实进行超越和升华的过程，这种超越和升华不仅体现在对题材、主题的选择和处理上，更体现在对艺术语言、表现手法的创新运用上。

（1）创新性是艺术创作的生命之源，它要求艺术家在创作过程中敢于突破传统束缚，勇于尝试新的艺术形式和表现手法。通过不断探索和实践，艺术家能够挖掘出艺术的无限可能，为观众带来前所未有的审美体验。创新性也是艺术作品保持时代性和生命力的关键所在。只有不断创新的艺术作品，才能适应时代发展的需要，满足观众日益增长的审美需求。

（2）独特性则是艺术作品的个性标签，它要求艺术家在创作过程中保持独立的思考和判断，避免盲目跟风或模仿他人。通过独特的视角和创意，艺术家能够赋予艺术作品以鲜明的个性和独特的艺术风格，使其在众多作品中脱颖而出，成为具有标志性意义的经典之作。

3. 审美体验的深度探索

文艺美学还强调艺术作品的审美体验。在文艺美学看来，艺术作品不仅是供人观赏的对象，更是人们进行审美体验和情感交流的媒介。通过艺术作品，人们可以跨越时空的限制，与艺术家进行心灵的对话和情感的交流，从而获得精神上的愉悦和升华。

审美体验是一种复杂而深刻的心理活动过程，它涉及感知、想象、情感、理解等多个心理要素的综合作用。在欣赏艺术作品的过程中，观众先通过感知器官接收作品的形式美信息，进而在想象中构建出作品的完整形象；然后，通过情感共鸣和理性思考，深入理解作品所表达的思想情感和精神内涵；最终，在审美愉悦中实现对自我价值的提升和人格的完善。审美体验的深度探索是艺术作品价值实现的重要途径。通过深度探索作品的审美内涵和情感意蕴，观众能够更加全面地理解和欣赏作品的艺术魅力；在审美体验中获得精神上的滋养和心灵的净化，从而实现自我价值的提升和人格的完善，这种价值实现不仅是对观众个体的积极影响，更是对整个社会文化生态的积极贡献。

（二）文艺美学规范性的价值

在当代社会的宏大叙事中，文艺美学的规范性作为一股不可忽视的力量，其价值与意义远远超越了传统认知的范畴，深刻地影响着个体的审美体验、艺术创作的生态以及整个社会文化结构的构建。

1. 提升审美素养与艺术鉴赏能力

在信息洪流与文化多样性交织的当代社会，艺术作品的产出与传播速度达到了前所未有的高度。从古典到现代，从本土到国际，各类艺术形式与风格竞相绽放，为公众提供了丰富的审美选择。面对如此纷繁复杂的艺术景象，如何有效辨识其艺术价值，提升个人的审美素养与艺术鉴赏能力，成为亟待解决的问题。

（1）文艺美学的规范性通过构建一套系统的审美评价体系，为公众提供了衡量艺术作品优劣的标尺，这套体系不仅关注作品的形式美，如构图、色彩、节奏等，更深入挖掘作品所蕴含的思想深度、情感表达及文化内涵，引导人们从多个维度全面审视艺术作品，这种评价方式的多元化与深刻性，有助于培养公众更加成熟和理性的审美观念，提升其对艺术作品的辨识力和鉴赏力。

（2）文艺美学的规范性强调审美教育的重要性。通过学校教育、社会培训等多种渠道，普及美学知识，传授审美技巧，使公众在潜移默化中接受艺术的熏陶，提升个人的审美素养，这种教育不仅局限于对艺术作品的直接鉴赏，更包括了对艺术史、艺术理论、艺术批评等知识的广泛涉猎，从而构建起一个完整的审美知识体系，为公众的艺术鉴赏能力提供坚实的支撑。

2. 促进艺术创作健康发展

在市场经济的浪潮中，艺术创作不可避免地受到了商业化与庸俗化的冲击。部分艺术家为了追求短期的经济利益，不惜牺牲作品的艺术价值和审美价值，导致艺术创作领域出现了诸多乱象。文艺美学的规范性作为一股清流，为艺术创作指明了方向，成为其健康发展的灯塔。

（1）文艺美学的规范性强调艺术创作应坚守艺术的本质属性——真、善、美，这要求艺术家在创作过程中，必须保持对艺术的敬畏之心，以真诚的态度、高尚的品格和精湛的技巧，去探索和表达人性的光辉、社会的真善美以及自然的壮丽。只有这样，才能创作出具有永恒魅力的艺术作品，赢得公众的认可与尊重。

（2）文艺美学的规范性还倡导艺术创作的多样性与创新性。在尊重传统艺术精髓的基础上，鼓励艺术家勇于尝试新的艺术形式、表现手法和题材内容，以更加开放和包容的心态去拥抱艺术创作的无限可能，这种多样性与创新性的追求，不仅丰富了艺术创作的生态，也为艺术的发展注入了新的活力与生机。

3. 构建和谐文化生态的桥梁

文化是一个国家和民族的灵魂，艺术作为文化的重要组成部分，对于构建和谐社会具有不可替代的作用。文艺美学的规范性在促进文化繁荣、维护文化生态平衡方面发挥着至关重要的作用。

（1）文艺美学的规范性通过提升艺术作品质量，推动了文化整体进步。优秀的艺术作品不仅能够满足公众精神需求，提升国民文化素养，还能够激发人们的创造力和想象力，为社会发展提供强大的精神动力，这种正面效应的不断累积，最终将推动整个社会文化繁荣与发展。

（2）文艺美学的规范性还强调不同文化之间的交流与融合。在全球化的今天，各种文化相互碰撞、相互影响已成为不可逆转的趋势。文艺美学的规范性为不同文化之间的对话提供了可能，通过艺术作品的展示与交流，促进不同文化之间的理解和尊重，减少文化冲突与隔阂，为构建人类命运共同体贡献力量。

二、文艺美学的开放性

文艺美学的开放性是指文艺美学在研究对象、研究方法和研究视角等方面的广泛性和多样性。文艺美学不仅仅局限于传统的艺术形式和艺术作品，还涵盖了广泛的文化现象和社会实践。文艺美学的研究方法也不仅仅局限于传统的哲学和美学方法，还包括社会学、人类学、心理学等多学科的研究方法。此外，文艺美学的研究视角也是多元的，既可以从艺术家和艺术作品的角度出发，也可以从观众和社会的角度出发，进行多层次、多维度研究。

（一）文艺美学开放性的表现

1. 艺术形式与文化现象的广泛包容

文艺美学的开放性体现在它对艺术形式和文化现象的无界接纳上。随着时代的变迁，艺术的表现形式日益丰富多元，从古典文学、绘画、雕塑、音乐等传统艺术，到电影、电视、数字媒体艺术、虚拟现实等新兴媒介，每一种艺术形式都承载着特定的文化内涵与审美价值。"在文艺美学创作中，创作者的灵感大多都来自日常生活当中，并且与大自然紧密相连。"① 文艺美学以开放的心态，将这些多样化的艺术形式纳入研究范畴，不仅丰富了研究内容，也促进了艺术形式的相互借鉴与融合。文艺美学还敏锐地捕捉到了广泛的文化现象，包括但不限于网络文化、大众文化、次文化、流行文化等，这些文化现象往往与当代社会生活紧密相连，反映了社会变迁、价值观念转变及个体经验的多样性。通过对这些文化现象的研究，文艺美学不仅揭示了艺术与社会文化的深刻关联，也为理解当代社会提供了独特的视角和深刻的洞见。

2. 研究方法的多元融合

文艺美学的开放性体现在其研究方法的多样性和跨学科性上。传统的哲学和美学方法固然是文艺美学研究的重要基石，但面对复杂多变的艺术现象和文化景观，单一的研究方法显然已难以满足需求。因此，文艺美学积极吸纳其他学科的理论与方法，形成了跨学科的研究范式。例如，社会学的方法帮助研究者深入理解艺术作品在社会结构、文化变迁及个体行为中的作用与影响；人类学的方法通过田野调查、文化比较等手段，揭示不同文化背景下艺术实践的差异性与共通性；心理学的方法则关注艺术作品如何触动人心，探讨审美体验中的情感、认知与行为反应。这些多元方法的融合，不仅拓宽了文艺美学的研究路径，也提升了研究的深度和广度。

3. 研究视角的灵活切换与综合

文艺美学的开放性表现在其研究视角的多元与灵活上，它不拘泥于某一固定视角，而是根据研究对象的特性和研究问题的需要，灵活切换并综合运用多种视角。从艺术家和艺术作品的角度出发，文艺美学可以深入探讨艺术

---

① 李茜茜.论文艺美学的规范化和开放性[J].吉林省教育学院学报（下旬），2015,31(6):131.

创作的灵感来源、创作过程、艺术风格及作品价值；从观众和社会的角度出发，则可以分析艺术作品的接受机制、审美趣味、社会影响及文化意义。文艺美学还注重将不同视角进行综合与对话，以形成更为全面和深刻的理解。例如，在研究某一艺术作品时，可以同时考察艺术家的创作意图、作品的艺术形式、观众的审美体验以及作品在社会文化语境中的位置与意义，从而构建出一个多维度的研究框架，这种视角的综合与对话，不仅促进了文艺美学研究的深入与细化，也增强了研究成果的解释力和说服力。

（二）文艺美学开放性的深远意义

1. 拓宽研究领域与视野

在全球化与信息化的时代背景下，文化的交流与融合成为不可逆转的趋势。文艺美学的开放性使得研究者能够紧跟时代步伐，关注到新兴的艺术形式和文化现象，从而不断拓宽研究领域与视野，这种拓展不仅丰富了文艺美学的研究内容，也为其注入了新的活力与生命力。

2. 促进学科交叉与学术创新

文艺美学的开放性促进了不同学科之间的交流与融合，推动了学科交叉与学术创新的发展。通过借鉴其他学科的理论与方法，文艺美学能够在新的视角和框架下审视艺术现象与问题，提出新的研究假设与理论模型，这种跨学科的探索不仅深化了我们对艺术本质与价值的理解，也为文艺美学的未来发展开辟了广阔的空间。

3. 增强社会影响力与现实意义

文艺美学的开放性体现在其对社会现实问题与文化现象的敏锐洞察与深刻剖析上。通过对网络文化、大众文化、次文化等广泛文化现象的研究，文艺美学不仅揭示了这些现象背后的社会动因、文化逻辑与价值观念，也为我们理解当代社会提供了独特的视角和深刻的洞见，这种对现实问题的关注与回应，使得文艺美学的研究更加贴近社会实际和人民需求，从而增强了其社会影响力和现实意义。

（三）文艺美学开放性的当代挑战

在当代全球化的知识体系中，文艺美学的开放性无疑是其持续发展与创新的源泉。然而，这一特性也为其带来了前所未有的挑战，主要体现在研究对象与范围、研究方法与视角以及研究者群体等多个维度上的深刻变革与潜在问题。

1. 研究对象与研究范围的泛化与模糊化

文艺美学的开放性促使其研究边界不断向外拓展，从传统的文学、艺术领域延伸至电影、数字媒体、网络文化等新兴领域，这种广泛的包容性虽丰富了研究内容，但也带来了研究对象和研究范围的泛化与模糊化问题。一方面，研究主题的多样化可能导致研究精力过于分散，难以对某一具体领域或问题进行深入挖掘；另一方面，边界的模糊可能使得研究失去焦点，难以形成具有针对性的理论贡献。因此，如何在保持开放性的同时，明确界定核心研究领域，实现研究广度与深度的平衡，成为文艺美学面临的首要挑战。

2. 研究方法与研究视角的多样化与复杂化

随着跨学科研究的兴起，文艺美学借鉴了哲学、社会学、心理学、人类学等多学科的理论与方法，形成了多元化的研究路径。然而，这种多样化和复杂化也带来了挑战。一方面，不同学科的理论与方法在融合过程中可能产生冲突或误解，需要研究者具备跨学科的素养与整合能力；另一方面，复杂的研究方法可能增加研究难度，降低研究效率，甚至导致研究结果的难以验证与比较。因此，如何在多样化与复杂化中保持文艺美学的研究方法论的系统性与科学性，是亟待解决的问题。

3. 研究者学术背景与水平的差异化

文艺美学的开放性吸引了来自不同学科背景的研究者加入，这一趋势为文艺美学研究注入了新的活力与视角。然而，研究者学术背景的多样化也带来了学术水平与研究能力的差异化问题。部分研究者可能因缺乏深厚的文艺美学基础或跨学科知识积累，难以在研究中形成深刻的见解或提出创新性的理论。此外，学术水平参差不齐还可能影响研究团队整体协作效率与研究成果的质量。因此，如何提升研究者的学术素养与跨学科研究能力，促进研究团队内部的学术交流与合作，是文艺美学面临的又一重要挑战。

（四）文艺美学开放性的应对策略

1. 精准定位研究对象与研究范围

文艺美学应在保持开放性的同时，对研究对象与研究范围进行精准定位。通过明确核心研究主题与重点领域，确保研究资源的有效配置与研究精力的集中投入。建立科学的研究分类体系与评价体系，对不同领域的研究成果进行客观评估与比较，以推动研究的深入与专业化发展。

2. 推动学科交叉与学术创新

文艺美学应注重学科交叉与学术创新，以推动其理论体系的建设与学术水平的提升。在借鉴其他学科理论与方法的过程中，应保持批判性思维与独立判断能力，避免盲目跟风或简单移植。鼓励跨学科研究团队的形成与合作，促进不同学科之间的思想碰撞与理论融合，以形成具有创新性的研究成果。

3. 加强学术交流与合作

文艺美学还应加强学术交流与合作，以促进研究者学术背景与学术水平的整体提升。通过举办学术会议、研讨会等活动，为研究者提供交流与合作的平台，促进学术思想的传播与碰撞。建立完善的学术培训体系与激励机制，鼓励研究者不断提升自身的学术素养与研究能力，以适应文艺美学开放性发展的需求。

4. 构建多元化的评价体系

文艺美学应构建多元化的评价体系，以全面反映其研究成果的价值与意义。除了传统的学术论文发表与引用量等量化指标外，还应关注研究成果的社会影响、文化价值以及跨学科贡献等方面。通过建立多元化的评价体系，可以更加全面地评价研究者的研究成果与学术贡献，激发研究者的创新动力与热情。

（五）文艺美学开放性的未来展望

在未来，文艺美学的开放性作为其核心特质之一，将以前所未有的力度与广度继续演进，勾勒出一幅更加丰富多彩且深邃复杂的学术图景，这一发展趋势不仅植根于全球化和信息化的深刻变革之中，更是学科自身发展逻辑与社会文化需求交织作用的必然结果。

1. 全球化与信息化背景下的研究拓展

随着全球化和信息化的浪潮持续推进，世界日益成为一个紧密相连的整体，文化交流与融合达到了前所未有的高度，这一背景下，文艺美学的研究对象与范围将实现更为显著的扩展。

（1）不同国家和地区、不同民族和族群的艺术形式与文化现象，将以前所未有的丰富性和多样性呈现在研究者面前，成为文艺美学深入探索的宝贵资源，这些艺术形式与文化现象不仅承载着各自独特的审美理念与价值观念，还蕴含着深厚的历史文化积淀与民族精神追求，为文艺美学的研究提供了广阔视野和深厚底蕴。

（2）信息化技术的发展，特别是互联网、大数据、人工智能等技术的广泛应用，为文艺美学的研究提供了全新的工具和平台。通过这些技术手段，研究者可以更加便捷地获取和整理全球范围内的艺术资源与文化信息，实现跨地域、跨文化的比较研究。信息化技术还能够帮助研究者更加深入地挖掘和分析艺术作品与文化现象背后的深层结构与内在逻辑，为文艺美学的理论研究提供有力的支持。

2. 学科交叉与学术创新的深化

在未来，文艺美学的开放性将体现在学科交叉与学术创新的不断深化上。随着学术研究不断深入和学科体系不断完善，文艺美学将更加注重与其他学科的交叉融合与相互借鉴。

（1）文艺美学将积极吸收和借鉴哲学、社会学、人类学、心理学等相关学科的理论与方法，形成更加多元和复杂的研究视角与方法论体系，这些跨学科的理论与方法将为文艺美学研究提供更加全面和深入的洞见，推动文艺美学的学术创新和发展。

（2）文艺美学也将积极探索和创造新的研究范式与理论框架。在全球化与信息化的背景下，文艺美学将面临许多新的研究问题和挑战，如跨文化交流中的审美冲突与融合、数字艺术与传统艺术的边界模糊等。为了解决这些问题并应对这些挑战，文艺美学需要不断创新和完善自身的理论体系与研究方法，以更加适应时代发展需要。

3. 现实关注与社会影响力的提升

在未来，文艺美学的开放性还将体现在对现实问题和社会现象的更加关注上。随着社会的不断发展和变化，文艺美学的研究将更加注重与现实生活的联系与互动。

（1）文艺美学将积极关注当代社会的文化现象和文化趋势，如网络文化、大众文化、消费文化等，分析这些文化现象对人们审美观念、价值观念和生活方式的影响与塑造。通过这些研究，文艺美学将更加深入地理解当代社会的文化生态和审美需求，为艺术创作和文化发展提供有益的参考和借鉴。

（2）文艺美学还将积极探索如何通过艺术的形式和手段来回应和解决社会问题与挑战。艺术作为人类精神文化的重要载体和表现形式，具有独特的感染力和影响力。在未来，文艺美学将更加注重艺术的社会功能与价值实现，通过艺术创作和审美教育等方式来传递正能量、弘扬真善美、促进社会和谐与进步，这种对现实问题和社会现象的积极关注与回应，将进一步提升文艺美学的社会影响力和现实意义。

参考文献

一、著作类

[1] 陈汝倩. 中西方文学理论研究与实践 [M] 长春：吉林出版集团股份有限公司，2020.

[2] 胡山林. 文学概论 [M]. 郑州：河南大学出版社，2012.

[3] 吕东亮. 新时代文学理论教程 [M]. 武汉：武汉大学出版社，2022.

[4] 钱中文. 现代性与当代文学理论：钱中文文艺学文选 [M]. 济南，山东文艺出版社，2021.

[5] 孙媛. 当代文学理论问题阐释录 [M]. 南京：东南大学出版社，2022.

[6] 童庆炳. 文学理论教程（第 5 版）[M]. 北京：高等教育出版社，2015.

[7] 王金山. 当代视角下的文学理论研究 [M]. 长春：吉林出版集团股份有限公司，2020.

[8] 杨守森，周波. 文学理论实用教程（第 2 版）[M]. 北京：中国人民大学出版社，2017.

[9] 张孝评. 文学概论新编（修订本）[M]. 西安：西北大学出版社，2007.

二、期刊类

[1] 曹顺庆，李泉. 比较文学变异学学科理论体系的新建构 [J]. 思想战线，2016，42（4）：131-136.

[2] 曾礼军. 清代浙东学派"诗史"观的理论创新与文学实践 [J]. 苏州大学学报（社会科学版），2019，40（6）：153-161.

[3] 邓心强. 论民国文学理论批评史中的桐城派书写及学术反思 [J]. 人文杂志，2022（9）：103-111.

[4] 范玉刚. 中国式现代化视域中文艺学研究的视野更新 [J]. 中国高校社会科学，2023（4）：26-39.

[5] 方志红. 论古代叙事理论对当代叙事文学研究的借鉴意义 [J]. 湖南师范大学社会科学学报，2020，49（4）：78-82.

[6] 傅钱余. 后多元文化主义时代中国多民族文学批评理论刍议 [J]. 内蒙古社会科学，2020，41（5）：151-157.

[7] 高玉. 文学理论与中国现当代文学研究 [J]. 社会科学，2020（2）：171-181.

[8] 黄宗喜，荣阿丽. 论詹姆逊文学理论中的萨特影响 [J]. 湘潭大学学报（哲学社会科学版），2023，47（4）：158-163.

[9] 李桂全. 数字时代比较文学研究的路径可能——在学科自律论与语境他律论之间 [J]. 新疆大学学报（哲学社会科学版），2023，51（4）：114.

[10] 李茜茜. 论文艺美学的规范化和开放性 [J]. 吉林省教育学院学报（下旬），2015，31（6）：131.

[11] 李永新. 后文学理论："大理论"与"小理论"兼容的新型理论形态 [J]. 人文杂志，2023（5）：22-30.

[12] 毛宣国. 走向阐释的文学理论 [J]. 华中师范大学学报（人文社会科学版），2013，52（4）：75-83.

[13] 庞弘. 惯例：一个文学理论关键命题的探究 [J]. 北京社会科学，2023（11）：37-46，115.

[14] 苏晖. 文学伦理学批评理论资源研究的问题域 [J]. 华中学术，2022，14（4）：1-12.

[15] 陶水平，徐丽鹃. 新时期文艺美学学科的崛起与转向 [J]. 山西师大学

报（社会科学版），2013，40（5）：95.

[16] 万传法. 从文学到电影：关于改编观念、理论、模式及方法等的思考 [J]. 上海师范大学学报（哲学社会科学版），2020，49（1）：111-123.

[17] 王超，曹顺庆. 比较文学阐释学的创新缘起、理论特征及实践方法 [J]. 西南民族大学学报（人文社会科学版），2023，44（9）：155-162.

[18] 王宁. 启示与建构：法国文学和文化理论在中国的接受 [J]. 浙江社会科学，2020（11）：130-141.

[19] 王伟，刘小新. 文学基础理论的经济之维与科技之维 [J]. 华侨大学学报（哲学社会科学版），2021（5）：127-135，147.

[20] 王彦章. 文学的后理论状态：突破概念的外壳 [J]. 河南大学学报（社会科学版），2016，56（2）：121-128.

[21] 邢建昌. 文学理论的自觉：走向反思 [J]. 中国人民大学学报，2011，25（1）：149-156.

[22] 鄢冬，王珂. 文学研究必须重视文学感悟 [J]. 创作与评论，2013（8）：21.

[23] 杨守森，尹相雯. 文学理论的价值取向与生命根基 [J]. 东岳论丛，2024，45（6）：30-36.

[24] 尹文. 艺术学理论与美学、文学、文艺学理论关系之辨析 [J]. 东南大学学报（哲学社会科学版），2014（4）：105-111.

[25] 张晨霞. 文学语言的审美特征、艺术表现及当代意义 [J]. 长春大学学报，2024，34（3）：36.

[26] 张传宗. 语文学科理论的两个"基本"和三个"带动" [J]. 课程.教材.教法，2017，37（4）：55-59.

[27] 张杰，龙红莲. 论生态文艺学的后现代建设意义 [J]. 中南民族大学学报（人文社会科学版），2012，32（1）：126-130.

[28] 张俊. 当代文学理论的两次跨界变迁 [J]. 厦门大学学报（哲学社会科学版），2013（4）：24-32.

[29] 赵炎秋. 文学理论中国学派基本特征试探 [J]. 武陵学刊, 2024, 49 (3): 69-76.

[30] 赵炎秋. 中国特色文学理论发展的分期问题 [J]. 湖南师范大学社会科学学报, 2020, 49 (4): 1-11.

[31] 周明全. 新时期现代文学理论批评史书写的突破与局限 [J]. 中国当代文学研究, 2024 (3): 54-66.

[32] 周文娟. "图文缝合": 文学接受理论的当代探绎 [J]. 广东外语外贸大学学报, 2024, 35 (5): 62-72.

[33] 朱国华. 从课程、教研室到学科: 文艺学的中国生产 [J]. 上海大学学报（社会科学版）, 2023, 40 (5): 68-88.

[34] 朱国华. 渐行渐远？——论文学理论与文学实践的离合 [J]. 浙江社会科学, 2020 (12): 138-144.